诗词格律读本

梅振才 ◎ 编著

北京大学出版社
PEKING UNIVERSITY PRESS

图书在版编目(CIP)数据

诗词格律读本/梅振才编著. —北京:北京大学出版社,2021.3
ISBN 978 - 7 - 301 - 31852 - 2

Ⅰ.①诗… Ⅱ.①梅… Ⅲ.①诗词格律—基本知识—中国 Ⅳ.①I207.21

中国版本图书馆 CIP 数据核字(2020)第 226123 号

书　　　名	诗词格律读本 SHICI GELÜ DUBEN
著作责任者	梅振才　编著
责 任 编 辑	魏冬峰
标 准 书 号	ISBN 978 - 7 - 301 - 31852 - 2
出 版 发 行	北京大学出版社
地　　　址	北京市海淀区成府路 205 号　100871
网　　　址	http://www.pup.cn　　新浪微博:@北京大学出版社
电 子 信 箱	weidf02@sina.com
电　　　话	邮购部 010 - 62752015　发行部 010 - 62750672 编辑部 010 - 62750673
印 刷 者	三河市博文印刷有限公司
经 销 者	新华书店
	880 毫米×1230 毫米　A5　10.625 印张　266 千字 2021 年 3 月第 1 版　2022 年 7 月第 2 次印刷
定　　　价	58.00 元

未经许可,不得以任何方式复制或抄袭本书之部分或全部内容。
版权所有,侵权必究
举报电话:010 - 62752024　电子信箱:fd@pup.pku.edu.cn
图书如有印装质量问题,请与出版部联系,电话:010 - 62756370

【序】

简明扼要　精深允当

张海鸥

　　此书次第清晰，既周到细致，又简明扼要，既有对基本常识的一一解说，又有许多自己创作诗词的心得体会，很适合学诗者随手参看使用。我看过许多同类书籍，各有优长，此书有更多优长值得称道。

　　从章节之次第，即可看出作者经验丰厚，修养深湛。体例、篇幅、句式、平仄、对仗、用韵，这是修习和写作诗词的基本格局，弄懂了这些，就掌握了入门的规矩。然而任何技艺都有会与好的区别，诗词之学也是这样，基本规矩是修习者都须明白的，在此基础上，深、细、精、良，远无止境。比如此书第一章概述古、近体诗之区别：

　　律诗必须讲平仄，有固定的平仄格式。
　　古风则平仄自由，而且越是不同于律，越有古味，越像古风。
　　律诗不换韵，古风可以换韵。
　　律诗要求在同一首诗中最好不用相同的字，而古风则不避忌重复字。

古风不要求对仗，但也不排除对仗。如用对仗也不必追求工对，更没有固定的位置。

看似简单朴实的表述，却包含经验之谈，许多教科书未必谈到这个程度。

平仄和韵是格律的难点，从第二章开始，作者从容地细细道来。第二章先说四声，详辨古汉语与现代汉语四声的联系与区别。对入声字这个焦点，作者借助其母语粤方言与古汉语关系切近的优势，仔细分析"入派三声"的各种规律，比如第四节辨别古汉语仄声字，提供多种具体方法：

形声辨析法，如"'骨'是入声字，而'滑'是从'骨'得声，故也是入声字"。

偏旁类推法，如"'出'可类推：绌、黜、茁、屈、窟、倔、掘、崛等"；"'屋'可类推：握、渥、喔、幄等"；"'及'可类推：汲、吸、趿、笈、级、圾等"。

作者还善于借鉴他人成果，比如台湾音韵学家陈新维教授归纳了入声记忆八法，作者认为实用，便予以采纳。

古入声字今读平声常用字表、古汉语平仄两读字义辨析都简明实用。尤其专讲"粤语的平仄"，适合海内外粤语人群。

押韵是诗词创作与阅读的又一难点，此书第四章讲解押韵，细致周到。第四、五节详解首句可押邻韵问题，以"孤雁出群"为喻，形象贴切。第六节讲押韵五忌，是很好的经验之谈。

拗救比较复杂，第八章专论拗体和仄韵，比较少见。第九章对"孤平""三平尾""三仄尾""失粘"（即"折腰"）等问题的理解和态度，我是赞成的：能避则避之。与此相关的拗救等问题，此书论述能深入浅出，读者容易理解，不像有的书那样，故意卖弄，以貌似高深文饰浅陋。

此书对词的讲解颇有新意。第十章讲解词体基本常识之后，即以今人词作为例具体解释词牌，一牌一例，这是很新颖的创举。第十一章常用词牌126例，比如《多丽》采用拙作为例。当时我写作时采用的是《钦定词谱》，此书所有词谱亦依《钦定词谱》，谱下对应词文，方便读者仔细揣摩。

第十二章趣味别体诗词，确实很有趣，涉及独字韵诗词、塔形诗、谜语诗、拆字诗、剥皮诗、数字诗、数学算题诗、集句诗、回文体。这些非常之体，一般教材是不讲的。

最能体现作者经验和心得的是第十三章诗艺与修养，比如第三节读诗也有窍门，作者在北京大学俄文系读书时曾亲得美学大师朱光潜教授教导，朱先生还赐函和赠书指导读书、读诗之法，燕园名师之传授录示于此，弥足珍贵！

第八节讲解题眼、诗眼、词眼，作者对"眼"的解说颇具慧心。先指出"诗眼"一词最早见于苏轼诗："天工忽向背，诗眼巧增损。"范成大也在诗中写到过"诗眼"："道眼已空诗眼在，梅花欲动雪花稀。"范温的诗话更以"诗眼"为名，题为《潜溪诗眼》，并引用黄庭坚语意："诗句以一字为工，自然颖异不凡，如灵丹一粒，点铁成金也。"继而以实例说明何谓"诗眼"，实词、虚词如何炼成诗眼。

打油诗是我一向不喜欢的。作者却超越好恶，客观地体会其价值，有说服力。

最后关于诗贵自然、含蓄、创新之论，亦诗家三昧。

本书作者梅振才先生是诗坛高手，为人谦和仁厚，为诗载精载富，深得诗友敬重，在诗坛有广远的国际影响。多年前我曾特别邀请他到中大演讲，介绍中华诗词在美国当代传承之现状。他的演讲令我难忘，既表现出诗学内行之精良修养，又表现出对当代国际汉诗现状的宏观识见。诗友们都认为他的演讲信息充分而准确，见解精深而允当。

现在他以此书普及诗词写作之学，必将嘉惠久远。我有幸先睹为快，谨与诗友分享，并祝福梅先生和诗友们诗学益富，诗艺益精。

张海鸥 2018 年 2 月谨序于水云轩

序言作者简介：

张海鸥，1954 年生于河北，自号"燕云子"。河北师范大学文学学士，吉林大学文学硕士，复旦大学文学博士。1997 年毕业后一直在中山大学中文系任教。现为古代文学教授，博士生导师。兼任中华诗教学会会长、中国宋代文学学会理事、中国词学学会常务理事等职。

主要著作：《水云轩集》《宋代文学与文化研究》《两宋雅韵》《唐诗宋词经典导读》《休暇之道》、《柳永论稿》（译著）、《诗词写作教程》（主编）等。

【自序】

十年讲座一书成

梅振才

中华诗词,源远流长,是中国的国粹,是中华文化的瑰宝。古人云"诗言志",就是指诗可表达自己的理想和志向;古人又曰"诗缘情",即说诗可抒发内心的感情。孔子甚至说:"不学诗,无以言。"毛泽东则说过:"旧体诗要发展,要改造,一万年也打不倒。因为这种东西最能反映中华民族的特性和风尚……"

然而,中华人民共和国成立后,在一段很长的时期,大陆的学校不开设格律诗词写作课程,但香港、澳门、台湾的学校仍然有之,故旧体诗词的创作在这些地方一直没有中断。近二三十年间,大陆情况有很大的好转,传统格律诗词创作者日渐增多,各地区的诗词学会相继成立。"诗教"进校园,在一些大学、中学和小学,都取得可喜的成绩。诗词的复兴,在大陆指日可待。

诗不孤!我从中国到美国生活,已有38年之久。不论在我长住的纽约，或者在美国的其他大城市，还是在世界各地的大城市，到处都有诗词爱好者，中华诗词江流不断。中华诗词随着移民的脚步，走向世界。这是海外华侨和祖国联系的重要纽带。

值得高兴的是，中华诗词也吸引着海外年轻一代。如我们纽约诗画琴棋会有个小会员，她叫张元昕，出生在美国，十岁就能背诵一千五百多首古典诗词，并在上海出版了诗词选集。13岁考入天津南开大学文学院。用6年时间，取得了学士和硕士学位。她于前年毕业，并到哈佛大学继续深造。她是叶嘉莹先生的入室弟子。其诗词作品，已有很深的造诣，曾荣获"诗词中国"大奖。她的妹妹张元明，也与姐姐走上相同的诗词之路。两姐妹将来会成为中美文化交流的一道桥梁。

我希望，国内诗人之间，国内外诗人之间，能多多交流，为诗词创作的繁荣和复兴而共同努力。近年来，我经常往返中国，如到南开大学、武汉大学、中山大学、东南大学、山东大学、深圳大学、华侨大学、广州大学、华南师范大学、江西师范大学、海南大学、五邑大学等，进行讲学和交流。我们也曾邀请中国的著名诗家，到纽约来授课。这种双向的诗词文学交流，收到很好的效果，我自己也受益良多。

本人是一个诗词爱好者，自少年时代起，即乐此不疲。虽数十年来走南闯北，但北京大学王力教授的《诗词格律》《汉语诗律学》，以及中华书局出版的《诗韵新编》，一直伴随在身，可说是终生的良师益友。

对诗词格律这个课题，我永远是个学生，自知学识不深，岂敢为人师？然为在海外弘扬中华文化，满足众多诗词爱好者的要求，故参考了多本有关诗词格律的名家著作，博采众长，加上自己的一些学习体会，陆续编写了一本教材。纽约诗画琴棋会有个"诗词讲座"，每周两小时，十年来风雨不改。我是导师之一，也是学员，大家互教互学，效果不错。在"诗词讲座"，我就是用这本教材上课，学员们反映很有帮助，建议正式付梓。因此，积累多年的授课讲稿和实践，作了一些补充和修改，最终编成《诗词格律读本》一书。期待出版后能吸引更多读者走上诗词创作之路，让诗词爱好者再多一本工具书。

  此书有关常用词谱部分，我选用了近当代诗人的作品作为词例。同类读本，大多是选古人的词作，当然有典范作用。然近当代诗家的词作，无论在艺术还是内容方面，都达到很高的水平，读起来更有亲切感。这些词例作者，大部分是我所认识的诗人，于我是亦师亦友。可以说，这本书，既表达了我对师友的感谢，也凝聚了诗友的情谊。

  此书完稿后，有幸邀得张海鸥教授作序。在与他交往的过程中，他的才华、气质和人品，令我折服。2011年，我在中山大学有一场讲座，就是由他主持的，这是首次会面。第二次会面，是在潮州举行的全球汉诗总会2017年会上。第三次会面，是两个月前，他从外地赶回广州，在中山大学紫荆园设宴为我回纽约饯行。当时，我有感而赋小诗一首相赠：

     羊城喜初晤，重聚品潮州。
     聊借千杯酒，同销万古愁。
     才情惊卓荦，诗赋展风流。

斯世应无憾，三逢张海鸥。

除了张海鸥教授，还有燕园同窗贺国安、汪连兴、于树森，以及于利祥、吴家龙、周荣、赵永鹏、郭仕彬、郑东华诸诗友帮忙审阅，他们提出了不少宝贵的意见，在此也特致谢意。

此书也引用了网上和别人书本上一些资料，由于数量不少，未能一一注明出处，谨此向原创者表示谢意！

此书为初学诗词者之入门教材，力求浅显明白，力求知识全面。然因本人才疏学浅，舛错难免，诚请指正！

此书即将付梓，有感而赋小诗一首：

十年开讲座，催化一书成。
深造研平仄，教程求简明。
好诗须入律，雅韵总关情。
词例堪珍重，永留师友声！

（2019 年春节于纽约）
（梅振才电邮：mzc1966@gmail.com）

目 录

简明扼要　精深允当（序）　张海鸥 …………………………… 1
十年讲座一书成（自序）　梅振才 …………………………… 5

第一章　概述 …………………………………………………… 1

第一节　古体诗和近体诗的区别 ………………………………… 1
第二节　何谓格律 ………………………………………………… 3

第二章　四声 …………………………………………………… 4

第一节　何谓四声 ………………………………………………… 4
第二节　现代汉语的四声 ………………………………………… 5
第三节　古汉语的四声 …………………………………………… 6
第四节　辨别古代汉语仄声字 …………………………………… 7
第五节　古入声字今读平声常用字（按字母排列） …………… 12

第三章　平仄 · 14

第一节　何谓平仄 · 14
第二节　如何查字典 · 14
第三节　如何区分平仄 · 15
第四节　粤语的平仄 · 22

第四章　押韵 · 26

第一节　何谓韵 · 26
第二节　押韵规则 · 26
第三节　关于平水韵 · 28
第四节　可押邻韵（孤雁格）· 29
第五节　邻韵相押特殊格 · 31
第六节　押韵五忌 · 33
第七节　传统唱和 · 35

第五章　对仗 · 39

第一节　普通对仗基本要求 · 39
第二节　对仗种类 · 40
第三节　对仗禁忌 · 54

第六章　绝句 · 58

第一节　结构法则 · 59

第二节　五绝句式 ·· 60
第二节　七绝句式 ·· 62

第七章　律诗 ·· 64

第一节　五律句式 ·· 64
第二节　七律句式 ·· 66
第三节　律诗之对仗 ·· 68
第四节　律诗勿犯"四平头" ································· 70
第五节　小律和排律 ·· 73
第六节　柏梁体 ··· 75

第八章　拗体和仄韵诗 ·· 77

第一节　平韵拗体诗 ·· 78
第二节　仄韵近体诗 ·· 85
第三节　仄韵拗体诗 ·· 93

第九章　拗救与特殊平仄格式 ····························· 97

第一节　平仄三病 ··· 97
第二节　拗救 ·· 99
第三节　特殊拗句和变格 ······································ 104
第四节　关于"一三五不论,二四六分明" ············ 109

第十章　词律 ·· 112

第一节　词的异名 ·· 112
第二节　词的种类 ·· 113
第三节　词调、词牌与词谱 ···························· 115
第四节　词的基本格律 ·································· 117
第五节　词中特有的领字 ······························· 120
第六节　词韵格分类 ····································· 123

第十一章　常用词牌与词例 ································ 126

小令

1. 十六字令/伍灼培 ······································· 126
2. 舞马词/丁芒 ··· 127
3. 忆江南/邬梦兆 ·· 127
4. 渔歌子/梅裔庆 ·· 128
5. 忆王孙/董峰 ··· 128
6. 调笑令/赵福坛 ·· 129
7. 如梦令/李汝伦 ·· 130
8. 相见欢/厉有为 ·· 130
9. 长相思/李振洲 ·· 131
10. 醉太平/黄有韬 ··· 132
11. 生查子/宋彩霞 ··· 132
12. 点绛唇/王国维 ··· 133
13. 醉花间/盘中玉 ··· 133
14. 浣溪沙/王退斋 ··· 134

15. 菩萨蛮/郭业大 ······ 134
16. 卜算子/霍松林 ······ 135
17. 采桑子/陈荣辉 ······ 135
18. 减字木兰花/何永沂 ······ 136
19. 诉衷情/李经纶 ······ 137
20. 巫山一段云/黄新 ······ 137
21. 谒金门/陈葆珍 ······ 138
22. 好事近/吴家龙 ······ 138
23. 荆州亭/溥心畬 ······ 139
24. 一络索/周燕婷 ······ 139
25. 忆秦娥/周文彰 ······ 140
26. 清平乐/梅墨生 ······ 140
27. 喜迁莺/田凤兰 ······ 141
28. 阮郎归/梅仕灿 ······ 142
29. 朝中措/黄霭霖 ······ 142
30. 摊破浣溪沙/杜华平 ······ 143
31. 眼儿媚/利向阳 ······ 143
32. 人月圆/蔡可风 ······ 144
33. 柳梢青/乔尚明 ······ 144
34. 贺圣朝/李而已 ······ 145
35. 太常引/黎家活 ······ 145
36. 西江月/伍巍 ······ 146
37. 少年游/彭天演 ······ 146
38. 燕归梁/张义和 ······ 147
39. 南歌子/曾新琳 ······ 147
40. 醉花阴/祁丽岩 ······ 148
41. 醉红妆/冰雪芹 ······ 148

42. 浪淘沙/刘斯翰 …………………………… 149

43. 鹧鸪天/杨启宇 …………………………… 149

44. 木兰花/何鹤 ……………………………… 150

45. 南乡子/陈贻焮 …………………………… 151

46. 鹊桥仙/于树森 …………………………… 151

47. 虞美人/罗少珍 …………………………… 152

48. 小重山/郑东华 …………………………… 152

49. 踏莎行/田幸云 …………………………… 153

中调

50. 钗头凤/李文朝 …………………………… 154

51. 临江仙/郭仕彬 …………………………… 155

52. 蝶恋花/麦启凌 …………………………… 156

53. 一剪梅/周啸天 …………………………… 156

54. 唐多令/施中旦 …………………………… 157

55. 踏莎美人/冼玉清 ………………………… 158

56. 渔家傲/周海燕 …………………………… 158

57. 定风波/郑欣淼 …………………………… 159

58. 苏幕遮/梅如柏 …………………………… 160

59. 破阵子/郑伯农 …………………………… 160

60. 行香子/邓正明 …………………………… 161

61. 解佩令/柳亚子 …………………………… 162

62. 青玉案/杨欣然 …………………………… 162

63. 江城子/尹旭 ……………………………… 163

64. 千秋岁/赵挽澜 …………………………… 164

65. 离亭燕/周正光 …………………………… 165

66. 何满子/朱帆 ……………………………… 165

67. 风入松/吴荣治 …………………………… 166

68. 祝英台近/车薪 …………………………………… 167
69. 一丛花/周荣 …………………………………… 167
70. 千秋岁引/王香谷 ……………………………… 168
71. 洞仙歌/陈翠娜 ………………………………… 169
72. 江梅引/钟振振 ………………………………… 170
73. 雪狮儿/傅占魁 ………………………………… 170
74. 石湖仙/龙榆生 ………………………………… 171
75. 探芳信/李淑一 ………………………………… 172

长调

76. 满江红/千利祥 ………………………………… 173
77. 雪梅香/梁伊焕 ………………………………… 174
78. 玉漏迟/汪东 …………………………………… 175
79. 水调歌头/贺国安 ……………………………… 175
80. 满庭芳/李树喜 ………………………………… 176
81. 汉宫春/张元昕 ………………………………… 177
82. 烛影摇红/左群涛 ……………………………… 179
83. 八声甘州/周笃文 ……………………………… 179
84. 声声慢/刘永济 ………………………………… 180
85. 长亭怨慢/高知贤 ……………………………… 181
86. 暗香/伍仲池 …………………………………… 182
87. 凤凰台上忆吹箫/欧阳鹤 ……………………… 183
88. 庆清朝慢/朱绍昌 ……………………………… 184
89. 扬州慢/布凤华 ………………………………… 184
90. 月华清/沈祖棻 ………………………………… 185
91. 月下笛/李彩霞 ………………………………… 186
92. 玉蝴蝶/周拥军 ………………………………… 187
93. 绕佛阁/星汉 …………………………………… 188

94. 念奴娇/汪连兴 …………………………… 189
95. 高阳台/胡宁 ……………………………… 189
96. 东风第一枝/张伯驹 ……………………… 190
97. 渡江云/毛谷风 …………………………… 191
98. 解语花/赵永鹏 …………………………… 192
99. 翠楼吟/梅锐仁 …………………………… 193
100. 桂枝香/庞树柏 …………………………… 194
101. 寿楼春/毕彩云 …………………………… 195
102. 木兰花慢/胡迎建 ………………………… 196
103. 锦堂春慢/程燕 …………………………… 197
104. 瑶华/叶嘉莹 ……………………………… 197
105. 水龙吟/李绮青 …………………………… 198
106. 石州慢/朱祖谋 …………………………… 199
107. 宴清都/邹国荣 …………………………… 200
108. 瑞鹤仙/朱庸斋 …………………………… 202
109. 齐天乐/寇梦碧 …………………………… 202
110. 曲游春/熊东遨 …………………………… 203
111. 雨霖铃/王闿运 …………………………… 204
112. 探春慢/李春华 …………………………… 205
113. 霜花腴/程千帆 …………………………… 206
114. 绮罗香/樊增祥 …………………………… 207
115. 永遇乐/陈奕然 …………………………… 207
116. 解连环/吕碧城 …………………………… 208
117. 青门饮/胡林 ……………………………… 209
118. 望海潮/刘逸生 …………………………… 210
119. 沁园春/毛泽东 …………………………… 211
120. 八归/张铁钊 ……………………………… 212

121. 贺新郎/刘斯奋 ········· 213
122. 摸鱼儿/陈永正 ········· 214
123. 多丽/张海鸥 ········· 215
124. 六丑/盘品磊 ········· 216
125. 哨遍/余福智 ········· 217
126. 莺啼序/范诗银 ········· 218

第十二章　趣味别体诗词 ········· 221

第一节　独字韵诗词 ········· 221
第二节　塔形诗 ········· 223
第三节　谜语诗 ········· 225
第四节　拆字诗 ········· 227
第五节　剥皮诗 ········· 229
第六节　数字诗 ········· 231
第七节　数学算题诗 ········· 234
第八节　集句诗、集字诗词 ········· 235
第九节　回文体诗词 ········· 238

第十三章　诗艺与修养 ········· 245

第一节　诗品与人品 ········· 245
第二节　诗要用形象思维 ········· 247
第三节　读诗也有窍门 ········· 250
第四节　情景与意境 ········· 252
第五节　起承转合 ········· 255
第六节　词是否别是一家 ········· 257

第七节　好诗不厌百回改 ·················· 259

第八节　题眼、诗眼、词眼 ················ 261

第九节　何妨也打油 ······················ 263

第十节　诗贵自然 ························ 266

第十一节　诗贵含蓄 ······················ 268

第十二节　诗贵创新 ······················ 271

附录 ···································· 273

【附录一】平水韵表 ···················· 273

【附录二】词韵简编 ···················· 286

【附录三】声律启蒙 ···················· 304

第一章 概　　述

第一节　古体诗和近体诗的区别

中国古典诗歌有诗、词、曲三大类。诗又可分古体诗和近体诗。所谓近体诗，就是唐代创格而奠定起来的绝句、律诗。此种律绝，唐人称之为"今体诗"，宋以后改称为"近体诗"，沿用至今。此书要讲的诗律，指的是近体诗的声韵和格律，不涉及《诗经》《楚辞》、先秦古歌、汉魏晋南北朝乐府等古体诗。

古体诗和近体诗有什么区别？

古体诗又称为古诗、古风、往体，是指唐代近体诗形成以前的各种诗歌体裁和唐代以后文人的仿古诗作。古风和律诗的不同之处，可以句数、字数、平仄、用韵、对仗等几个方面来进行比较：

1. 律诗，每首有固定的句数，每句有固定的字数，而且只有五言和七言两种形式。古风则不同，可以四言，可以五言，可以七言，也可以杂言，即四言、五言、七言，甚至六言、八言、九言，在同一首诗中交错使用。古风的句数不固定，而且也不必是偶数。

2. 律诗必须讲平仄，有固定的平仄格式。古风则平仄自由，而且越是不同于律句越有古味，越像古风。

3. 律诗要求同一首诗用一个韵，不能出韵。当然古风也有一韵到底的，但并不要求一定这样，古风可以出韵，可以"转韵"，即转换韵脚。

4. 律诗要求在同一首诗中，最好不用相同的字，而古风则不避忌重复字。

5. 律诗要求对仗，古风不要求对仗，但也不排除对仗。如用对仗也不必追求工对，更没有固定的位置。

根据上述特点，一般古风和律诗都不难区别。如李白的《将进酒》《梦游天姥吟留别》，杜甫的《茅屋为秋风所破歌》《石壕吏》，白居易的《长恨歌》等，一望便知是古风。但也有古风表面上和律诗相似，既然古风在句数、字数上没有严格限制，所以有的古风也可以是八句，并且也可以是纯五言或者是纯七言，其中甚至有对仗的形式。

格律诗定型以后，古体诗并未消亡，而且一直与格律诗并存。但古体诗有时会受格律诗影响，有些作品有律化的痕迹，如王勃《滕王阁序》结尾诗：

滕王高阁临江渚，佩玉鸣鸾罢歌舞。
画栋朝飞南浦云，珠帘暮卷西山雨。
闲云潭影日悠悠，物换星移几度秋。
阁中帝子今何在？槛外长江空自流。

这是一首古体诗，前四句押仄韵，后四句转押平韵，可看做律化的古体诗。古体诗律化的情况并不少见。不过后来诗人写古体诗，往往有意避免格律化。但有一些学者认为，此诗绝对不是律化的古体诗，而是两首七绝诗。此说也有道理。诗无达诂！

这本书主要是介绍诗律和词律的基本知识，对古体诗不作详细深入研讨。

第二节　何谓格律

格律，是古典诗歌形式要求的总称。"格"，就是格式，包括某一诗体的句数、每句的字数、节奏、某些句子的格式（句式）、对仗（类似修辞的"对偶"）等；"律"，就是音律，包括每句各字的平仄（声调高低）、某句的押韵、用韵的要求等。

学习格律，说难不难！

有些不懂诗词格律的朋友，总以为格律很复杂，视作畏途。有的教科书甚至把格律写得艰深古奥，令人退避三舍。其实学格律诗并不难，只是一层窗户纸，一捅就破，只要用心，用很短的时间就可入门。

学习格律，说易不易！

格律诗是在字数、韵脚、声调、对仗等方面都很有讲究的，这需要我们切实下工夫去钻研。

格律就是"脚镣"。闻一多先生说得好："恐怕越有魄力的作家，越是要戴着脚镣跳舞才跳得痛快，跳得好。只有不会跳舞的才怪脚镣碍事，只有不会作诗的才感觉得格律的束缚。对于不会作诗的，格律是表现的障碍物；对于一个作家，格律便成了表现的利器。"

过了格律关，无论对阅读诗词，还是写作诗词，都会打下坚实的基础。

第二章 四 声

第一节 何谓四声

四声,此处所指的是古代汉语的四种声调。声调,乃是汉语(还有其他一些语言)的特点。

南朝齐永明年间,佛教盛行,佛经梵音对四声的创立产生了一定影响。周颙著《四声切韵》,提出平上去入四声。沈约与谢朓、王融、范云等人一起,将四声的区辨同传统的诗赋音韵知识相结合,规定了一套五言诗创作时应避免的声律上的毛病,就是后人所说之"八病"。"四声八病"说提出以后,影响巨大,一直被引用,这也就是所谓的古代的四声。沈约等人不但给声调分了类,而且提倡在全诗中应用,并开创了"永明体",为后来产生的近体格律诗奠定了基础。

当时四声是"新生事物",也引起梁武帝的兴趣,曾"三问"群臣:"何者名为四声?"一答:"天保寺刹。"一答:"天子圣哲。"一答:"天子万福。"后两种答案,似有乘机拍马屁之嫌。然这三个答案，确是符合"平上去入"之"四声"。

然古代汉语的四个声调，与现代汉语（即普通话）的声调种类不完全相同。

第二节 现代汉语的四声

现代汉语有四个声调：阴平、阳平、上声、去声。其特征是：阴平长而平稳，调高；阳平长，上升，调中；上声较前两声略短，先降后升，调低；去声短，下降，调中高。举例如下：

	阴平	阳平	上	去
ma	妈	麻	马	骂
wen	温	文	吻	问

然诗词写作不采用现代汉语（普通话）的声韵系统，而是要按照《平水韵》的标准，也就是中古音的标准。中古音是指南北朝至隋唐时期汉语的语音。

笔者之见，写律诗要严格按照律诗格式和旧韵，因此须使用原来的入声字等。

现在有人写格律诗押新韵（也就是按现代汉语发音所编的韵），这也是可以的，但需注明是"新韵"。然在同一首诗或同一阕词中，新韵和旧韵不可混合使用。

第三节　古汉语的四声

古汉语有四种声调：平、上、去、入。这不仅是用这四个字的声调作为分类的依据，而且有音质的意味。平就是平调，上就是上升；去，离开该音的高度，实指下降；入，没入也，就是声音戛然而止。

如何辨别四声，请记住《康熙字典》的四声歌诀：

平声平道莫低昂，上声高呼猛烈强。
去声分明哀远道，入声短促急收藏。

经历长期的演变，古代的平声，绝大部分就是现在的阴平和阳平；古代的上声、去声，也基本上就是现在的上声、去声。但古代入声现在已经消失，分别演化成平、上、去声了。

入声变阴平的，例如：
八 ba，搭 da，发 fa，擦 ca，刮 gua，鸭 ya……
入声变阳平的，例如：
罚 fa，夹 jia，杂 za，侠 xia，峡 xia……
入声变上声的，例如：
法 fa，甲 jia，塔 ta……
入声变去声的，例如：
腊 la，纳 na，恰、洽 qia……

第四节　辨别古代汉语仄声字

现代汉语的平、上、去声和古代汉语的平、上、去声不尽相同，特别是入声已分入了三声。其实入声字并不多，依《平水韵》所录，不过七百二十余字，其中还有不少冷僻少用的字，常用字只有二百字左右。但古代入声字不能靠现代语音来判别，只有勤查字典，经常留意，才能记住。

一、记住一些读仄声的单音字：

（1）凡见到以入声的单音词为声符的形声字，大多是入声字。如"骨"是入声字，而"滑"是从"骨"得声，故也是入声字。即使不读入声，也多是读上、去声，读平声者甚少。

但需注意，先要分辨是形声还是会意字。如果是形声字，"泣"乃从入声字"立"而来，乃读入声。而"位"是会意字，就不读入声了。

（2）凡用入声字作偏旁的形声字，大部分可类推为入声字。如：

"出"可类推：绌、黜、茁、屈、窟、倔、掘、崛等；
"屋"可类推：握、渥、喔、幄等；
"白"可类推：百、伯、柏、拍、帛、泊、珀、迫等；
"复"可类推：腹、馥、覆、蝮、鳆等；
"合"可类推：洽、恰、答、塔、鸽、蛤等；
"各"可类推：格、恪、胳、洛、络、貉、骆、烙、略、珞、落等；
"曷"可类推：葛、喝、渴、偈、遏、歇、褐、羯、蝎、揭、碣、谒等；

"甲"可类推：鸭、狎、押、钾、呷、匣等；

"枼"可类推：喋、蝶、谍、牒、堞、蹀、碟等；

"弗"可类推：佛、拂、咈、怫、舻等；

"商"可类推：滴、镝、摘、敵、適等；

"舌"可类推：活、括、刮、聒、鸹等；

"辟"可类推：僻、癖、霹、壁、璧、劈等；

"畐"可类推：福、副、幅、辐、蝠等；

"及"可类推：汲、吸、趿、笈、级、圾等；

"月"可类推：朔、刖、膝等。

二、通过现代汉语拼音的一些特点来分析：

据台湾音韵学大师陈新维教授归纳（徐晋如著《大学诗词写作教程》，广西师范大学出版社 2007 年版，35 页），入声字的记忆方法，大概有如下几种：

1. 如现代汉语以 b、d、g、j、zh、z 六个声母的阳平声（第二声），皆古入声字。例如：

b：拔跋白帛薄荸别蹩脖柏伯百勃渤博驳

d：答达得笛敌嫡觌翟跌迭叠碟蝶独读牍毒夺铎掇渎

g：格阁蛤胳革隔膈葛国虢

j：及级极吉急击棘即脊疾集籍夹嚼洁结劫杰桀竭节捷截局菊掬鞠橘决诀掘角厥橛蹶脚钁觉绝

zh：扎札铡宅择翟著折哲蜇轴竺烛筑逐酌镯琢濯啄拙直值殖质执侄职

z：杂凿则择责贼足卒族昨

2. 凡 d、t、l、z、c、s 六声母，跟韵母 e 拼合时，不论普通话读何声调，皆占入声学。例如：

d：得德

t：特忒

l：勒肋泐乐垿垃

z：则择泽责啧赜簧笮迮窄舴贼仄昃

c：侧测厕恻策筴册

s：瑟色塞穑涩圾

3. 凡 k、zh、ch、sh、r 五声母与韵母 uo 拼合时，不论普通话读何声调，都是古入声字。例如：

kuo：阔括廓鞟扩

zhuo：桌捉涿著酌灼浊镯琢诼啄濯擢卓焯倬踔拙茁斫鷟浞梲

chuo：戳绰歠啜辍醊惙龊婼

shuo：说勺芍妁朔搠塑箾烁铄硕

ruo：若鄀箬弱蒻蒻

4. 凡 b、p、m、d、t、n、l 七声母跟韵母 ie 拼合时，不论普通话读何声调，皆古入声字。只有"爹"字例外。例如：

bie：鳖憋别

pie：撇瞥

mie：灭蔑篾蠛

die：碟蝶喋堞蹀牒鲽跌迭昳垤咥褶叠

tie：帖贴怗铁餮

nie：聂蹑镊臬闑镍涅孽啮

lie：列冽烈洌猎躐鬣劣

5. 凡 d、g、h、z、s 五声母与韵母 ei 拼合时，不论普通话读何声调，都是古入声字。例如：

dei：得

gei：给

hei：黑嘿

zei：贼

sei：塞

6. 凡声母 f 跟韵母 a、o 拼合时，不论普通话读何声调，皆古入声字。例如：

fa：法发伐乏筏阀罚

fo：佛缚

7. 凡读 ue 韵母的字，不论普通话读何声调，都是古入声字，只有嗟、瘸、靴三字例外。例如：

yue：曰约哕月刖悦阅钺越药耀曜跃龠钥瀹爚禴袥粤岳鷟軏

nue：虐疟谑

lue ：略掠

jue：噘撅决抉玦倔掘桷崛角厥蕨橛蹶獗噱臄谲鐍珏孓脚觉爵嚼爝绝蕝

que：缺阙却怯确榷壳悫埆阕鹊雀碏

xue：薛穴学雪血削

8. 一字有两读，读音（按：指文读）为开尾韵，语音（按：指白读）读 i 或 u 韵尾的，都是古入声字。例如：

读音为 e，语音为 ai 的：色册摘宅翟窄择塞

读音为 o，语音为 ai 的：白柏伯麦陌脉

读音为 o，语音为 ei 的：北没
读音为 o，语音为 au 的：薄剥
读音为 u，语音为 ou 的：肉粥轴舳妯熟
读音为 u，语音为 iu 的：六陆衄
读音为 ue，语音为 iao 的：药疟钥嚼觉脚角削学

三、仄声字歌诀：

有人把仄声字编成歌诀，颇为有趣：

突击学习搏六级，吃喝拉撒说寂寞。
八叔说曰没出息，立刻撤职肃法责。
执戟绝域客狄国，一日接触塞北雪。
石室射猎掷铁戟，兀术赫赫逐朔漠。
七夕吉日纳恶妾，忆惜蹑足拾玉镯。
拆屋伐木别作孽，逆贼出入逼六合。
挖穴客宅吃白食，渴吸汁液活嚼鳖。
挖目割舌特酷毒，脚踢足踏拊胳膊。
疾疫发疟伏窄榻，竹篾箸笠褥席薄。
鹊啄什物蟋蟀乐，忽觉郁郁独戚戚。
郁结哭泣袜亦湿，夕月独宿失六族。
逼迫勒索实拙劣，不必屈膝失国格。
熄灭蜡烛恶作剧，黢黑扎杀瞎摸索。
一脚跌落北极阁，百亿雀跃速服托。
薄翼掠菊益绰约，乐极酷毕觉骨折。
叔伯获悉哭舌缩，急沐擢发湿页额。
作色窟室扑答萨，木牍笔墨录朴拙。
歇息北郭祝福泽，脊肉蜜栗搁侧桌。

11

肉饺七角激食欲，急食一只噎白沫。

筑阁活泼切割律……

第五节　古入声字今读平声常用字（按字母排列）

A 啊

B 八、捌、剥、逼、憋、鳖、瘪（瘪三）、拨、钵、拔、跋、白、薄、雹、鼻、勃、渤、博、搏、膊、帛、泊、驳、伯、箔、舶

C 擦、插、拆、吃、出、戳、撮、察

D 答、搭、滴、跌、督、咄、达、得、德、狄、荻、迪、的、（的确）、涤、敌、嫡、笛、籴、迭、谍、堞、牒、碟、蝶、叠、毒、独、读、渎、犊、黩、夺、度、踱、铎

E 额

F 发、乏、伐、筏、罚、阀、佛、弗、佛、拂、伏、茯、服、幅、福、辐、蝠

G 疙、胳、鸽、搁、割、骨、刮、鸹、郭、聒、蝈、轧、阁、格、蛤、革、隔、嗝、膈、葛、国、掴、帼

H 喝、黑、嘿、忽、惚、滹、呼、豁、合、盒、颌、核、涸、阂、合、阖、貉、劐、斛、滑、搳、活

J 击、迹、唧、积、屐、绩、缉、激、夹、结、接、揭、掬、鞠、撅、及、汲、级、极、吉、亟、急、疾、嫉、棘、集、瘠、藉、籍、颊、嚼、孑、节、杰、劫、洁、诘、捷、竭、截、睫、局、菊、决、诀、抉、觉、珏、绝、倔、掘、崛、厥、獗、蹶、爵、嚼

K 磕、瞌、哭、窟、壳、咳

L 勒、捋

M 抹、摸、没、膜

N 捏

P 拍、劈、霹、撇、瞥、朴、泼、泊、扑、仆、枇、璞

Q 七、戚、漆、掐、切、曲、蛐、屈、缺、阙

S 撒（撒手）、塞（瓶塞儿）、杀、刹（刹车）、失、虱、湿、叔、淑、刷、说、缩、朔、勺、芍、杓、舌、十、什、石、识、实、食、拾、蚀、孰、塾、熟、赎、俗

T 塌、剔、踢、帖（服帖）、贴、凸、秃、突、托、脱

W 挖、屋

X 夕、汐、硒、吸、昔、惜、析、淅、晰、息、熄、悉、蟋、锡、膝、蜥、瞎、歇、蝎、楔、削、习、席、袭、媳、檄、匣、侠、峡、狭、硖、辖、胁、协、挟、穴、学

Y 压、押、鸭、噎、壹、揖、约、曰

Z 匝、咂、扎、摘、汁、只（一只）、织、粥、拙、卓、桌、涿、捉、作（作坊）杂、砸、凿、责、则、泽、择、贼、扎（挣扎）、轧、闸、铡、宅、翟、着、折、哲、蜇、蛰、辄、辙、执、直、值、殖、侄、职、妯、轴、竹、竺、烛、逐、灼、酌、苎、镯、啄、琢、卒、族、足、昨

第三章 平　　仄

　　平仄是诗词格律的基础，也是初学者的最大难点。其实，平仄是诗中最形而下、最简单的。但要学律诗，必须先攻克"平仄"关。

第一节　何谓平仄

　　如上所述，汉语的平仄声调是南朝的沈约等人首先发现的。他们把语音归纳为四个声调，即平声、上声、去声和入声。平仄的"平"指平声，而"仄"指上、去、入三声。"仄"字本身就是不平之意。

第二节　如何查字典

　　写旧体诗词，一般是以古代汉语的平仄读音为准则。由于汉语经过漫长时间的发展演变，有些字，古代汉语和现代汉语有所不同。而现在的汉语字典，大多数是用汉语拼音标出其现代汉语读音。在众多的汉语语言工具书中，我数十年来一直是使用上海古籍出版社出版的《诗韵新篇》，这本书对我帮助很大，我愿推荐给读者。

《诗韵新篇》一书的特点如下：

1. 按新韵（现代汉语之音韵）分部排列，又附录有平水韵；
2. 每一部中先分平仄两大类。平声类以阴平、阳平分列；仄声类以上声、去声及旧读入声字分列，使平仄的区分一目了然。这一特点非常重要，每个字有现代汉语的读音，但又可知道在古代汉语中的四声，不至于犯错；
3. 每个字皆列有常用词的搭配，可启发诗思，有利写作。

第三节　如何区分平仄

有的字，需死记硬背，但死记硬背也是有窍门的，方法之一就是分类记忆：

一、古代平仄两读而意义不变

这类字，如今多半只有一种读音。如：叹、看、望、忘、醒、漫、患、跳……

二、有个别字古平今仄

如：俱、纫、种……

三、有个别字古仄今平

如：抒、拥、茗、欤……

四、古代平仄两读而意义不同

这类字，至今不少仍保持平仄两读：

【上平一东】中（中间）【去声一送】（命中）

【上平一东】空（空泛）【去声一送】（空缺）

【上平一东】笼（笼罩）【上声一董】（笼络）

【上平一东】蒙（蒙蒙）【上声一董】（蒙古）

【上平一东】瞢（昏暗）【去声一送】（同"梦"）

【上平一东】懵（无知）【上声一董】（不明）

【上平二冬】从（随，听从）【去声二宋】（通"纵"）

【上平二冬】共（通"恭"）【去声二宋】（公共）

【上平二冬】纵（纵横）【去声二宋】（放纵）

【上平二冬】供（供给）【去声二宋】（供奉）

【上平二冬】重（重复）【去声二宋】（轻重）

【上平二冬】葑（芜菁）【去声二宋】（菰根）

【上平二冬】缝（缝纫）【去声二宋】（缝隙）

【上平三江】降（降伏）【去声三绛】（升降）

【上平四支】为（施为）【去声四寘】（因为）

【上平四支】氏（月氏）【上声四纸】（氏族）

【上平四支】司（公司）【去声四寘】（通"伺"）

【上平四支】丽（高丽）【去声八霁】（美丽）

【上平四支】陂（陂塘）【去声四寘】（偏颇）

【上平四支】弥（弥补）【上声四纸】（平息）

【上平四支】治（水名）【去声四寘】（治理）

【上平四支】迤（逶迤）【上声四纸】（斜）

【上平四支】思（动词）【去声四寘】（名词）

【上平四支】莳（莳罗）【去声四寘】（种植）

【上平四支】累（累赘）【上声四纸】（累积）【去声四寘】（劳累）

【上平四支】骑（动词）【去声四寘】（车骑，名词）

【上平四支】椅（木名）【上声四纸】（座椅）

【上平四支】遗（遗失）【去声四寘】（馈赠）

【上平四支】觜（星宿）【上声四纸】（鸟嘴）

【上平四支】訾（希求）【上声四纸】（指责）

【上平四支】嶷（九嶷）【入声十三职】（高峻）

【上平四支】靡（糜烂）【上声四纸】（披靡）

【上平五微】几（几，细微）【上声四纸】（几，案几）【上声五尾】（几多）

【上平五微】衣（衣服）【去声五未】（动词）

【上平五微】菲（芳菲）【上声五尾】（菲薄）

【上平五微】痱（中风）【去声五未】（痱子）

【上平六鱼】予（我）【上声六语】（赐予）

【上平六鱼】茹（蔬菜）【上声六语】（食）

【上平六鱼】据（拮据）【去声六御】（依据）

【上平六鱼】疏（疏密）【去声六御】（书疏）

【上平六鱼】誉（动词）【去声六御】（名词）

【上平六鱼】躇（徘徊）【入声十药】（超越）

【上平七虞】污（污秽）【去声七遇】（动词）

【上平七虞】瓠（葫芦）【去声七遇】（瓠瓜）

【上平七虞】菟（於菟）【去声七遇】（菟丝）

【上平七虞】铺（铺盖）【去声七遇】（店铺）

【上平七虞】膜（通"摸"）【入声十药】（内膜）

【上平七虞】瞿（兵器）【去声七遇】（惊惧）

【上平八齐】妻（夫妻）【去声八霁】（动词）

【上平八齐】泥（泥土）【去声八霁】（拘泥）

【上平十一真】嶙（嶙峋）【上声十一轸】（嶙嶙）

【上平十一真】遴（挑选）【去声十二震】（难行）

17

【上平十一真】磷（白磷）【去声十二震】（薄石）

【上平十二文】分（分开）【去声十三问】（名分）

【上平十二文】斤（斤两）【去声十三问】（明察）

【上平十二文】汶（黏唾）【去声十三问】（水名）

【上平十二文】闻（听闻）【去声十三问】（名声）

【上平十三元】囤（动词）【上声十三阮】（名词）

【上平十三元】犍（兽举尾也）【去声十四愿】（赶超）

【上平十三元】圈（圆圈）【去声十四愿】（畜栏）

【上平十三元】媛（婵媛）【去声十七霰】（美女）

【上平十三元】敦（敦厚）【去声十一队】（盘敦）

【上平十三元】蜿（屈曲）【上声十三阮】（蜿蟺）

【上平十四寒】干（干湿）【去声十五翰】（主干）

【上平十四寒】汗（可汗）【去声十五翰】（汗水）

【上平十四寒】观（观看）【去声十五翰】（道观）

【上平十四寒】单（单双）【去声十七霰】（姓氏）

【上平十四寒】冠（衣冠）【去声十五翰】（冠军）

【上平十四寒】钻（穿过）【去声十五翰】（工具）

【上平十四寒】难（艰难）【去声十五翰】（灾难）

【上平十四寒】弹（弹奏）【去声十五翰】（子弹）

【上平十四寒】谩（欺蒙）【去声十六谏】（谩骂）

【上平十五删】间（中间）【去声十六谏】（间隔）

【下平一先】传（传递）【去声十七霰】（传记）

【下平一先】佃（耕作）【去声十七霰】（佃户）

【下平一先】卷（蜷曲）【上声十六铣】（动词）【去声十七霰】（书卷）

【下平一先】咽（咽喉）【去声十七霰】（吞咽）【入声九屑】（呜咽）

【下平一先】便（安）【去声十七霰】（便利）

【下平一先】扁（扁舟）【上声十六铣】（平薄）

【下平一先】研（研究）【去声十七霰】（磨研）

【下平一先】旋（旋转）【去声十七霰】（旋酒）

【下平一先】溅（溅溅）【去声十七霰】（迸射）

【下平一先】犍（犍为）【上声十三阮】（阉割）

【下平一先】禅（坐禅）【去声十七霰】（封禅）

【下平一先】缘（缘分）【去声十七霰】（衣饰）

【下平一先】煎（油烙）【去声十七霰】（水煮）

【下平一先】鲜（新鲜）【上声十六铣】（少）

【下平一先】燕（地名）【去声十七霰】（燕子）

【下平一先】遄（迍遄）【上声十六铣】（转弯）

【下平二萧】夭（夭夭）【上声十七筱】（夭折）

【下平二萧】挑（挑选）【上声十七筱】（挑拨）

【下平二萧】要（要求）【去声十八啸】（重要）

【下平二萧】烧（焚烧）【去声十八啸】（野火）

【下平二萧】调（调理）【去声十八啸】（调查）

【下平二萧】剽（乐器）【去声十八啸】（剽窃）

【下平二萧】漂（漂浮）【去声十八啸】（漂亮）

【下平二萧】嘹（嘹亮）【去声十八啸】（闯荡）

【下平二萧】潦（水名）【去声二十号】（积水）

【下平二萧】鹞（鹞雉）【去声十八啸】（鹞鹰）

【下平三肴】炮（炮制）【去声十九效】（枪炮）

【下平三肴】教（令，使）【去声十九效】（教导）

【下平三肴】鞘（鞭梢）【去声十八啸】（剑鞘）

【下平四豪】号（呼号）【去声二十号】（号召）

【下平四豪】劳（劳动）【去声二十号】（慰劳）

19

【下平四豪】旄（牦尾）【去声二十号】（年老）

【下平四豪】涝（水名）【去声二十号】（旱涝）

【下平四豪】操（操持）【去声二十号】（操行）

【下平五歌】过（经过）【去声廿一个】（过失）

【下平五歌】那（姓氏）【上声廿一马】（通"哪"）【去声廿一个】（那里）

【下平五歌】和（与，同）【去声廿一个】（唱和）

【下平五歌】沱（水湾）【上声二十哿）】（沲）

【下平五歌】轲（接轴）【去声廿一个】（轗轲）

【下平五歌】荷（荷花）【上声二十哿】（负荷）

【下平五歌】颇（偏颇）【上声二十哿】（稍）

【下平五歌】磨（琢磨）【去声廿一个】（磨盘）

【下平六麻】划（划船）【入声十一陌】（划，割）

【下平六麻】华（中华）【去声廿二祃】（姓氏）

【下平六麻】些（些许）【去声廿一个】（助词）

【下平六麻】哑（咿哑）【上声廿一马】（聋哑）【入声十一陌】（笑声）

【下平七阳】亢（喉咙）【去声廿三漾】（高亢）

【下平七阳】长（长短）【上声廿二养】（长幼）

【下平七阳】创（创伤）【去声廿三漾】（创造）

【下平七阳】当（应当）【去声廿三漾】（适当）

【下平七阳】行（行列）【去声廿四敬】（学行）

【下平七阳】防（防备）【去声廿三漾】（守御）

【下平七阳】忘（通"亡"）【去声廿三漾】（遗忘）

【下平七阳】抢（碰撞）【上声廿二养】（抢夺）

【下平七阳】丧（丧葬）【去声廿三漾】（丧失）

【下平七阳】将（即将）【去声廿三漾】（将帅）

【下平七阳】相（相互）【去声廿三漾】（卿相）

【下平七阳】浪（沧浪）【去声廿三漾】（波浪）

【下平七阳】傍（侧）【去声廿三漾】（依傍）

【下平七阳】强（刚强）【上声廿二养】（勉强）

【下平七阳】量（衡量）【去声廿三漾】（数量）

【下平七阳】藏（收藏）【去声廿三漾】（宝藏）

【下平八庚】令（使令）【去声廿四敬】（命令）

【下平八庚】正（正月）【去声廿四敬】（端正）

【下平八庚】并（并州）【去声廿四敬】（并列）

【下平八庚】更（更改）【去声廿四敬】（更加）

【下平八庚】迎（相迎）【去声廿四敬】（往迎）

【下平八庚】顷（同"倾"）【上声廿三梗】（面积）

【下平八庚】桁（桁条）【去声廿三漾】（衣架）

【下平八庚】盛（盛受）【去声廿四敬】（茂盛）

【下平八庚】横（纵横）【去声廿四敬】（蛮横）

【下平八庚】橙（水果）【去声廿五径】（凳子）

【下平八庚】檠（灯檠）【去声廿四敬】（盘碟）

【下平九青】宁（宁静）【去声廿五径】（宁愿）

【下平九青】钉（名词）【去声廿五径】（动词）

【下平九青】泾（水名）【去声廿五径】（直流）

【下平九青】庭（庭院）【去声廿五径】（迳庭）

【下平九青】溟（溟溟）【上声廿四迥】（溟涬）

【下平十蒸】兴（兴旺）【去声廿五径】（兴趣）

【下平十蒸】应（应当）【去声廿五径】（答应）

【下平十蒸】胜（胜任）【去声廿五径】（胜败）

【下平十蒸】乘（动词）【去声廿五径】（量词）

【下平十蒸】称（称赞）【去声廿五径】（相称）

21

【下平十一尤】不（通"否"）【入声五物】（非）

【下平十一尤】呕（呕哑）【上声廿五有】（呕吐）

【下平十一尤】沤（名词）【去声廿六宥】（动词）

【下平十一尤】掊（扒掘）【上声廿五有】（击破）

【下平十一尤】溲（排便）【上声廿五有】（浸泡）

【下平十一尤】缪（绸缪）【去声廿六宥】（谬误）

【下平十一尤】繇（同"徭"）【去声廿六宥】（籀文）

【下平十二侵】任（负荷）【去声廿七沁】（信任）

【下平十二侵】浸（浸淫）【去声廿七沁】（浸泡）

【下平十二侵】湛（沉没）【上声廿九豏】（深厚）

【下平十二侵】禁（禁受）【去声廿七沁】（禁止）

【下平十三覃】三（数字）【去声廿八勘】（再三）

【下平十三覃】担（动词）【去声廿八勘】（量词）

【下平十三覃】澹（姓氏）【去声廿八勘】（澹泊）

【下平十四盐】占（占卜）【去声廿九艳】（占据）

【下平十四盐】沾（沾染）【去声廿九艳】（水名）

【下平十四盐】苫（草苫）【去声廿九艳】（覆盖）

【下平十四盐】渐（渐渍）【去声廿九艳】（渐进）

【下平十五咸】监（监督）【去声三十陷】（太监）

第四节　粤语的平仄

汉语方言通常分为七大方言：北方方言、吴方言、湘方言、赣方言、客家方言、粤方言、闽方言。各方言区内又分布着若干次方言和许多种土语。其中使用人数最多的北方方言分为北方官话、西北官话、西南官话、下江官话四个次方言。

第三章 平仄

中国七大方言之一的粤方言，又称粤语、广州话或广府话，俗称白话。粤语流行于广东、广西两省，地处岭南，语音演化缓慢，至今仍保存着许多古音的特点。尤其是不但保留了入声，而且全部保留了收"mp"尾的字音，如鸭、夹、洽、杂、侠、峡、甲、塔、腊、纳、恰等，皆以"mp"收尾，此类收尾又称"合口呼"。故以粤语来辨别古汉语的平仄，比普通话容易得多。会粤语的学员，无疑是比较幸运的。

粤语五声俱全，例如：

   阴平 阳平 上 去 入
   妈 麻 马 骂 擘（mark）
   温 文 吻 问 勿（mat）

有趣的是，粤语不仅在语音方面保留许多古音的特点，还保留很多古代词汇。常见字如：

食（吃）、行（走）、走（跑）、饮（喝）、几（多少）、话（说）、落（下）等。

还有一些在普通话中已不用的字，例如：

渠（他）、畀（给）、抆（封）、黐（音痴，黏）、依（音挨，靠、倚之意）、惜（音锡，爱也、吻也）、猋（音标，飞奔）、凭（音崩阳去，靠）……

亦有一些经过演变的，例如：

企（站）、睇（看）、靓（美丽）、快趣（快、赶快）、无端（无缘无故）……

虽然粤语保留中古音最多,但其单字的平仄并非和古汉语完全相同,如表示名词字头的"阿"字(阿爷、阿姨、阿娇),粤语读平声,但在平水韵里,却是入声"屋"韵。可见即使是两广人,也要在平仄中下工夫。

顺便谈谈粤语诗。

由于粤语之音韵、词汇比较特别,因此,粤语诗别具一格。自清初起,至民国,逮至当代,都流传不少精彩的粤语诗联。其中,以清末民初广东南海的何淡如最负盛名。当然,写粤语诗大多是广东人,但也有外省人,如皖人胡适用粤语写下《黄花岗》一诗:

　　黄花岗上自由神,手揸火把照乜人?
　　咪话火把唔够猛,睇佢吓倒大将军。

当代不少广州诗人也好此道,如何永沂之《点灯粤语诗十二首》,被陈永正教授赞之为"粤语诗历代之冠"。如其中一首《咏红棉》:

　　唔红唔够霸,仲系岭南威。
　　借佢烛龙火,留啲夜彩霓。
　　北人常问乜,屈子最啱题。
　　镇海楼巴闭,同埋伴夕晖。

(注:屈大均多红棉诗……烛龙,古代传说在天之西北有幽冥之国,有龙衔烛照亮。)

何永沂君之粤语诗,确实妙趣横生,认真抵死。何君曾自嘲:"何淡如上身了!"我戏赠其粤语诗一首:

永沂叻法得人惊,郁下口来千首成。
粤语吟诗够威水,淡如梗系死翻生。

去年夏天,我去佛山拜访余福智教授,送其一册拙著《文革诗词钩沉》。不意教授只用半年时间,便写下题拙著的《钩得沉殇集》粤语七律二百首。真是首首精彩,令人叹为观止!下面选录其中一首《读黄苗子〈江神子·题四蟹图〉》:

自恃周身用甲装,横行霸道好猖狂。
以为八爪真难捉,加上双钳咁易劏?
笨伯冇肠兼冇肺,市场成桶又成筐。
唔该斟定三蒸酒,整碟姜蓉傮蟹黄。

从上面选录胡适、何永沂、余福智的几首,亦能品赏到粤语诗之工妙处,几令人笑而绝倒!

第四章 押 韵

韵是诗词格律的基本要素。诗人在诗词中用韵，叫作押韵，又称压韵。诗词押韵，就造成一种悠扬和谐、循环往复的音乐美，增强感染力，便于朗诵吟哦，也利于记忆。从《诗经》到后代的民歌、诗、词、曲，几乎没有不押韵的，所以诗歌又叫韵文。

第一节 何谓韵

汉语的字音由声、韵、调三部分组成。声母，由辅音充当；由单个元音充当的叫单韵母，由两个或三个元音充当的叫复韵母，韵尾含鼻音的叫鼻韵母（如 en、in、un、ing、ong）。

"韵"，是指一个字音的收声，大致等于汉语拼音中所谓韵母，包括单韵母和复韵母。

第二节 押韵规则

古体诗比较自由，可以隔句押韵，也可以句句押韵；可以用平

声押韵,也可以用仄声押韵;可以一韵到底,也可以换韵;换韵的形式又有多种。近体诗即格律诗的押韵方式,则有定规:

一、一般是隔句押韵,即每隔一句,所用的字尾必须是同一韵部。

二、全诗的第一句,押韵或不押韵均可。五言诗常见的,是首句不押韵,此为正格。而首句起韵的,并不常见,此乃变格。七言诗却相反,常见首句起韵,是正格;首句不起韵的,是变格。

例(1):五言首句不入韵,为正格。

登鹳雀楼　　(唐)王之涣
　　白日依山尽,黄河入海流。
　　欲穷千里目,更上一层楼。
[用平水韵下平声(十一尤):流、楼押韵。]

例(2):七言首句入韵,为正格。

芙蓉楼送辛渐　　(唐)王昌龄
　　寒雨连江夜入吴,平明送客楚山孤。
　　洛阳亲友如相问,一片冰心在玉壶。
[用平水韵上平声(七虞):吴、孤、壶押韵。]

三、多以平声押韵(也有少数以仄声押韵的,其中五言诗居多,但格律诗以平声押韵为正格;因古体诗容许仄声押韵,所以仄声押韵的绝句和律诗也称"古绝""古律")。

押仄声韵,十分少见。例如:

      蒙池　　(唐) 刘禹锡
      潆淳幽壁下,深净如无力。
      风起不成文,月来同一色。
      地灵草木瘦,人远烟霞逼。
      往往疑列仙,围棋在岩侧。
[用平水韵入声(十三职):力、色、逼、侧押韵。]

第三节　关于平水韵

中国古代诗歌,绝大多数是押韵的。当时虽然没有专门的韵书,但是诗歌作者可以根据当时的语言习惯来安排诗韵。

至三国时代,出现了《声类》七卷,为魏李登编撰。虽然此书早已失传,但后人称此书是韵书之祖。至晋代,又出现了《韵集》六卷,为吕静编撰,此书亦已失传。至南北朝时期,又出现了《四声切韵》,为南朝人周颙所撰。还有《四声韵补》,为梁沈约所编。到了隋朝,有陆法言等八人,根据以前吕静等人编撰的六种韵书,编定成《切韵》五卷。唐宋诗人都是根据此书用韵。北宋初年陈彭年等人奉命编有《广韵》,稍后又有丁度等人增订《广韵》而成《集韵》。

这是有关韵书的历史发展的大概情况。《切韵》一书,只有少数残卷流传下来。北宋及北宋以前能流传至今的,只有《广韵》和《集韵》两种。

至南宋出现了《平水韵》，原名为《壬子新刊礼部韵略》，乃南宋（金朝）江北平水（今山西临汾）人刘渊所著。

从近唐初至南宋之前，虽然《平水韵》仍未出现，但诗韵皆基本上与《平水韵》所定的押韵标准相符。清代改编《平水韵》为《佩文韵府》，是清人科举考试和作诗的用韵标准。当代人写古典诗也是遵从《平水韵》。

《平水韵》包括平声30韵，上声29韵，去声30韵，入声17韵，共有106个韵部。

鉴于古今语音的变化，近年有不少诗家主张可押新韵，但至今尚未有一本《中华现代诗韵》权威性韵书。20世纪60年代由中华书局上海编辑所出版，后来经上海古籍出版社重新修订出版的《诗韵新编》，列有18韵，并指出若干韵可通押。每个韵部分列四声，使用方便，广受欢迎。笔者之见，作诗用平水韵、新韵皆可，但同一首诗中，同一阕词中，平水韵和新韵不可混合使用。

第四节　可押邻韵（孤雁格）

一般而言，律诗，除首句可入邻韵外，四个韵字，必须一韵到底，不能押韵部以外的邻韵，这是唐宋以来公认的律诗韵法。但是，自宋代开始以后，由于社会变革以及南北东西交流的日益频繁，汉语语音发生了很大的变化，就诗韵而言，可能原来中古音韵系统中的不同韵部，尤其是邻韵之间的区别日益淡化，有的甚至融合接近，以至于完全相同。汉语的声韵系统也从宋代开始进入了所谓"近现代声韵系统"。于是，在诗坛，不少诗人开始探索，如何根据已经发生变化了的汉语声韵系统，来探索格律诗声韵的变格与创新，试图打破原来按中古音韵划分的韵部来选择韵字，扩大用韵的范围。最初的探索也许就是所谓"邻韵相押"。在这方面探索较多的，是宋朝诗人项安世与杨万里。

如律诗首句，可用"邻韵"，即邻近韵部的字，称之为"孤雁出群格"，就好像一只孤单的白雁带着一群黑雁振翅高飞。格律诗的最后一句借用邻近韵部的字作为韵脚的，称为"孤雁入群格"，或称"孤雁混群格"。

虽然可押邻韵，但要求两韵必须是可以通押的邻韵。

邻韵可通押的分类如下：
1. 东—冬，2. 江—阳，3. 支—微—齐，4. 鱼—虞，5. 佳—灰，6. 真—文—元（半），7. 寒—删—先—元（半），8. 萧—肴—豪，9. 庚—青—蒸，10. 覃—盐—咸。

平声三十韵中唯有歌、麻、尤、侵等四个韵部没有邻韵。具体韵字查看韵书即可。

"孤雁出群格"或"孤雁入群格"，只适用于平水韵，新韵则不适用。

例（1）：首句借押邻韵的"孤雁出群"格。例如：

访戴天道士不遇　　（唐）李白
犬吠水声中，桃花带露浓。
树深时见鹿，溪午不闻钟。
野竹分青霭，飞泉挂碧峰。

无人知所去，愁倚两三松。

（首句押"中"字，乃东韵；其余第二、四、六、八句之"浓""钟""峰""松"，乃属冬韵。东、冬两韵邻近。）

例（2）：末句借押邻韵的"孤雁入群"格。例如：

无题　（现代）鲁迅
惯于长夜过春时，挈妇将雏鬓有丝。
梦里依稀慈母泪，城头变幻大王旗。
忍看朋辈成新鬼，怒向刀丛觅小诗。
吟罢低眉无写处，月光如水照缁衣。

（第一、二、四、六句之"时""丝""旗""诗"皆押支韵，末句"衣"字属微韵。支、微两韵邻近。）

第五节　邻韵相押特殊格

所谓进退韵、辘轳韵、葫芦韵，（也称格、体）是指用邻韵入律的一种律诗韵法。

下面介绍这几种特殊韵法，并非鼓励大家写这类诗，只是增长知识而已。

一、进退韵，也叫"进退格"，是律诗用韵的一种格式。在一首诗中，采用两个相近的韵部来押韵，隔句递换用韵，一进一退，因此叫作"进退韵"。

"进退韵"例：

嘲淮风进退格　　（宋）杨万里

絮帽貂裘莫出船，北窗最紧且深关。（下平一先、上平十五删）
颠风无赖知何故，做雪不成空自寒。（上平十四寒）
不去扫清天北雾，只来卷起浪头山。（上平十五删）
便能吹倒僧伽塔，未直先生一笑看。（上平十四寒）

杨万里的这首作品为仄起平收首句入韵，通篇押下平一先（船）、上平十五删（关、山）、上平十四寒（寒、看）三韵。属孤雁出群式的进退格。

二、辘轳韵：如第二、第六句用甲韵，则第四、第八句用与甲韵可通的乙韵，双出双入，此起彼落，有似辘轳，故名。

"辘轳韵"例：

城上野步用辘轳体　　（宋）杨万里

守劲无遗暖，晴行失老怀。（九佳）
叶飞枫骨立，萍尽沼乔开。（十灰）
路好仍回首，泥残敢放鞋。（九佳）
登临不须尽，留眼要重来。（十灰）

三、葫芦韵亦称"葫芦格"，与进退格同为用韵的一格。葫芦韵者，先二后四。如"青""蒸"通押，先二韵"青"，后四韵"蒸"。先小后大，有似葫芦，故称。葫芦韵通常用于排律。

"葫芦韵"例：

次韵杨宰葫芦格 （宋）陈造
生常信流坎，老不叹漂零。（九青）
雪后菊未死，雨余山更青。（九青）
仍烦析尘语，远寄打包僧。（十蒸）
政绩随诗价，多君日日增。（十蒸）

第六节 押韵五忌

一、忌出韵

出韵，也叫落韵。作近体诗，押韵要按照《平水韵》。若同一首诗中存在不同韵部的字，则称为出了韵，此乃诗家大忌。有的人由于读字发音不正确，或受方言影响，又不熟悉诗韵，作诗往往会出韵。所以初学作诗时，凡叶韵用字，过去未见过先例的，须找韵书查对一下。

二、忌同字韵

同一首诗中，不能用两个相同的字为韵脚。韵脚有两字相同，便是重韵，不合格律。

而有一种独韵诗，是指诗词中通首用同一字作韵脚，也称福唐体、独木桥体。用同字作韵，堪称奇特。独韵诗词在此书第十二章第一节另文介绍。

独韵诗少见，独韵词常见。例如：

瑞鹤仙·环滁皆山也　（宋）黄庭坚

环滁皆山也。望蔚然深秀，琅琊山也。
山行六七里，有翼然泉上，醉翁亭也。
翁之乐也。得之心，寓之酒也。
更野芳佳木，风高日出，景无穷也。

游也。山肴野蔌，酒洌泉香，沸筹觥也。
太守醉也，喧哗众宾欢也。
况宴酣之乐，非丝非竹，太守乐其乐也。
问当时太守为谁，醉翁是也。

三、忌大量连续用同音字入韵

连续用同音字押韵，会出现单调死板的声韵效果，然少量运用、间隔出现是允许的，例如：

客中行　（唐）李白

兰陵美酒郁金香，玉碗盛来琥珀光。
但使主人能醉客，不知何处是他乡。

（香、乡是同音字，但在此诗中有间隔。）

四、忌撞韵

不应押韵的奇数句尾若押韵，称为撞韵或赘韵，例如：

泊船瓜洲　（宋）王安石

京口瓜洲一水间，钟山只隔数重山。
春风又绿江南岸，明月何时照我还。

此诗第三句句尾之"岸"，与"间、山、还"是安（an）韵，"岸"一改声调，便是句句押韵，撞了韵。不管平仄，如果韵母相同，便是撞韵。

无疑，王安石这首诗写得非常好，千载流传。特别是"绿"字之推敲过程，诚一段文坛佳话。此诗虽然撞韵，然瑕不掩瑜。况且，诗是以意为主。然初学写作诗词者，要尽量避免撞韵的缺点。

五、忌险韵

以生僻字为韵，称险韵。险韵难押，且生僻之字，欣赏人少。韵有宽有窄，所谓"宽韵"，指同一韵部的字多，选择性多，如支韵、真韵、先韵、阳韵、庚韵、尤韵等；而"窄韵"，指同一韵部的字少，故少用，如江韵、佳韵、肴韵、覃韵、盐韵、咸韵等。有些韵，如微韵、删韵、侵韵，字数虽少，但比较合用，也受人欢迎。对初学者而言，以先选用宽韵为宜。

第七节　传统唱和

一、非和韵和诗

只作诗酬和，不用被和诗原韵，例如：

醉赠刘二十八使君　（唐）白居易
为我行杯添酒饮，与君把箸击盘歌。
诗称国手徒为尔，命压人头不奈何。
举眼风光长寂寞，满朝官职独蹉跎。
亦知合被才名折，二十三年折太多。

酬乐天扬州初逢席上见赠　（唐）刘禹锡
巴山楚水凄凉地，二十三年弃置身。
怀旧空吟闻笛赋，到乡翻似烂柯人。
沉舟侧畔千帆过，病树前头万木春。
今日听君歌一曲，暂凭杯酒长精神。

刘诗押十一真韵，白诗押五歌韵，两诗不同韵。刘诗是和诗。

二、和韵诗

吟诗写诗，有时一唱一和乃至数人唱和。后面唱和的诗人，用前面诗作的韵，称之和韵。和韵有三种：

1. 次韵（又称步韵）：
用原韵原字，且字的先后次序都一样。
据传最早之步韵诗，乃北魏时期陈留长公主步韵谢氏之作。此二诗见载于《先秦汉魏晋南北朝诗·北魏卷》：

赠王肃　（北魏）谢氏
本为箔上蚕，今作机上丝。
得络逐胜去，颇忆缫绵时。

代答　（北魏）陈留长公主
钗是贯绅物，日中常纴丝。
得帛缝新去，何能衲故时。

两诗原出自《洛阳珈蓝记》卷三。上和诗应出现在公元493至501年之间。然而，一般认为唐朝的元稹和白居易，是开步韵唱和风气之先。

2. 用韵：
基本用原韵原字，然先后次序有变化。例如：

和若邪溪女子题王乡驿　（唐）高衢
南北千山与万山，轩车谁不思乡关。
独留芳翰悲前迹，陌上恐伤桃李颜。

题王乡驿　（唐）若邪溪女
昔逐良人西入关，良人身没妾空还。
谢娘卫女不相待，为雨为云过别山。

原诗韵脚是"关""还""山"，而和诗韵脚是"山""关""颜"；用了两个原字，而次序不同，可视为用韵。诗题标有"用韵"的，一般都属此类。

3. 依韵，亦称同韵：
只用原韵，不用原字。例如：

答裴迪辋川遇雨忆终南山之作　（唐）王维
　　淼淼寒流广，苍苍秋雨晦。
　　君问终南山，心知白云外。

辋川遇雨忆终南山因献王维　（唐）裴迪
　　秋雨晦空曲，平沙灭浮彩。
　　辋水去悠悠，南山复何在？

　　裴迪之诗是原赠诗，王维之诗是依韵和诗。按当时韵律，两人所押之韵，韵字不同，但属同部韵。

第五章　对　　仗

对偶是汉语常用的修辞手法之一。在诗词中，对偶又称对仗。对仗之称谓，源自古代两两相对的仪仗队。

第一节　普通对仗基本要求

1. 由两句组成。
这两句又称为一联或一个对子，前句叫出句、上句或上联，后句叫对句、下句或下联。

2. 两句字数相同。
对偶字数多少不限，但一定要相等。

3. 词类相对。
所谓词类相对，即名词对名词，动词对动词，形容词对形容词，副词对副词等。其中最重要的是名词对偶，其他词类要求比较宽。
至于词义，可以相反或相近，但若意义完全相同，如"赤县"对"神州"，"晚间"对"夜里"，被称为"合掌"，亦是诗家大忌。

4. 语法结构相对。

所谓语法结构，是指主、谓、宾、状、定语，乃至从句等，例如：

明月松间照，清泉石上流。

此联上下句皆为"定语—主语—状语—谓语"结构。

然古代对文法未有深入、精细的研究和总结，故文法结构之对应，要求并不十分严格。例如：

客心洗流水，余响入霜钟。

此联之文法结构，上句为"宾语—谓语—主语"，下句为"主语—谓语—宾语"。当然，古人（包括现代人）诗作中常有词序倒置，更多是出于修辞或对仗的需要，不一定受"文法"的制约。

第二节　对仗种类

对仗种类甚多，古人总结出来就有三十多种，姑且择重点介绍之：

一、工对

所谓工整的对仗，主要是指名词而言。一般来说，凡是属同类事物的对仗，便是工对。王力教授之《汉语诗律学》（中华书局2003年版，153—166页），分析归纳出28种词类，甚有参考价值。

工整的对仗例如:

白居易之《余杭形胜》联句:

> 绕郭荷花三十里,拂城松树一千株。

又如刘禹锡之《麻姑山》联句:

> 云盖青山龙卧处,日临丹洞鹤归时。

二、邻对

"邻对"是邻近的事类,即同类不同门、甚至不同类的名词相对,如天文对时令,地理对宫室,颜色对方位,同义词对联绵词等。邻对能拓展思维空间,增加了可用词汇,给律诗增添了相当大的活力。

例如:
王维《使至塞上》之颔联:

> 征蓬出汉塞,归雁入胡天。

"征蓬"与"归雁",是不同类的名词。

陈子昂《春夜别友人》之颔联:

> 离堂思琴瑟,别路绕山川。

"琴瑟"与"山川",是不同类名词。这两联句,都属于邻对。

三、宽对

用邻近的事物或其属性相对,便是宽对,或指对仗不严格不工整的句子。

例如秋瑾《黄海舟中日人索句并见日俄战争地图》句:

浊酒不销忧国泪,救时应仗出群才。

"出群才"对"忧国泪",即属宽对。

毛泽东之《和柳亚子先生》颔联云:

三十一年还旧国,落花时节读华章。

"三十一年"与"落花时节",除"年"与"节"同属时令门类,字面相对外,其余三字都不相对,但四字都属时间概念,意义是相对的,所以又叫"意对"。

有人认为,宽对未必逊于工对。

四、正对

"正对"乃出句、对句的意思是同一方向并立的,相互补充,相互烘托,相互和谐的对仗。上下两句的内容,须力避同义、近义。

例如:

毛泽东《长征》之对句：

> 五岭逶迤腾细浪，乌蒙磅礴走泥丸。

鲁迅《自嘲》之对句：

> 破帽遮颜过闹市，漏船载酒泛中流。

杜甫《登楼》之对句：

> 锦江春色来天地，玉垒浮云变古今。

杜甫《蜀相》之对句：

> 映阶碧草自春色，隔叶黄鹂空好音。

两句都是描写同一地点同一节候的不同景物，互相映衬，便为正对。

五、反对

"反对"者，出句、对句的意思反向并立，对立统一之对仗，具有强烈对比、映衬作用，极富艺术感染力。

例如：
苏味道《正月十五夜》之对句：

> 暗尘随马去，明月逐人来。

杜甫《将赴成都草堂途中有作，先寄严郑公》之对句：

> 新松恨不高千尺，恶竹应须斩万竿。

毛泽东《和柳亚子先生》之对句：

> 牢骚太盛防肠断，风物长宜放眼量。

六、借对

实际意义，即字面本不相对，而是借用其文字之谐音，或多义词中某一意义来相对，便是借对。

例如：
孟浩然《裴司士见访》之对句：

> 厨人具鸡黍，稚子摘杨梅。

借音对之例，"杨"之谐音字为"羊"，借用来与"鸡"相对。

又如杜甫《曲江》（之二）之对句：

> 酒债寻常行处有，人生七十古来稀。

上句之"寻常"，乃借用其"八尺、十六尺"之义，与下句之

"七十"相对。

钱锺书说:"律体之有对仗,乃撮合语言,配成着属。愈能使不类为类,愈见诗人心手之妙。"并例举了中晚唐与孟郊并称为"苦吟诗人"的贾岛之联句:"独行潭底影,数息树边身。"这一联中的"潭"与"树"、"影"与"身"皆不同类,但成为极工的一联。诗人自注曰:"二句三年得,一吟双泪流。"(见《谈艺录》185页)可见这种"使不类为类"的对仗,以雕琢为工,铸字炼句取胜,须得下番苦功的。

七、问答对

问答对者,一问一答之间,又自然成对。此种问答对,显得生动活泼,趣味盎然。

例如杜甫《天末怀李白》之颔联:

> 鸿雁几时到?江湖秋水多。

又如刘长卿《送宇文迁明府赴洪州张观察追摄丰城令》之颔联:

> 路逐山光何处尽?春随草色向南深。

八、情景对

情景对者,一句抒情,一句写景,情与景相对。

例如:

孟浩然《早寒有怀》之颈联：

> 乡泪客中尽，孤帆天际看。

又如刘禹锡《西塞山怀古》之颈联：

> 人世几回伤往事，山形依旧枕寒流。

九、数字对

句中故意安排数目字，于联中两两相对，以创造形象和意境。

例如：
刘长卿《送李中丞之襄州》之颈联：

> 独立三边静，轻生一剑知。

又如温庭筠《利州南渡》之颈联：

> 数丛沙草群鸥散，万顷江田一鹭飞。

十、流水对

"流水对"，又称"串对"，指一联之上句与下句，实际上是一句话，意思连贯，不能颠倒，而单读每句之意义都不完整。流水对乃联对中之佳作，即因其一气呵成，畅而不隔，如行云流水，妙韵天成。

流水对的构思和形态有多种，主要是：

1. 典型的流水对，是上下句用连词串接，或根本是一句话分两半说。

例如：
王之涣《登鹳雀楼》之联句：

    欲穷千里目，更上一层楼。

骆宾王《在狱咏蝉》之联句：

    不堪玄鬓影，来对白头吟。

杜甫《秋兴八首》（之二）之联句：

    请看石上藤萝月，已映洲前芦荻花。

元稹《遣悲怀》（之三）之联句：

    唯将终夜长开眼，报答平生未展眉。

2. 很多流水对上下句分别是两个连贯的动作。

例如：
王维《终南别业》之联句：

行到水穷处，坐看云起时。

孟浩然《清明日宴梅道士房》之联句：

忽逢青鸟使，邀入赤松家。

杜甫《留别王维》之联句：

欲寻芳草去，惜与故人违。

杜甫《闻官军收河南河北》之联句：

即从巴峡穿巫峡，便下襄阳向洛阳。

3. 有些对联上下句好像分别意思完整，但只有连在一起才见情趣，通常也被看作流水对。

例如：
白居易《赋得古原草送别》之联句：

野火烧不尽，春风吹又生。

白居易《鹦鹉》之联句：

人怜巧语情虽重，鸟忆高飞意不同。

陆游《游山西村》之联句：

山重水复疑无路，柳暗花明又一村。

陆游《书愤五首》（其一）之联句：

塞上长城空自许，镜中衰鬓已先斑。

十一、就句对

"就句对"，也叫"当句对""句中对"，就是在同一句中的词语自成对仗，同时又与另一句成对。这样的诗句色彩和意境丰富，可选的词汇也增加了。

例如：
杜甫《登岳阳楼》的颔联：

吴楚东南坼，乾坤日夜浮。

其中"吴"与"楚"、"东"与"南"，"乾"与"坤"、"日"与"夜"，构成同类对，同时两句又构成对仗。

毛泽东《解放军占领南京》之颔联：

虎踞龙盘今胜昔，天翻地覆慨而慷。

其中"虎踞"与"龙盘"、"天翻"与"地覆"分别构成工对，同时两句又构成对仗。

十二、掉字对

"掉字对",是指一句之中两个相同之字间隔使用,再两两相对的格式。这种对仗也是古诗中常见的,掉字对实际上是"同字对"与"就句对"的结合,所以更能增加对仗工整的气氛,同时读起来朗朗上口,显示其音律美。

杜甫的七律中掉字对很多,用得很巧妙,例如:

《曲江对酒》的颔联:

> 桃花细逐杨花落,黄鸟时兼白鸟飞。

出句中的两个"花"字与对句中的两个"鸟"字相对。

《江村》的颔联:

> 自去自来堂上燕,相亲相近水中鸥。

出句中的两个"自"字与对句中的两个"相"字相对。

《白帝》的颈联:

> 戎马不如归马逸,千家今有百家存。

出句中的两个"马"字与对句中的两个"家"字相对。

《闻官军收河南河北》的尾联：

即从巴峡穿巫峡，便下襄阳向洛阳。

出句中的两个"峡"字与对句中的两个"阳"字相对。

十三、迭字对

"迭字对"，又称"连珠对"，就是在联句中用迭字。迭字能够增加诗歌的音律和修辞，有助于诗歌达到情景交融的境界，可以使诗歌中的思想感情表达得更为深切。

例如：
毛泽东《冬云》的颔联：

高天滚滚寒流急，大地微微暖气吹。

其中"滚滚"对"微微"便是。

古诗中迭字对是常见的，例如崔颢《黄鹤楼》的颈联：

晴川历历汉阳树，芳草萋萋鹦鹉洲。

杜甫《登高》的颔联：

无边落木萧萧下，不尽长江滚滚来。

又如王维《积雨辋川庄作》的颔联：

> 漠漠水田飞白鹭,阴阴夏木啭黄鹂。

叶梦得有评:"此两句好处,正在添漠漠阴阴四字……"在这两句诗里,"漠漠"是形容水田广布,茫茫苍苍。"阴阴"是形容夏木幽暗,阴阴森森。这两个迭字一用,把水田和夏木的具体气象生动、形象地展示出来了。

十四、隔句对

"隔句对"又称"扇面对"。它指四句组成的两个对仗,与一般结构不同,它第一句跟第三句相对,第二句跟第四句相对。也就是一首诗中前联与后联形成对仗,像扇面一样。

例如:
白居易酬刘主簿中之联句:

> 我随鹓鹭入烟云,谬上丹墀为近臣;
> 君同鸾凤栖荆棘,犹着青袍作选人。

这便是隔句对。隔句对在诗中不多见,而在词里面,如《沁园春》《望海潮》等长调中却是常见的。

十五、无情对

在对联家族中,有一种"无情对"。这种对联十分别致,上下联可谓风马牛不相及,两边对的内容隔得越远越好。但细读起来,则又字字相对,十分工整、巧妙。

第五章 对仗

例一

> 庭前花始放，阁下李先生。

上联写景，庭前百花正在盛开；下联却是个人物的称呼，意义无法相对，但细读之，却能发现下联三用借对（"阁下"既指一种尊称，又指楼阁之下；"李"既指姓氏，又指李树；"先生"既指尊称，又指最先长出）巧与上联字字工对："庭"与"阁"小类工对，"前"与"下"方位名词对，"花"与"李"植物名词对，"始"与"先"副词作状语对，"放"和"生"动词对。

例二

> 公门桃李争荣日，法国荷兰比利时。

上联出自《资治通鉴》："或谓狄仁杰曰：'天下桃李，悉在公门矣！'"指唐代名臣狄仁杰门生之多；下联是欧洲三个国家名，上下联虽南辕北辙，但却字字对仗工稳："法国"对"公门"，"荷"对"桃"，"兰"对"李"，"比"对"争"，"利"对"荣"，"时"对"日"。

此联是"谐联圣手"何淡如所撰。

例三

> 五月黄梅天，三星白兰地。

据说，民国初年的一个黄梅季节，汪精卫在一次宴会上为助酒兴，出联句给众人对——"五月黄梅天"。大家正思索间，传来侍者上酒的吆喝声:"三星白兰地。"

这时席中才思敏捷者忽拍手称妙:"这不正对得天衣无缝吗?"大家细品,果然是一副浑然天成的对联。

"三"对"五","星"对"月","白兰"对"黄梅","地"对"天"。

何其工整,何其美妙!真是天衣无缝的一副"无情对"。

这只是一个故事。事实是,此上联是民国初年上海一家酒楼在报上悬赏征对句,结果应对者以"无情对"夺魁,此事轰动一时,酒楼因而生意兴隆。

第三节　对仗禁忌

一、忌同字相对

同字,是指在出句和对句中使用了某个相同的字。如果不是为了修辞的需要,格律对仗联句一般是不允许同字的。同字有两种情况:

1. 同位同字:即同一个字出现在出句和对句相对应的位置;
2. 异位同字:是指同一个字出现在出句和对句中不相对应的位置。

无论是同位同字,还是异位同字,都会损害联句音律美,削弱联句表现力,初学者应力避之。

对仗避用同字,目的在于使对仗能够从不同角度去说明一个中心。同字相对，在古诗里比较普遍，最突出的当是《木兰辞》：

问女何所思，问女何所忆。
女亦无所思，女亦无所忆。

古诗体制较长，而且一般比律诗平朴简单，自然会出现这种缠绵反复的同字对仗。但律诗是不容许的。虽然偶有发现，但不足师法。

二、忌结构雷同

"结构雷同"是指：一首诗中相邻的两联对仗，特别是颔联和颈联。如果句子音节结构方式相同，会造成音律和语意的重复呆板。如下面这首五律：

春夜别友人　（唐）陈子昂
银烛吐青烟，金樽对绮筵。
离堂思琴瑟，别路绕山川。
明月隐高树，长河没晓天。
悠悠洛阳去，此会在何年？

这算得上好诗，情感细腻，细节生动，格律无瑕，对仗工稳，但若从完美的角度要求，则尚欠理想。这首五律的前三联，结构完全雷同。而前六句每句前头两字，即"银烛，金樽，离堂，别路，明月，长河"，犯了"六平头"。"平头"之诗病，请参考第七章第四节之说明。

三、忌合掌

合掌，顾名思义，是佛家两只手掌相合之相。对于词学修辞来说，是指对偶句中的两个字（或词）是同一个意思。合掌为对仗之大病。为文遣词造句从来讲究一石三鸟，合掌是二石一鸟，故为诗家所忌。然名诗人也偶犯此病，例如：

送沂上人笑隐住龙翔寺 （元）萨天锡

江南隐者人不识，一日声名动九重。
地湿厌闻天竺雨，月明来听景阳钟。
衲衣香暖留春麝，石钵云寒卧夜龙。
何日相从陪杖屦？秋风江上采芙蓉。

此诗引出一段故事，俞弁《逸老堂诗话》有记述：

虞伯生见之，谓曰："诗固好，但'闻'、'听'字意重。"萨当时自负能诗，意虞以先辈故少之云尔。萨后至南台，见马伯庸，亦如虞所云。欲改之，未得。未几，萨以事至临川谒虞，语及前诗，伯生曰："此易事。唐人诗有云'林下老僧来看雨'。宜改作'地湿厌看天竺雨'，音调更差胜。"萨叹服，拜为"一字师"。

现转录余德泉所著《对联通》（中国人民大学出版社2000年版，第99页）所登《合掌对两串》，也许对读者有些启发。

其一

瞧对看，听对闻，上路对启程。
后娘对继母，亡父对先君。
醪五两，酒半斤，扫墓对上坟。
乞援双瞎子，求助二盲人。
岳父有因才枉驾，丈人无故不光临。

十分容颜，五分造化五分打扮；
两倾姿色，一半生就一半妆成。

其二

行对走，跑对奔，早晚对晨昏。
侏儒对矮子，傻子对愚人。
观浪起，看波兴，闭户对关门。
神州千载秀，赤县万年春。
国士无双双国士，忠臣不二二忠臣。
大德似天高，天高加一丈；
恩深如地厚，地厚减千分。

第六章 绝　　句

"格律"一词，原用于律法和音律。自唐代以来，就有人称格律为诗。白居易《戏赠元九、李二十》诗云："每被老元偷格律，苦教短李伏歌行。"

格律诗定型于唐代。胡应麟之《诗薮》有云："诗至于唐而格备，至于绝而体穷。故宋人不得不变而为词，元人不得不变而为曲。"

格律诗分绝句和律句两种，绝句每首四句，律诗每首八句。还有一种排律，是在律诗基础上加长篇幅而成。绝句、律诗又分五言和七言。如此，则常见者有四体：五绝、七绝、五律、七律。

诗律，是诗的格式和韵律。由于诗歌属于韵文，在其最初的发展阶段，一般依据语音的自然节奏和口语的韵律而形成某种音乐性的效果。当诗歌发展到高级阶段时，人们总结了语音与诗歌形成相结合的经验，形成了格律。这种诗歌，我们称它为古典格律诗体。诗律是诗歌发展的产物。

格律诗诗律的形成，是唐代诗人在诗歌理论和创作方面，不断继承发展、推陈出新的结果。初唐时期,沈佺期、宋之问、杜审言等人都为格律诗的定型作出了杰出的贡献。其后杜甫是唐代格律诗之集大成者。明代徐增所撰《而庵诗话》中云:"太白以气韵胜,子美以格律胜,摩诘以理趣胜……合三人之所长而为诗,庶几其无愧于风雅之道矣。"

第一节 结构法则

一、汉诗的节奏

汉诗通常以两个音(即两个字)组成一个节奏单元,即诗节。其音律的基本规则就是二平二仄的递用。当诗句字数为奇数时,如五言诗,其句子最后一个字单独成为一个诗节。

五言诗每句有三个诗节:
第一、二字称头节,有平平、仄仄两种格式;
第三、四字称腹节,有平平、仄仄、平仄、仄平四种格式;
第五字称脚节,有仄、平两种格式。

五言诗句正体遵从如下平仄规律:
1. 头、腹节、脚节平仄递用;
2. 不递用时,前三字须同声,即平平平或仄仄仄;后二字也同声,即仄仄或平平。而前二字与后二字之平仄须相反。

据此,可排出正体五言诗句的四种平仄形式:
1. 平起仄收:平平平仄仄

2. 仄起平收：仄仄仄平平
3. 仄起仄收：仄仄平平仄
4. 平起平收：平平仄仄平

二、对、粘规则

所谓"对"，指平仄对立。一联诗句中，上下句同一位置的字，平声与仄声要相反。如上句若为"平平平仄仄"，下句则为"仄仄仄平平"；上句若为"仄仄平平仄"，下句则为"平平仄仄平"。

所谓"粘"，就是平粘平，仄粘仄。具体说，就是奇数句第二字的平仄，须与前面偶数句第二字的平仄相一致。

对粘的作用，是使平仄声调互相交替配合，形成抑扬顿挫的节奏感和声律美。凡不符合对粘规则，称作"失对"或"失粘"。

按照对粘规则，只要你决定了首句第二个字的平仄，以及首句是否入韵，则全首绝句或律诗的平仄格式可确定下来。之所以看首句的第二个字，因为一般来说，第一个字是可平可仄。

第二节　五绝句式

所谓"绝句"，是指四句的五言或七言诗。而"绝句"名称的由来，有两种解释：

一是绝句亦称截句，乃截取律诗四联中的两联。然绝句出现在律诗之先，此说与诗史相悖。

另一说是，古人作诗，以四句为一意思的完结，故单独四句的诗被称作"绝句"。古人也说过："绝，截也。"本人较为赞同此说。

绝句分五言和七言，五言是每句五个字，七言是每句七个字。五言绝句有四种平仄格式：

（说明：◎表示此字可平可仄。）

一、仄起，首句不入韵

    相思 （唐）王维

◎仄平平仄，红豆生南国，
平平仄仄平。春来发几枝？
◎平平仄仄，愿君多采撷，
◎仄仄平平。此物最相思。

二、仄起，首句入韵

    塞下曲 （唐）卢纶

◎仄仄平平，林暗草惊风，
平平仄仄平。将军夜引弓。
◎平平仄仄，平明寻白羽，
◎仄仄平平。没在石棱中。

三、平起，首句不入韵

    听筝 （唐）李端

◎平平仄仄，鸣筝金粟柱，
◎仄仄平平。素手玉房前。
◎仄平平仄，欲得周郎顾，
平平仄仄平。时时误拂弦。

四、平起，首句入韵

    闺人赠远 （唐）王涯
    平平仄仄平，花明绮陌春，
    ◎仄仄平平。柳拂御沟新。
    ◎仄平平仄，为报辽阳客，
    平平仄仄平。流光不待人。

  五绝常见是仄起，首句不入韵。近体诗押韵要严格依照韵部，不可出韵。

第三节 七绝句式

  七言绝句简称七绝，七言句式是五言句式的扩展，在五言句前，加上与首节平仄相反的二字即成。与五绝一样，共有四种平仄格式：

一、平起，首句不入韵

   潍县署中画竹呈年伯包大中丞括 （清）郑燮
    ◎平◎仄平平仄，衙斋卧听萧萧竹，
    ◎仄平平仄仄平。疑是民间疾苦声。
    ◎仄◎平平仄仄，些少吾曹州县吏，
    ◎平◎仄仄平平。一枝一叶总关情。

二、平起，首句入韵

    题西林壁 （宋）苏轼
    ◎平◎仄仄平平，横看成岭侧成峰，

◎仄平平仄仄平。远近高低各不同。
◎仄◎平平仄仄，不识庐山真面目，
◎平◎仄仄平平。只缘身在此山中。

三、仄起，首句不入韵

绝句　（唐）杜甫

◎仄◎平平仄仄，两个黄鹂鸣翠柳，
◎平◎仄仄平平。一行白鹭上青天。
◎平◎仄平平仄，窗含西岭千秋雪，
◎仄平平仄仄平。门泊东吴万里船。

四、仄起，首句入韵

山行　（唐）杜牧

◎仄平平仄仄平，远上寒山石径斜，
◎平◎仄仄平平。白云生处有人家。
◎平◎仄平平仄，停车坐爱枫林晚，
◎仄平平仄仄平。霜叶红于二月花。

七绝通常是首句入韵，首句不入韵的很少。

第七章 律　　诗

　　律诗限定每首八句，有五言律诗（简称五律）及七言律诗（简称七律）两种。五律每句五字，全首四十个字；七律每句七字，全首五十六个字。

　　每首律诗八句分成四联：第一、二句称首联或起联，第三、四句称颔联，第五、六句称颈联，第七、八句称尾联或落联。标准的律诗，颔联和颈联的两句必需对仗。

　　律诗逢偶句押韵，首句押韵或不押韵皆可。五律首句不押韵、七律首句押韵是正格，反之则为变格。

第一节　五律句式

　　五律有四种句式：
　　（说明：◎表示此字可平可仄。）

一、仄起，首句不入韵

　　　　春望　（唐）杜甫
　　◎仄平平仄，国破山河在，
　　平平仄仄平。城春草木深。

◎平平仄仄，感时花溅泪，
◎仄仄平平。恨别鸟惊心。
◎仄平平仄，烽火连三月，
平平仄仄平。家书抵万金。
◎平平仄仄，白头搔更短，
◎仄仄平平。浑欲不胜簪。

二、仄起，首句入韵

月夜忆舍弟　（唐）杜甫

◎仄仄平平，戍鼓断人行，
平平仄仄平。边秋一雁声。
◎平平仄仄，露从今夜白，
◎仄仄平平。月是故乡明。
◎仄平平仄，有弟皆分散，
平平仄仄平。无家问死生。
◎平平仄仄，寄书长不达，
◎仄仄平平。况乃未休兵。

三、平起，首句不入韵

喜见外弟又言别　（唐）李益

◎平平仄仄，十年离乱后，
◎仄仄平平。长大一相逢。
◎仄平平仄，问姓惊初见，
平平仄仄平。称名忆旧容。
◎平平仄仄，别来沧海事，

◎仄仄平平。语罢暮天钟。
◎仄平平仄,明日巴陵道,
平平仄仄平。秋山又几重。

四、平起,首句入韵(此格唐代诗极少见)

奉和杨驸马六郎秋夜即事 (唐)王维

平平仄仄平,高楼月似霜,
◎仄仄平平。秋夜郁金堂。
◎仄平平仄,对坐弹卢女,
平平仄仄平。同看舞凤凰。
◎平平仄仄,少儿多送酒,
◎仄仄平平。小玉更焚香。
◎仄平平仄,结束平阳骑,
平平仄仄平。明朝入建章。

第二节 七律句式

七律有四种句式:

一、平起,首句不入韵

客至 (唐)杜甫

◎平◎仄平平仄,舍南舍北皆春水,
◎仄平平仄仄平。但见群鸥日日来。
◎仄◎平平仄仄,花径不曾缘客扫,

◎平◎仄仄平平。蓬门今始为君开。
◎平◎仄平平仄，盘飧市远无兼味，
◎仄平平仄仄平。樽酒家贫只旧醅。
◎仄◎平平仄仄，肯与邻翁相对饮，
◎平◎仄仄平平。隔篱呼取尽余杯。

二、平起，首句入韵

左迁至蓝关示侄孙湘 （唐）韩愈

◎平◎仄仄平平，一封朝奏九重天，
◎仄平平仄仄平。夕贬潮阳路八千。
◎仄◎平平仄仄，欲为圣朝除弊政，
◎平◎仄仄平平。肯将衰朽惜残年！
◎平◎仄平平仄，云横秦岭家何在？
◎仄平平仄仄平。雪拥蓝关马不前。
◎仄◎平平仄仄，知汝远来应有意，
◎平◎仄仄平平。好收吾骨瘴江边。

三、仄起，首句不入韵（此格唐诗极少见）

遣悲怀 （唐）元稹

◎仄◎平平仄仄，昔日戏言身后意，
◎平◎仄仄平平。今朝都到眼前来。
◎平◎仄平平仄，衣裳已施行看尽，
◎仄平平仄仄平。针线犹存未忍开。
◎仄◎平平仄仄，尚想旧情怜婢仆，
◎平◎仄仄平平。也曾因梦送钱财。

◎平◎仄平平仄，诚知此恨人人有，
◎仄平平仄仄平。贫贱夫妻百事哀。

四、仄起，首句入韵

无题 （唐）李商隐

◎仄平平仄仄平，昨夜星辰昨夜风，
◎平◎仄仄平平。画楼西畔桂堂东。
◎平◎仄平平仄，身无彩凤双飞翼，
◎仄平平仄仄平。心有灵犀一点通。
◎仄◎平平仄仄，隔座送钩春酒暖，
◎平◎仄仄平平。分曹射覆蜡灯红。
◎平◎仄平平仄，嗟余听鼓应官去，
◎仄平平仄仄平。走马兰台类转蓬。

第三节 律诗之对仗

按照格律规定，格律除首、尾两联不要求对仗外，中间的颔联（第三、四句）和颈联（第五、六句）都要求对仗，这是正体。但也有变体，例如：

一、偷春格

凡起联相对，而次联不对者，谓之"偷春体"。言如梅花之先春而开。例如：

送友人 （唐）李白

青山横北郭，白水绕东城。
此地一为别，孤蓬万里征。
浮云游子意，落日故人情。
挥手自兹去，萧萧班马鸣。

二、蜂腰格

全诗中只有颈联相对者，此种仅有一对仗联的律诗，七律中很少见，但在五律中却常见，例如：

经青山吊李翰林 （唐）杜荀鹤

何为先生死，先生道日新。
青山明月夜，千古一诗人。
大地空销骨，声名不傍身。
谁移耒阳冢，来此作吟邻。

三、前三联对仗而尾联不对仗

登岳阳楼 （唐）杜甫

昔闻洞庭水，今上岳阳楼。
吴楚东南坼，乾坤日夜浮。
亲朋无一字，老病有孤舟。
戎马关山北，凭轩涕泗流。

四、四联全对仗

此类难度最大，有的诗人是出于修辞上的考虑，有的是故意显

示自己的才华。四联全对仗,并非格律之规定。最有名的四联诗,乃杜甫之《登高》,被誉为古今第一情景交融之律诗:

> 风急天高猿啸哀,渚清沙白鸟飞回。
> 无边落木萧萧下,不尽长江滚滚来。
> 万里悲秋常作客,百年多病独登台。
> 艰难苦恨繁霜鬓,潦倒新停浊酒杯。

五、也有通篇不对仗者

此类在唐诗中较少见,虽无一对仗联句,但平仄粘对合律,仍可视作律诗。如下面这首诗,《唐诗三百首》列其入"五律"类:

> **夜泊牛渚怀古**　　(唐)李白
> 牛渚西江夜,青天无片云。
> 登舟望秋月,空忆谢将军。
> 余亦能高咏,斯人不可闻。
> 明朝挂帆席,枫叶落纷纷。

第四节　律诗勿犯"四平头"

"四平头"也叫"四同头","平头"原是指声律——即诗各音节的平仄,上下句中开头的词音调相同的就叫平头。所谓"四平头"或"平头"的说法,只是散见在古人评诗的零星笔墨中,没有人专门对它明确而严谨地进行文字定义。直至清代,有人把律诗颔联和颈联中四句开头的字词词性一致、词义重复且联式相同的称为四平头，还列为"碍格"。

清代以来诗人学者所说的"平头"概念，只是借用了南朝"四声八病"里"平头"一词，但词义绝非指声律瑕疵，而专指遣词造句的毛病。且以下面几首五律和七律为例：

雪中二首之一 （宋）陆游
春昼雪如簁，清羸病起时。
迹深惊虎过，烟绝悯僧饥。
地冻萱芽短，林深鸟呼迟。
西窗斜日晚，呵手敛残棋。

纪昀评曰："中四句平头。"（《瀛奎律髓汇评》）

送王李二少府贬潭峡 （唐）高适
嗟君此别意何如，驻马衔杯问谪居。
巫峡啼猿数行泪，衡阳归雁几封书。
青枫江上秋帆远，白帝城边古木疏。
圣代即今多雨露，暂时分手莫踌躇。

沈德潜指出："连用四地名，究非律诗所宜。"（《唐诗别裁集》）纪昀也评论说："平列四地名，究为碍格，前人已议之。"（《瀛奎律髓汇编》）

四平头也不仅限于中间两联，首联跟颔联一起也可能犯四平头。例如：

和仲良春晚即事（之四）　　（宋）杨万里

贫难聘欢伯，病敢跨连钱。
梦岂花边到，春俄雨里迁。
一犁关五秉，百箔候三眠。
只有书生拙，穷年垦纸田。

清代诗人、教育家许印芳评曰："此章中二联炼句可学，三、四句合首联看，却犯平头病，此不可学。"从许评可知，律诗不仅要注意中间两联，其他联也马虎不得，紧挨着犯复，也是毛病。

四平头被认为是诗病，被算作是"碍格"，也许有其道理：

一是形式整齐划一，句法缺少变化，本来就非常齐整工稳的律诗里，竟然从外到里都是一刀切，过分中规中矩了。

二是词性一样、意义相近甚或相同，有悖"言有尽而意无穷"的境界。在字数不多的律诗里，理论上的艺术要求是在有限空间里尽量容纳无限内涵。

三是人的美学心理往往习惯于同中求异，对立统一。喜欢于整齐里求参差，在变化中寻规范，四平头妨碍了人们的这一追求。

知道了诗歌应该避免"四平头"或"平头"的毛病，我们在欣赏和写作时，就多了一个参考指标。

好诗尽量不犯四平头，但不是犯四平头就不是好诗，毕竟形式是为内容服务的。有真情、有诗意、有佳句的诗，即使偶尔出律，也不失为优秀作品。最后补充一句："四平头"并非"铁则"和"定律"，在诗界是存在争议的，姑且可作为参考的一家之言。

第五节　小律和排律

凡按照格律诗的平仄要求写的诗，每首四句的，叫绝句（五绝和七绝）；八句的叫律诗（五律和七律）。此外还有两种：每首只有六句的，叫小律；超过八句的，叫排律。小律和排律，这两种诗比较少见。

一、小律

小律，是指六句律体诗，包括五言小律和七言小律等。小律不管五言、六言还是七言，都是只有六句，共有三联，平仄格律也同样要"对""粘"，平收句要押韵，首尾两联不要求对仗（首联可以对仗），但中间一联则必须对仗。如果首联出句入韵，全诗共有四韵，首句不入韵，共有三韵，又称三韵律诗、三韵小律（即使首句入韵，仍称为三韵小律）。

五言小律举例：

　　　　　　　　池州废林泉寺　（唐）杜牧
　　　　　　废寺林溪上，颓垣倚乱峰。
　　　　　　看栖归树鸟，犹想过山钟。
　　　　　　石路寻僧去，此生应不逢。

七言小律举例：

　　　　　　　　赠荷花　（唐）李商隐
　　　　　　世间花叶不相伦，花入金盆叶作尘。

唯有绿荷红菡萏，卷舒开合任天真。
此花此叶常相映，翠减红衰愁杀人。

二、排律

排律，律诗的一种。就律诗定格加以铺排延长，故名之"排律"。每首至少十句，句数没有限制，可自由写到两百多字，因此排律又称长律。除首尾两联外，中间各联都须对仗。亦可隔句相对，称为扇对。

排律须用平韵，其首句押韵自由，一韵到最后的尾句，间中不能换韵。

常见的排律多属五言排律，少见七言排律。排律难度大，唐代流传下来的排律极少，历代诗家认为以杜甫写的最好。排律常用多少"韵"作为标题，十韵指全诗二十句，五十韵即一百句，如下面的一首排律：

奉送严公入朝十韵　　（唐）杜甫

鼎湖瞻望远，象阙宪章新。
四海犹多难，中原忆旧臣。
与时安反侧，自昔有经纶。
感激张天步，从容静塞尘。
南图回羽翮，北极捧星辰。
漏鼓还思昼，宫莺罢啭春。
空留玉帐术，愁杀锦城人。
阁道通丹地，江潭隐白蘋。
此生那老蜀？不死会归秦。
公若登台辅，临危莫爱身。

第六节　柏梁体

"柏梁体"又称"柏梁台体""柏梁台诗"。"柏梁体"不是近体诗，只是古体诗的一种。一些学者认为，此体是开七言诗之先河。故此，在此顺便谈谈，以作资料介绍。其实，柏梁体并不属于"律诗"的范畴。

唐太宗李世民于贞观五年（公元631年），在京城长安的两仪殿摆庆功宴，庆祝打败东突厥的颉利可汗，并与群臣合赋柏梁体诗，题为《两仪殿赋柏梁体》，共得五句：

绝域降附天下平，（李世民）
八表无事悦圣情。（淮安王）
云披雾敛天地明，（长孙无忌）
登封日观禅云亭，（房玄龄）
太常具礼方告成。（萧瑀）

一般古体诗只要求双句押韵，近体诗（七言）则多是首句入韵，隔句押韵。每句七言，都押平声韵，全篇不换韵。而唐太宗与群臣合赋的诗，每句七言，都押平声韵，句句用韵，全篇不换韵。这种诗称为"柏梁体"。后代诗人也有模仿此体作诗。

古今柏梁体诗有几个共同特点：
一、只有七言诗，没有五言诗。
二、都是押平声韵（偶有仄韵变格），且一韵到底。

三、都是句句入韵。
四、有重韵。
五、不拘句数。

柏梁体原是联句,前后句意可以不相属,后来个人也用这种体来写诗,个人的诗前后句意必须相属,否则不成诗。如下面这首杜甫的《饮中八仙歌》:

知章骑马似乘船,眼花落井水底眠。
汝阳三斗始朝天,
道逢麴车口流涎,恨不移封向酒泉。
左相日兴费万钱,
饮如长鲸吸百川,衔杯乐圣称世贤。
宗之潇洒美少年,
举觞白眼望青天,皎如玉树临风前。
苏晋长斋绣佛前,醉中往往爱逃禅。
李白斗酒诗百篇,长安市上酒家眠。
天子呼来不上船,自称臣是酒中仙。
张旭三杯草圣传,
脱帽露顶王公前,挥毫落纸如云烟。
焦遂五斗方卓然,高谈雄辩惊四筵。

这首诗不仅完全为平声韵,且句句入韵,平声一韵到底,其中,船、眠、天、前等皆用重韵,写贺知章两句,汝阳王三句,左相三句,崔宗之三句,苏晋两句,李白四句,张旭三句,焦遂两句,皆各自独立,互不相干,这才是柏梁体的真正特色。

第八章　拗体和仄韵诗

对近体诗律的研究，经过历代诗家和评家的努力，可说是比较详细、全面和成熟，意见也比较一致。然对拗体和仄韵诗的探讨，这方面的文章和专著并不多，还存在一些模糊概念和歧见，尚须进一步探索。

近年来，对拗体和仄韵诗的分析研究，以 2013 年齐鲁书社出版、李乃珍所著《拗体唐诗与仄韵唐诗》，最为深入详细，颇有见地。他首先为拗体和仄韵诗擂鼓呐喊：

> 无论拗体诗诗律还是仄韵诗诗律，都是对近体诗诗律的继承和发展……实实在在地说，拗体律诗从拗字、拗句、拗联及平仄粘对诸方面看，力主和近体诗的法则相背而行，完全是近体诗的活用，可谓出神入化、变化万端，有"神龙见首不见尾"的神秘之感；仄韵近体诗能够赋予读者一种异乎平韵近体诗的意境感、韵味感……

自古以来，格律诗一向唯平是尊，称平韵近体诗为"正体"，称拗体和仄韵诗为"别体"或"变体"。虽然一部中国诗史，是以平韵律绝为主，但是一些拗体诗、仄韵诗也闪烁着耀眼的光芒。例如：

静夜思　（唐）李白
床前明月光，疑是地上霜。
举头望明月，低头思故乡。

春晓　（唐）孟浩然
春眠不觉晓，处处闻啼鸟。
夜来风雨声，花落知多少。

寻隐者不遇　（唐）贾岛
松下问童子，言师采药去。
只在此山中，云深不知处。

登黄鹤楼　（唐）崔颢
昔人已乘黄鹤去，此地空余黄鹤楼。
黄鹤一去不复返，白云千载空悠悠。
晴川历历汉阳树，芳草萋萋鹦鹉洲。
日暮乡关何处是？烟波江上使人愁。

可以说，中国诗歌长河，近体诗是主流，拗体和仄韵诗是支流，然支流也有旖旎之风光。作为一个诗词爱好者，当然以创作平韵近体诗为主，然而，若能吸收一些有关拗体和仄韵诗的知识，有益于赏读和写作，未尝不是好事。

第一节　平韵拗体诗

首先厘清一些术语概念，一般书本上所称的"近体诗"是指平韵近体诗，"拗体诗"是指平韵拗体诗，仄韵诗则另行注明。
依照清代王士禛的《分甘余话》（卷三）分析："唐人拗体律诗

有二种，其一苍莽历落中自成音节……其一单句拗第几字，则偶句亦拗第几字。抑扬抗坠，读之如一片宫商。"

王力在《诗词格律》（中华书局2009年版）一书中，对拗体诗下了定义：律诗中如果全用拗句或大部分用拗句，有时候完全不拘平仄，就变成了古风式的律诗，叫作拗体。王力又说，"作者又有意识地造成失对和失粘……古人把这种诗称为'拗体'"。

张海鸥教授主编的《诗词写作教程》（中山大学出版社2011年版），是一本很好的大学诗词课本。张教授在此书中，引用了著有《文体明辨》八十四卷的明代徐师曾之语，"每句皆以第二字为主"，"若一失粘，皆为拗体……"

一、平韵拗体诗"四拗"

拗体诗何谓"拗"？好些专家已作出评述，有的很详细，有的很深奥。然对初入门的学习者而言，我以为主要弄清楚拗体诗的"四拗"，便可明白其要点：

1. 拗字

按照近体诗的标准格式，五言第二字与七言第二、四字的平仄不容改变。若应仄改平，或应平改仄，称为拗字。

2. 拗句

若五言第二字拗，七言第二、四字中，只要有一字拗，这样的句子就可称为拗句。若整个句子的平仄，有一些字异于近体诗的标准格式，便是拗句。当然，那些符合规范的变格，以及平仄的特殊句式，可不视为拗句。

3. 拗对

近体诗只允许联内对句和出句的二、四字平仄相反，称为正对；若联内对句和出句的二、四字平仄相同，则称为拗对。允许七言对句如出句的第二、四字中一个字正对、另一个拗对，称之半正对半拗对。半正对半拗对，也属拗对之列。

例如李白《静夜思》之第三、四句：

举头望明月，低头思故乡。

出句若按"仄仄平平仄"句式，则第二字应仄，但"头"字为平声。李白这首诗，有字拗、有句拗、有拗对、有拗粘，可定性为拗体诗。

4. 拗粘

"粘对"是近体诗的重要规则之一。粘，就是平粘平，仄粘仄：偶数句第二字的平仄，要与下一奇数句第二个字的平仄相一致。拗体诗则反其道而行之，不是"粘"，而是"拗粘"，也就是说"失粘"。

拗粘情况有多种，现只介绍最重要的两种：

A. 不同联间拗粘

此体又称"折腰体"。有人主张，"折腰体"是近体诗；但又有人主张，"折腰体"是拗体诗。"折腰体"是偶数句与下一奇数句"失粘"而成。此体有平韵诗，也有仄韵诗。

平韵拗体诗的，如杜牧《赠别》：

娉娉袅袅十三余，豆蔻梢头二月初。
春风十里扬州路，卷上珠帘总不如。

仄韵拗体诗的，如李绅《悯农》：

一

春种一粒粟，秋收万颗子。
四海无闲田，农夫犹饿死。

二

锄禾日当午，汗滴禾下土。
谁知盘中餐，粒粒皆辛苦。

说也奇怪，这种"折腰体"，竟有很多脍炙人口的诗篇！也许是"弄新声"，才会新意迭出，不同凡响！

B. 同一联式联间错位

下面所录的，是四联联式几乎完全相同，导致各联间皆失粘，是拗体七律中最为典型的一首，有人称之为"顺风体"。

使君席夜送严河南赴长水
（得时字） （唐）岑参

娇歌急管杂青丝，银烛金杯映翠眉。
使君地主能相送，河尹天明坐莫辞。
春城月出人皆醉，野戍花深马去迟。

寄声报尔山翁道，今日河南胜昔时。

二、六行与六言平韵拗体诗

近体诗有六句的，称为小律。拗体诗也有六句的，尽管数量不是很多，但也应有大致的了解。

六行诗由三联组成，相当于两联的绝句加一联，或四联的律诗少了一联，有人称之为"三韵诗"。当使用律联并按拗粘排列联式，或者混合使用律联、拗联时，就构成了拗诗体。拗体六行诗中间一联需对仗，不对仗的就不算拗体律诗。

1. 拗体六行诗

A. 五言六行拗体诗：
例如：

游子吟　（唐）孟郊
慈母手中线，游子身上衣。
临行密密缝，意恐迟迟归。
谁言寸草心，报得三春晖。

此诗首联是拗联，不同联间皆失粘，中联对仗，符合六行拗体诗。

B. 七言六行拗体诗：
例如：

送羽林陶将军　（唐）李白
将军出使拥楼船，江上旌旗拂紫烟。

万里横戈探虎穴，三杯拔剑舞龙泉。
莫道词人无胆气，临行将赠绕朝鞭。

此诗第二联和尾联之第二、四、六字均拗粘，中联对仗，符合六行拗体诗。

2. 拗体六言诗

六言诗有近体、拗体之分。近体称为六绝，拗体称为拗体六绝。六言近体诗有四种标准律联：

a. 仄仄平平仄仄，平平仄仄平平。
b. 平平仄仄平平，仄仄平平仄平。
c. 仄仄平平仄平，平平仄仄平平。
d. 平平仄仄平仄，仄仄平平仄平。

只要出现拗字、拗句、拗对或拗粘，就成了拗体六言诗。拗体六绝，有两联；拗体六律，有四联。

A. 拗体六绝

例如：

村乐　（唐）杜甫

心远不知市近，家贫惟愿年丰。
灸背宁忘王子，颠毛已作山翁。

此诗全用律联，联间失粘。

B. 拗体六律

例如：

送万巨 （唐）卢纶

把酒留君听琴，难堪岁暮离心。
霜叶无风自落，秋云不雨空阴。
人愁荒村路细，马怯寒溪水深。
望断青山独立，更知何处相寻。

此诗第三联为拗对。

三、历代平韵拗体诗范例

拗体唐诗对历代诗坛产生深远的影响，各代杰出诗人都写过拗体诗，而且不违唐人规矩。北宋著名诗人黄庭坚写有311首七律，拗体七律竟有153首。迄至当代，也出现不少精彩的拗体诗。毛泽东以写近体诗为主，也写拗体诗，曾写过七首，涉及五绝、七绝、七律三种格式的拗体。下面选录几首历代拗体诗范例：

江畔独步寻花七绝句（之六） （唐）杜甫

黄四娘家花满蹊，千朵万朵压枝低。
留连戏蝶时时舞，自在娇莺恰恰啼。

夏日绝句 （宋）李清照

生当作人杰，死亦为鬼雄。
至今思项羽，不肯过江东。

冶春绝句 （清）王士祯

当年铁炮压城开，折戟沉沙长野苔。
梅花岭畔青青草，闲送游人骑马回。

自题小像 （现代）鲁迅

灵台无计逃神矢，风雨如磐暗故园。

寄意寒星荃不察，我以我血荐轩辕。

喜闻捷报 （当代）毛泽东
秋风度河上，大野入苍穹。
佳令随人至，明月傍云生。
故里鸿音绝，妻儿信未通。
满宇频翘望，凯歌奏边城。

第二节 仄韵近体诗

一、仄韵近体诗格式

1. 五绝

仄起首句入韵式：

　　　　仄仄平平仄，平平平仄仄。
　　　　平平仄仄平，仄仄平平仄。

仄起首句不入韵式：

　　　　仄仄仄平平，平平平仄仄。
　　　　平平仄仄平，仄仄平平仄。

平起首句入韵式：

　　　　　　平平平仄仄，仄仄平平仄。
　　　　　　仄仄仄平平，平平平仄仄。

平起首句不入韵式：

　　　　　　平平仄仄平，仄仄平平仄。
　　　　　　仄仄平平平，平平平仄仄。

2. 五律

仄起首句入韵式：

　　　　　　仄仄平平仄，平平平仄仄。
　　　　　　平平仄仄平，仄仄平平仄。
　　　　　　仄仄平平平，平平平仄仄。
　　　　　　平平仄仄平，仄仄平平仄。

仄起首句不入韵式：

　　　　　　仄仄平平平，平平平仄仄。
　　　　　　平平仄仄平，仄仄平平仄。
　　　　　　仄仄仄平平，平平平仄仄。
　　　　　　平平仄仄平，仄仄平平仄。

平起首句入韵式：

　　　　　　平平平仄仄，仄仄平平仄。

　　　　　仄仄仄平平，平平平仄仄。
　　　　　平平仄仄平，仄仄平平仄。
　　　　　仄仄仄平平，平平平仄仄。

平起首句不入韵式：

　　　　　平平仄仄平，仄仄平平仄。
　　　　　仄仄仄平平，平平平仄仄。
　　　　　平平仄仄平，仄仄平平仄。
　　　　　仄仄仄平平，平平平仄仄。

3. 七绝

平起首句入韵式：

　　　　　平平仄仄平平仄，仄仄平平平仄仄。
　　　　　仄仄平平仄仄平，平平仄仄平平仄。

平起首句不入韵式：

　　　　　平平仄仄仄平平，仄仄平平平仄仄。
　　　　　仄仄平平仄仄平，平平仄仄平平仄。

仄起首句入韵式：

　　　　　仄仄平平平仄仄，平平仄仄平平仄。
　　　　　平平仄仄仄平平，仄仄平平平仄仄。

仄起首句不入韵式：

仄仄平平仄仄平，平平仄仄平平仄。
平平仄仄仄平平，仄仄平平平仄仄。

4. 七律

平起首句入韵式：

平平仄仄平平仄，仄仄平平平仄仄。
仄仄平平仄仄平，平平仄仄平平仄。
平平仄仄仄平平，仄仄平平平仄仄。
仄仄平平仄仄平，平平仄仄平平仄。

平起首句不入韵式：

平平仄仄仄平平，仄仄平平平仄仄。
仄仄平平仄仄平，平平仄仄平平仄。
平平仄仄仄平平，仄仄平平平仄仄。
仄仄平平仄仄平，平平仄仄平平仄。

仄起首句入韵式：

仄仄平平平仄仄，平平仄仄平平仄。
平平仄仄仄平平，仄仄平平平仄仄。
仄仄平平仄仄平，平平仄仄平平仄。
平平仄仄仄平平，仄仄平平平仄仄。

仄起首句不入韵式：

仄仄平平仄仄平，平平仄仄平平仄。
平平仄仄仄平平，仄仄平平平仄仄。
仄仄平平仄仄平，平平仄仄平平仄。
平平仄仄仄平平，仄仄平平平仄仄。

二、仄韵近体诗平仄规则

1. 平仄交替

就仄韵近体诗的每一单句而言，与平韵近体诗一样，都是平仄交替。而整首诗的平仄，仄韵与平韵的对应字，基本上是平仄相反的。

当然，两者所押的韵是平仄相反的。但押韵方式却相同。仄韵近体诗，比如绝句，就是第三句平收不入韵，第二、四句必须押韵，首句平尾可不入韵，仄尾宜入韵。

2. 粘对

实际上，仄韵诗的格式，就是按照平声诗韵的粘对规则。句与句之间要求在平仄上符合"粘对规律"，且若是律诗，中间两联必须对仗，这与平韵近体诗的格律要求完全相同。

3. 概论

仄韵诗的各种忌讳都是和平韵诗相通的，比如救孤平、孤仄、句末不能三仄尾、三平尾等。

总而言之，仄韵近体诗句子的平仄与平韵近体诗是一样的，是在四种律句平仄句型的基础上推演开的，每首仄韵诗由这四种基本平仄句型组成。

三、仄韵近体诗的用韵

平韵律诗，无论是近体诗还是拗体诗，用韵严格，基本上是一韵到底。仄韵，从韵部的数量看，就比平韵多一倍以上，然一分散至上、去、入三声，一个韵的字数就显得少了。还有其他原因。总之，形成了仄韵近体诗的用韵比平韵近体诗宽松得多。

王力在《汉语诗律学》一书中说："本来，研究近体诗只知道平仄就够了，不必再从仄声之中分别上去入；但是，仄韵的近体诗仍是该分别上去入的，因为上声和去声在原则上不能通押，它们和入声更是绝不相通……"（第132页）

王力讲的是"原则"，诚然不错，这并不与仄韵近体诗之用韵情况相矛盾。在仄韵近体诗中，本韵、邻韵通押两种情况并存。邻韵通押时，绝大多数都在《词林正韵》各韵部范围之内，有上声通押、去声通押、入声通押，以及上、去通押四种情况，恪守入声独用的原则。

四、唐代仄韵近体诗作品

若按现在所公认的仄韵近体诗标准格式，唐代的仄韵诗，数量并不是很多的。下面所选算是完全符合格律规范的：

五绝仄起首句不入韵式：

秋虫　　（唐）白居易
切切暗窗下，喓喓深草里。

秋天思妇心，雨夜愁人耳。

七绝平起首句入韵式：

江村乱后　（唐）顾况

江村日暮寻遗老，江水东流横浩浩。
竹里闲窗不见人，门前旧路生青草。

唐代的仄韵诗，有的有拗字，有的有拗联，有的有拗粘，并且有一些用了有悖于常规的句式，例如下面所选的：

玉阶怨　（唐）李白

玉阶生白露，夜久侵罗袜。
却下水晶帘，玲珑望秋月。

此诗末句第四字"秋"变格，正格应为仄声字。

长干行　（唐）崔颢

家临九江水，来去九江侧。
同是长干人，生小不相识。

尾联为拗联。

石莲花　（唐）钱起

幽石生芙蓉，百花惭美色。
远笑越溪女，闻芳不可识。

联间拗粘。

燕居即事　（唐）韦应物
萧条竹林院，风雨丛兰折。
幽鸟林上啼，青苔人迹绝。
燕居日已永，夏木纷成结。
几阁积群书，时来北窗阅。

第一、三、末句的第四字，"林""上"和"窗"变格。第五句"仄平仄仄仄"，取代"平平仄仄平"标准格式。

诗歌的分类，对平韵近体诗，诗界的看法比较一致，而对拗体诗、仄韵诗、古风，尚存在一些分歧。如对上述唐诗，有归入仄韵律绝类，以我之见，不如归入仄韵拗体诗类，似乎更简单清楚。

五、当代仄韵诗作品

当代也有不少诗人喜欢创作仄韵近体诗，当代此类作品，几乎都是按标准格式写的，大概现在对仄韵近体诗的标准，比较明确和肯定。下面是从网上随便搜索来的仄韵近体诗，写得都很好。

寻梅　（当代）方报喜
幽香藏雪岭，路阻人踪静。
彳亍独清吟，锲然临胜境。

乡思　（当代）叶学信
鹏岛佳妍天海美，云峰翠碧层楼绮。
人情风物赛蓬莱，游子心魂萦梓里。

第三节　仄韵拗体诗

一、定义

平韵近体诗与拗体近体诗的区别，用最简单的说法，是一个"拗"字，拗有多种，主要是"拗字""拗句""拗对"和"拗粘"。以此类推，仄韵近体诗与拗韵拗体诗的区别，就是前者通过"拗字""拗句""拗对"和"拗粘"，而变为后者。

1. 拗字

例如：

剑客　（唐）贾岛

十年磨一剑，霜刃未曾试。
今日把示君，谁有不平事？

此诗第三句第四字"示"拗。

2. 拗句

例如：

湘川怀古　（唐）施肩吾

湘水终日流，湘妃昔时哭。
美色已成尘，泪痕犹在竹。

第一、二句的第四字"日"和"时"是拗字，故这两句都是拗句。

3. 拗对

例如：

其二怨　（唐）曹邺
庭花已结子，岩花犹弄色。
谁令生远处，用尽春风力。

首联为拗联。

4. 拗粘

例如：

望岳　（唐）杜甫
岱宗夫如何，齐鲁青未了。
造化钟神秀，阴阳割昏晓。
荡胸生层云，决眦入归鸟。
会当凌绝顶，一览众山小。

此诗尾联与第三联失粘。

二、仄韵拗体亦有五言、七言六行诗

例如：

春日寄杨八唐州　（唐）刘禹锡
漠漠淮上春，莽苗生故垒。
梨花方城路，荻笋萧陂水。
高斋有谪仙，坐啸清风起。

银山碛西馆　（唐）岑参

银山碛口风似箭，铁门关西月如练。
双双愁泪沾马毛，飒飒胡沙迸人面。
丈夫三十未富贵，安能终日守笔砚。

三、历代仄韵拗体诗范例

江上渔者　（宋）范仲淹

江上往来人，但爱鲈鱼美。
君看一叶舟，出没风波里。

夏夜不寐有赋　（宋）陆游

急雨初过天宇湿，大星磊落才数十。
饥鹘掠檐飞磔磔，冷萤堕水光熠熠。
丈夫无成忽老大，箭羽凋零剑锋涩。
徘徊欲睡复起行，三更犹凭阑干立。

途中　（明）陈子龙

屈指淮上书，故人应已觏。
那知百种愁，都在缄书后。

落花　（清）宋荦

昨日花簌簌，今日落如扫。
反怨盛开时，不及未开好。

寄语蜀中父老　（当代）朱德

伫马太行侧，十月雪飞白。
战士仍衣单，夜夜杀倭贼。

赠缅甸友人　（当代）陈毅
临水叹浩淼，登山歌石磊。
山山皆北向，条条南流水。

在此章之结尾处，我且引用《拗体唐诗与仄韵唐诗》一书作者李乃珍先生一段话："投石激水，笔者期待能够引起诗界和读者的兴趣，打破拗体诗和仄韵诗研究波澜不惊的局面，在不远的将来能看到当今的拗体诗和仄韵诗新作，心愿足矣！"

第九章　拗救与特殊平仄格式

第一节　平仄三病

一、孤平

"孤平",是律诗的专用术语与禁忌。对于这个问题,历来争议很大,原因是唐人没有给我们留下"孤平"的概念和理论。纵翻典籍,清初以前也没有这个理论的相关记载。直到清康熙年间乃至以后,方见王士禛等几位学者有关此方面问题的只言论述,然而概念尚不够明晰。到现代,又有王力、吴丈蜀、启功与林正三等学者,在清四家理论的基础上,顾名思义,推理演绎,总结出两种不尽相同的定义,并形成两派学说。因此,这个问题缺乏权威性的统一定论,一直存有争议。此书阐述的是王力一派的意见。

王力《诗词格律》第二章第三节言:"孤平是律诗(包括长律、律绝)的大忌……在五言'平平仄仄平'这个句型中,第一字必须用平声;如果用了仄声字,就是犯了孤平。因为除了韵脚之外,只剩一个平声字了。七言是五言的扩展,所以在'仄仄平平仄仄平'

这个句型中，第三字如果用了仄声，也叫犯孤平。"

　　王力又在《汉语诗律学》（上海教育出版社 2005 年版）中说："五言的'平平仄仄平'不得改为'仄平仄仄平'；七言的'仄仄平平仄仄平'不得改为'仄仄仄平仄仄平'。如果近体诗违犯了这一个规律，就叫做'犯孤平'。因为韵脚的平声字是固定的，除此之外，句中就单剩一个平声字了。孤平是诗家的大忌。"

二、三平尾

　　"三平尾"又称"三平足"或"三平脚"，是指七言律句"平平仄仄仄平平"中，第五字应仄而平；五言律句"仄仄仄平平"中，第三字应仄而平，造成收尾三字均为平声的情况。由于格律诗一般都是在双句押韵，所以"三平尾"都是出现在押韵的句子末尾。三平尾在古人律诗中极为罕见，应该是律诗创作的大忌，五七言律句式对联基本上沿用诗律，故也以三平尾为大忌。

　　三平尾，最好是不用。但是，古时在实际使用中不是非常严格，在全唐诗里，五言格律诗中"三平尾"的共 256 句，占 1% 左右，七言格律诗中"三平尾"的共 87 句，占 0.2% 左右。应该说至少在唐代"三平尾"的现象还是比较严重的，大诗人都有"三平尾"的现象，例如：李白"去年别我向何处，有人传道游江东"，王维"草色全经细雨湿，花枝欲动春风寒"，杜甫"渥洼汗血种，天上麒麟儿"，韦庄"昨日施僧裙带上，断肠犹系琵琶弦"，杜牧"祥云辉映汉宫紫，春光绣画秦川明"，王昌龄"送君归去愁不尽，又惜空度凉风天"等。

三、三仄尾

一般是指一句诗中后三字若全为仄声，便为"三仄尾"。对于"三仄尾"是否合律，仍在争论中，目前尚无定论。唐人并不是绝对避"三仄尾"的。例如：王湾"潮平两岸阔，风正一帆悬"，李白"相看两不厌，只有敬亭山"，孟浩然"崔徐迹未朽，千载揖清波"，刘禹锡"弥年不得意，新岁又如何"，韦应物"浮云一别后，流水十年间"。即使到清代，虽对律诗格律要求严，但认为"平平仄仄仄"只是拗律句而已。

然而，"孤平""三平尾"与"三仄尾"，现在一般被认为是诗家"大忌"，主要是从诗歌的音律上考虑。如果犯了"忌"，在吟诵时，就会感觉不协调，破坏了诗歌的音律美。现代人写诗，以避忌为好。

第二节 拗救

近体诗主要有五绝、七绝、五律或七律。凡是诗句中的平仄安排没有依照基本格律，有关的诗句便会变成"拗句"，拗句是由"拗字"造成的。

拗救是格律的一个组成部分，予作者多些自由，有较大的回旋余地，以减免削足适履之苦。其原则是"平拗仄救，仄拗平救"，但实际上多是"以平救仄"。拗救之法不少，此文只拣其要者。

拗救主要方法有三种：

一、本句自救

本句自救亦称为"当句救"或"孤平拗救"。其方法是在同一拗句中作出"平拗仄救"或"仄拗平救"。

所谓"孤平",如上面所述,是指仄平脚句型(平平仄仄平、仄仄平平仄仄平),五言第一字、七言第三字必须用平声,若用仄声,成了"仄平仄仄平""仄仄仄平仄仄平",五言除韵脚,七言除韵脚及首字不论不计之外,全句仅有一个平声,故谓之"孤平",此乃诗家大忌。

孤平拗救之法,可把五言第三字、七言第五字用平声作补救,成为"仄平平仄平""仄仄仄平平仄平"。

五言孤平拗救的例子,如李白的五绝《夜宿山寺》:

> 危楼高百尺,手可摘星辰。
> 不敢高声语,恐惊天上人。

此诗末句第三字"天"(平声),救第一字之"恐"(仄声)。

又如贺知章之七绝《回乡偶书》:

> 少小离家老大回,乡音无改鬓毛衰。
> 儿童相见不相识,笑问客从何处来。

此诗末句第五字"何"(平声),救第三字"客"(仄声),同时也救了上句的"不"字（仄声）。

另一种属于本句自救的方式，就是一种平仄的特殊句式。五言的"平平平仄仄"，可换成"平平仄平仄"；七言的"仄仄平平平仄仄"，可换成"仄仄平平仄平仄"。

五言如刘长卿之五律《饯别王十一南游》，其中颈联为"长江一帆远，落日五湖春"，上句则为特殊拗句。七言如杜甫之七绝《江南逢李龟年》，末两句为"正是江南好风景，落花时节又逢君"，上句则为特殊拗句。

有关平仄的特殊形式，下一节还会有进一步的讨论。

二、对句相救

对句相救有两种方式：一是"大拗"，一是"小拗"。

A. "大拗"的对句相救

"大拗"是律诗拗句的一种，如五言用"仄仄平平仄，平平仄仄平"之句式时，若出句第四字用了仄声（或三、四两字都用了仄声，可在对句的第三字改用平声来补救，如此就成"仄仄平仄仄，平平平仄平"。

例如杜甫之《奉济驿重送严公》：

远送从此别，青山空复情。

上句第四字"此"拗，下句第三字"空"相救。

又如白居易之《赋得古原草送别》：

    野火烧不尽，春风吹又生。

此乃"不"拗"吹"救。

同理，七言用"平平仄仄平平仄，仄仄平平仄仄平"句式时，若出句第六字（或五六两字）用了仄声，可在对句的第五字改用平声来补救，如此就成"平平仄仄平仄仄，仄仄平平平仄平"。

例如黄庭坚之《次韵裴仲谋同年》：

    舞阳去叶才百里，贱子与公俱少年。

此乃上句第六字"百"拗，下句第五字"俱"相救，也拗救了同句的第三字"与"。

又如陆游之《夜泊水村》：

    一身报国有万死，双鬓向人无再青。

此乃"万"拗"无"救，也拗救了同句的"向"字。

B. "小拗"的对句相救

"小拗"是指出句为平仄脚的句式，把五言诗第三字，或七言第五字应平而仄，而可在对句用平声相救，也可不救。

例如李白的五律《送友人》，其尾联"挥手自兹去，萧萧班马鸣"，上联第三字"自"拗，下联第三字"班"相救。

上面李白之同一首诗，颔联是"此地一为别，孤蓬万里征"，上联第三字"一"拗，而下联第三字"万"则未救。这种"小拗"，属可救可不救。

三、本句自救又对句相救

五言律句之标准平仄格式之一，如"仄仄平平仄，平平仄仄平"，可变为"平仄仄平仄，平平平仄平"。出句第三字拗，用本句第一字救，而对句第三字救。

例如杜甫之《天末怀李白》，有"鸿雁几时到，江湖秋水多"之联句，上联"几"拗，本句第一字"鸿"、对句第三字"秋"相救。

七言律句之标准平仄格式之一，如"平平仄仄平平仄，仄仄平平仄仄平"，可变为"平平仄仄仄平仄，仄仄平平平仄平"。出句第五字拗，对句第三字拗，用对句第五字救。

例如许浑之《咸阳城东楼》颔联，"溪云初起日沉阁，山雨欲来风满楼"，上联第五字"日"拗，下联第三字"欲"拗，用"风"字既救本句"欲"字，又救上联"日"字。

拗救和变格，是格律诗的另一个高超艺术层次，突破了近体诗的正规平仄格律，在近体诗的创作艺术方面有多种功能效果：

1. 遣词用字更自由

如有些地名是专有名词，如"上林""剑南"，是不能改变的。运用拗救，便可写入诗中，并且不违平仄规则。如李昂五绝《宫中题》之"上林花满枝"，杜甫七律《至后》之"远在剑南思洛阳"，便是如此。这两例都是本句自救，避免了孤平。

2. 可作出难度极高的对联

特别是涉及数字的对仗，因为只有"零""三""千"是平声，其余所有的皆为仄声，要想作精彩的对联，只有用变体。例如方岳七律《梦寻梅》之颔联："马蹄践雪六七里，山觜有梅三四花。"以下句第五字"三"拗救了上句第五、六字的双拗"六七"，也拗救了同句第三字"有"。

3. 一平可救五仄

有些五仄句（仄仄仄仄仄），对句只用第三字平声相救（平平平仄平）。如李商隐之《登乐游原》："向晚意不适，驱车登古原。"又如孟浩然之《送友东归》："士有不得志，栖栖吴楚间。"

4. 令律诗平仄声调别开生面

变格的出现，有助于提升诗句的变化，出现常规之外的声调，令人耳目一新。

第三节　特殊拗句和变格

一、特殊拗句

在五言"平平平仄仄"这种句型中，可以使用另一种格式，即"平平仄平仄"；七言"仄仄平平平仄仄"这种句型中，也允许使用另一种格式，即"仄仄平平仄平仄"。此种格式的特点，为五言互换第三、四两字的平仄位置，七言则互换第五、六两字的平仄位置。

然用此种拗句，五言第一字、七言第三字不再可平可仄，而必须用平声。

此种特殊拗句，虽然"拗"，有违常规，但是与常规平仄句式一样，享有合法的地位。此种特殊拗句，常见于唐宋人的律诗中。这种特别平仄格式，绝句多用在第三句，七律多用在第七句，这也是诗人的一种风尚。

例如王昌龄之七绝《李四仓曹宅夜饮》，这种特殊拗句就用于第三句：

> 霜天留后故情欢，银烛金炉夜不寒。
> 欲问吴江别来意，青山明月梦中看。

例如杜甫之七律《奉陪郑驸马韦曲二首》，特殊拗句多用于第七句，如其中之第二首：

> 野寺垂杨里，春畦乱水间。
> 美花多映竹，好鸟不归山。
> 城郭终何事，风尘岂驻颜。
> 谁能共公子，薄暮欲俱还。

当然，并非这种特殊拗句一定用于绝句的第三句，以及七律的第七句，只是"多用"而已，也有用于其他句子的。

例如杜甫之五律《天末怀李白》，第一句是特殊拗句：

> 凉风起天末，君子意如何？
> 鸿雁几时到，江湖秋水多。
> 文章憎命达，魑魅喜人过。
> 应共冤魂语，投诗赠汨罗。

唐人这种特殊拗句，宋人领略到家，善于继承和发扬，也用得最多，甚至可说是青出于蓝胜于蓝！

用于首联者，如苏轼之《荆州》："游人出三峡，楚地尽平川。"
用于颔联者，如王安石之《即事》："纵横一川水，高下数家村。"
用于颈联者，如刘敞《秋晴西楼》："开窗置樽酒，看月涌江涛。"
用于尾联者，如梅尧臣之《夏日晚霁与崔子登周襄故城》："余非避喧者，坐爱远风清。"

直至当代，也有很多诗人运用这种特殊拗句，如毛泽东七律《答友人》诗中之第七句：

> 九嶷山上白云飞，帝子乘风下翠微。
> 斑竹一枝千滴泪，红霞万朵百重衣。
> 洞庭波涌连天雪，长岛人歌动地诗。
> 我欲因之梦寥廓，芙蓉国里尽朝晖。

二、特殊拗式"折腰体"

近体诗中出现失对、失粘的情况，但又为诗律所特许的，则称为拗式或拗体,"折腰体"即是。

折腰体作为诗体名称,最早出现在唐代高仲武编选的《中兴气集》中。该书选了大历十才子之一崔峒的《清江曲内一绝》,题下注明"折腰体"。诗如下:

　　八月长江去浪平,片帆一道带风轻。
　　极目不分天水色,南山南是岳阳城。

何谓折腰体,未见到唐人的解释。至宋代,魏庆之所撰之《诗人玉屑》中释之曰:"折腰体,谓中失粘而意不断。"所谓"中失粘"者,指第二句与第三句平仄失粘;"意不断"者,则指两句之间联系紧密,意脉不断。南宋诗论家严羽所撰之《沧浪诗话》中有云:"有绝句折腰者,有八句折腰者。"

最有名的"折腰体"诗,为王维之七绝《送元二使安西》:

　　渭城朝雨浥轻尘,客舍青青柳色新。
　　劝君更尽一杯酒,西出阳关无故人。

此诗第二句前两字"客舍",与第三句前两字"劝君",应粘而未粘,故称为拗体。此体源自一首乐府,其曲调叫"阳关",故又有名之为"阳关体"。

此种拗体,有如一首律诗中间,拦腰折去其中一联,于是出现失粘的情况,故以"折腰体"名之。

"折腰体"并非仅限于七绝,近体诗中五绝、五律、七律均可用之。

五绝之折腰者,例如:

赋得自君之出矣 (唐) 张九龄
自君之出矣,不复理残机。
思君如满月,夜夜减清辉。

此诗第二、三句不粘。

五律之折腰者,例如:

晚次乐乡县 (唐) 陈子昂
故乡杳无际,日暮且孤征。
川原迷旧国,道路入边城。
野戍荒烟断,深山古木平。
如何此时恨,嗷嗷夜猿鸣。

此诗第二、三句不粘。

七律之折腰者,例如:

咏怀古迹 (唐) 杜甫
摇落深知宋玉悲,风流儒雅亦吾师。
怅望千秋一洒泪,萧条异代不同时。
江山故宅空文藻,云雨荒台岂梦思。

最是楚宫俱泯灭，舟人指点到今疑。

此诗第二、三句不粘。

拗式、拗句和拗体，异于常见之常规，以独特的声律予人深刻的印象。特别的"缺陷"，有时也是一种美，正如龚自珍所言，"百事翻从缺陷好"。

笔者之见，对初学者而言，最好先从正格着手，待打好基础后，再试其他拗体、变格。

第四节　关于"一三五不论，二四六分明"

关于诗词格律，有种说法是：七言诗"一三五不论，二四六分明"；五言诗"一三不论，二四分明"。其内容是说：在一个七言律句之中，第一、三、五字可以用平也可以用仄，而第二、四、六字则必须平仄分明；在一个五言律句之中，第一、三字可以用平也可以用仄，而第二、四字必须平仄分明，不能任意使用。

这是古人写作近体诗时，对一句之中各字平仄调配的变通规定，为常用口诀。这种规定的基本精神是对平仄声字的运用可以有灵活处置的地方，使作诗时不致为平仄律束缚得太死，不因词而害意。这个口诀，使格律简明和灵活，对作诗有帮助。

这个口诀对于初学律诗的人是有用的，因为它是简单明了的。但是，这个口诀并不完全正确。

先说"一三五不论"。

在五言"平平仄仄平"这个格式中，第一字不能不论，在七言"仄仄平平仄仄平"这个格式中，第三字不能不论，否则就要犯孤平。所谓孤平，就是在"仄平"脚的句子中，即五言"平平仄仄平"和七言"仄仄平平仄仄平"这两个句型中，该用平声的五言第一字、七言第三字用了仄声，如此除了韵脚尾字之外便只有一个平声字了。如此就称它是孤平。孤平可是近体诗的大忌。

在五言"平平仄平仄"这个特定格式中，第一字也不能不论（古人作品中偶尔能见到不论的）；同理，在七言"仄仄平平仄平仄"这个特定格式中，第三字也不能不论。以上讲的是五言第一字、七言第三字在一定情况下不能不论。至于五言第三字，七言第五字，在一般情况下，更是以"论"为原则了。

再如，对于"平平"脚的句子即"仄仄仄平平"和"平平仄仄仄平平"来说，前者第三个字，后者第五字也不能不论，否则会出现"三平调"，即句子的结尾是连续的三个平声字，这同孤平一样，也是近体诗之大忌，必须避免。

总之，七言仄脚的句子可以有三个字不论，平脚的句子只能有两个字不论。五言仄脚的句子可以有两个字不论，平脚的句子只能有一个字不论。"一三五不论"的话不是完全对的。

再说"二四六分明"。

这句话也是不全面的。五言第二字"分明"是对的，七言第二、四两字"分明"是对的，至于五言第四字、七言第六字，就不一定"分明"。依特定格式"平平仄平仄"来看，第四字并不一定"分

第九章 拗救与特殊平仄格式

明"。又如"仄仄平平仄"这个格式也可以换成"仄仄平仄仄",只需在对句第三字补偿一个平声就是了(这种方法叫作"拗救")。七言由此类推,"二四六分明"的话也不是完全正确的。

上面提到了"三平调"和"孤平",是诗家写近体诗之大忌,应该避免。那么出现了"三平调"和"孤平"怎么办呢?假若写诗时出现"三平调",没有别的办法,只能把该用仄声却用了平声的那个字改回仄声,否则就是出律,犯了近体诗避忌。

还有一个"三仄尾",即五言的"平平平仄仄"第三字、七言的"仄仄平平平仄仄"第五字用了仄声,则句子的尾巴就连续三个仄声字"仄仄仄",成为"三连仄",这叫"三仄尾"。"三仄尾"在近体诗中也是避忌的,但因为仄声字发音比较短,对音律的谐和影响小些,且在近体诗中都是出现在一联的上句,所以避忌的程度没有"三平调"高,偶尔在近体诗中出现是允许的,但不宜多用,能避开时还是应该尽量去避开。

在"仄仄平平仄"和"平平仄仄平平仄"中,若倒数的两个平声字(五言的三、四字,七言的五、六字)都用了仄声,则会出现"五连仄"或"四连仄",这种情况,一般来说也是不容许的。

总而言之,只凭"一三五不论,二四六分明"来写近体诗就过于笼统了,易误导初学者对诗词中平仄的理解。

第十章 词 律

词，乃诗之别体。其渊源于隋唐，萌芽于南朝民间曲子词，繁盛于两宋，明清繁衍不衰，逮至现代，亦名家辈出。词与诗一样，是中华传统文化的精华。

第一节 词的异名

"词"是通行的名称，它还有多个别名：

1. 最早的"词"，是一种配合乐曲可以唱的歌词，故其最早的名称，是"曲子词""曲词"，如著名的《敦煌曲子词》。曲子代表歌曲部分，词代表文字部分。后来词与曲分离，词才成为一种诗歌体裁之专门名词。

2. 因词是配燕乐的歌词，故也称"乐府"，如苏轼的词集《东坡乐府》、杨万里的《诚斋乐府》等。

3. 有人认为"词"是诗的余脉（还有其他解释），故称之为"诗余"。诗余之称谓，始见于宋人王灼之《碧鸡漫志》。不少诗人把自己的词集称为诗余，如廖行之的《省斋诗余》、吴潜的《履斋诗余》等。

4. 绝大多数"词"的句子长短不齐，故称"长短句"，如辛弃疾的词集《稼轩长短句》。

5. 又称"歌曲",如王安石之《临川先生歌曲》。
6. 又称"乐章",如柳永的词集《乐章集》。
7. 又称"琴趣",如欧阳修的词集《醉翁琴趣外篇》。
8. 又称"别调",如刘克庄的词集《后村别调》。
9. 又称"语业",如杨炎正的词集《西樵语业》。

第二节 词的种类

词的格式和律诗的格式大不相同,律诗只有四种格式,而词的格式,按清代《钦定词谱》所载,就有2306式。但词的分类,大致有三种方法:

1. 按字数归类

根据每种词调字数的多少,分为小令、中调、长调;或者分为小令、慢词。明代顾从敬编次的《类编草堂诗余》,最早提出此种分类。清代毛先舒之《填词名解》做了更明确的规定:"五十八字以内为小令,五十九字至九十字为中调,九十一字以外为长调。"

另有一种划分法,只分两类:六十二字以内的为"小令",六十三字以外的是"慢词"。已故北京大学教授、著名语言学家王力在《汉语诗律学》中提出此种观点。

无论是小令、中调、长调的顺序,还是小令、慢词的先后,都是与词的发展历史相吻合的。唐五代词,大多属于小令。从宋朝初期起,句多字多的长调才逐渐盛行起来。

2. 按段数归类

在句子结构上，诗与词也有所不同。近体诗不分段，词却有分段的问题。词的一段特称为"阕"。若按段数划分，则可分成单调、双调、三叠、四叠四类。

一、单调：全词只有一段，大多属于小令。单调词字数最少的，是只有十六个字的《十六字令》。

二、双调：全词有两段，其上下两段字数相等或基本相等。上下段可称为上阕、下阕，或称前阕、后阕，也称上片、下片。双调的词最常见，占全部词作的大多数。如《长相思》《鹧鸪天》等。

三、三叠：全词有三段，如《西河》《瑞龙吟》《兰陵王》。

四、四叠：全词有四段，如有240字的《莺啼序》，此类词甚少。例如：

莺啼序·春晚感怀　　（宋）吴文英

残寒正欺病酒，掩沉香绣户。
燕来晚、飞入西城，似说春事迟暮。
画船载、清明过却，晴烟冉冉吴宫树。
念羁情、游荡随风，化为轻絮。

十载西湖，傍柳系马，趁娇尘软雾。
溯红渐招入仙溪，锦儿偷寄幽素，
倚银屏、春宽梦窄，断红湿、歌纨金缕。
暝堤空，轻把斜阳，总还鸥鹭。

幽兰旋老，杜若还生，水乡尚寄旅。
别后访、六桥无信，事往花委，瘗玉埋香，几番风雨。
长波妒盼，遥山羞黛，渔灯分影春江宿。

记当时、短楫桃根渡,青楼仿佛,临分败壁题诗,泪墨惨澹尘土。

危亭望极,草色天涯,叹鬓侵半苎。

暗点检、离痕欢唾,尚染鲛绡,䴔凤迷归,破鸾慵舞。

殷勤待写,书中长恨,蓝霞辽海沉过雁。

漫相思、弹入哀筝柱。

伤心千里江南,怨曲重招,断魂在否?

3. 按节拍快慢归类

根据节拍快慢差异,又有令、引、近、慢这四种词调:
一、令:字少调短,节拍较促。
二、引:即引歌,乐调略长,字数略多。
三、近:又称近拍,比原词长,节拍较慢。
四、慢:声调延长,句数、字数增多。

此类分法,界限含糊,不好掌握,但有些已在词牌上标出,还好识别,如《三台令》《千秋岁引》《好事近》《浪淘沙慢》等。

第三节 词调、词牌与词谱

一、词调

词,最早是依据乐曲来填写,此种乐曲称"词调"。古人填词,每首皆从属于一定的宫调。宫调乃确定乐器声调之高低,它由七音、十二律组成。每一律各有七音,十二律共计有 84 个调。这 84 个调,古人称之为"宫调"。然 84 个宫调中,只有部分实用。隋唐燕乐,实际只有 28 个调。

二、词牌

古人把每个词调都标个名称,叫"词牌",如《永遇乐》《满江红》。这些词牌,是代表一首词的词调和音律,但后来乐曲逐渐消失,词牌仅以代表这首词的体式,即字数、平仄、句式用韵的规定。

早期写词,大多用词牌作标题,词的内容与词牌的意思相吻合,如白居易的《忆江南》(三首):

> 江南好,风景旧曾谙。
> 日出江花红胜火,春来江水绿如蓝。
> 能不忆江南?
>
> 江南忆,最忆是杭州。
> 山寺月中寻桂子,郡亭枕上看潮头。
> 何日更重游!
>
> 江南忆,其次忆吴宫。
> 吴酒一杯春竹叶,吴娃双舞醉芙蓉。
> 早晚复相逢!

但后来词的内容与词牌名称不再有联系,于是便添上一道词题,例如宋代康与之的《诉衷情·长安古意》。今人填词,仍要注意不要违背词牌本来的乐调旋律、风格情调。

三、词谱

本来的词谱,应该是词的乐谱。原先,是直接依据乐调填词的。后来古代的乐调逐渐失传,就靠乐调的标示——词牌来填词,或根据前代词人作品的字句和声韵照样填写,这就是"按词填词"模式。

鉴于当时的历史条件，到明代时，"宋人声调既早消亡，词句流传又多缺误"，为什么还一定要"按词填词"？为了适应系统化和规范化的时代要求，于是产生了明代张綖的《诗余图谱》。此词谱是从唐宋人的作品中，选取声调合节的 110 首整理出来的，分列词调，旁注平仄，并缀词于后。这些归纳出来的规定，成为后人填词所依据的格律——词律。

后来又出现另一些词谱，如清代万树的《词律》，王奕清等合编的《词谱》。康熙敕令词臣编纂的《钦定词谱》所载格式最多，有 2306 式。

有了词谱，词人写词时，于是依照格式（句式、字数、字的平仄、押韵位置等），所以写词叫"填词"。

当今仍通用的词谱，如清代的《白香词谱》，收有 100 调；现代龙榆生的《唐宋词格律》，收有 150 余调；王力的《诗词格律》及《汉语诗律学》，分别收有 50 调和 206 调。这几本书，深受诗词爱好者的欢迎。

第四节　词的基本格律

一、词韵

古人填词，最初就是用诗韵，或根据当时的语言来押韵。后来有人把诗韵中的一些韵合并，另编词韵，故词韵比诗韵要宽得多。从北宋末年到清代，曾出现过几种词韵用书，然最有名、最受肯定和最通行的词韵书，是清代戈载所编的《词林正韵》。

《词林正韵》把诗韵平水韵大致归并为 19 个韵部，其中平上去三声韵 14 部，入声韵 5 部。同部多韵，平仄韵各自通用。《词林正韵》见本书《附录》。

二、诗与词的用韵比较

填词用韵和作诗用韵有相同之处，亦有相异之处。相同之处，乃词的韵可以使用诗韵的韵部。对填词而言，词韵与诗韵大体可相通。相异之处是：

1. 绝句和律诗是一韵到底，而词可一韵到底，也可中途换韵。词以一韵到底的占多数，如《沁园春》等。换韵的词如李白的《菩萨蛮》：

> 平林漠漠烟如织，寒山一带伤心碧。
> 暝色入高楼，有人楼上愁。
>
> 玉阶空伫立，宿鸟归飞急。
> 何处是归程？长亭更短亭。

此首词乃阕内、阕间都换韵，全首共享四个韵。

2. 绝句和律诗一般都用平声韵，而词押韵却可平可仄。限押平声韵的，如《忆江南》《一剪梅》等；限押仄声韵的，如《醉花阴》《卜算子》等；可平可仄的，如《满江红》《念奴娇》等；平仄交错的，如《西江月》《定风波》等。

3. 诗无叠韵，词有叠韵。在词中，有些地方有叠韵、部分叠韵或叠句要求。例如：

调笑令　（唐）戴叔伦

边草，边草，边草尽来兵老。
山南山北雪晴，千里万里月明。
明月，明月，胡笳一声愁绝。

三、诗与词的对仗比较

五律和七律要求在固定位置，即中间两联句一定要对仗，而词的对仗则灵活得多。词的对仗有如下特点：

1. 词谱规定一定要使用

大部分词都没有对仗要求，规定一定要对仗的并不多。规定对仗的，如《西江月》每阕的前两句，《浣溪沙》《摊破浣溪沙》下阕的首二句，《南歌子》《踏莎行》开头两句，《渔歌子》中间的两个三言句等。

2. 词谱规定可用或不可用

词谱中，有的地方均注明，可用对偶句，也可不用。用对偶句的，例如：

忆江南·广州好　（当代）朱光

广州好，
城古越千年。
饱阅沧桑消劫烬，
缅怀缔造接前贤。
山立五羊仙。

又如《满江红》上阕第六、七句和下阕第七、八句,《鹧鸪天》上阕第三、四句和下阕开始的两个三字句……虽然词谱注明不一定须对仗,但词人都喜好在这些地方配对偶。

3. 词谱没有规定,是否用对偶句由作者自定。凡前后两句字数相等,都可以做成对偶句,随意性很大,让词人大有发挥才华的余地。

第五节　词中特有的领字

"领字"是词中的一个特别概念。所谓领字,即句中出现的某一个字或词,单独使用不能构成意义,必须带动下文,才能形成一个完整的意思。领格字以第一个字领本字后面的几个字构成一个词组或句子,或兼领以下一句或几句。这一字的领格字一般称"一字豆",照前人的解释,整句为句,半句为读,"读"音"豆",故借用"豆"字。读时稍作停顿。这些领字,多为虚字,也有动词。

领字多用于慢词长调,在短调小令中很少见但也有,一般多用去声字或者入声的重读音字担任,领字格多出现在五字句中。

领字有三个主要作用:
1. 它们大多出现在词中意思转折处,使上下文自然结合,起承上启下的作用;
2. 使意境更进一层,跌宕起伏,疏密有致,使词语一泻千里;
3. 在声律上也给人一种铿锵有力、抑扬顿挫的美感,读来如珠落玉盘。

领格有用平声字的,但大多数情况下须用仄声,尤其是去声字;而且在朗诵吟哦时,应略作停顿。

一、一字领

领字有一个字的,叫"一字领"或"一字豆"。常见的有:

> 正、但、又、渐、更、甚、乍、尚、况、纵、且、莫、待、任、奈、便、似、恰、尽、应、早、把、叹、念、记、问、想、算、料、怕、看、漫、恨、怕、怅、望……

例如(金末元初)元好问《摸鱼儿·雁丘词》,"问"是"一字领":

> 问世间情为何物,直教生死相许?

例如王安石的《桂枝香·金陵怀古》,"正"便是"一字领":

> 正故国晚秋,天气初肃……

例如毛泽东的《沁园春·长沙》,"恰"是"一字领":

> 恰同学少年,风华正茂;书生意气,挥斥方遒……

二、二字领

领字是两个字的叫"二字领"或"二字豆",常见的有:

121

试问、莫问、莫是、好是、可是、正是、更是、又是、不是、却是、却喜、却忆、却又、恰又、恰似、绝似、又还、忘却、纵把、拚把、那知、那番、那堪、堪羡、何处、何奈、谁料、漫道、怎禁、怎奈、遥想、记曾、闻道、况值、无端、独有、回念、乍向、只今、不须、多少、但知……

例如宋代柳永《笛家弄》，"未省"便是"二字领"：

　　未省宴处能忘管弦，醉里不寻花柳。

例如现代沈祖棻《霜叶飞》，"休记"便是"二字领"：

　　休记到死蚕丝，他生密誓。

例如宋代秦观《八六子》，"那堪"便是"二字领"：

　　那堪片片飞花弄晚，蒙蒙残雨笼晴。

三、三字领

三个字的叫"三字领"或"三字豆"，常见的有：

　　莫不是、都应是、又早是、又况是、又何妨、又匆匆、最无端、最难禁、更何堪、更不堪、更那堪、那更知、谁知道、君知否、君不见、君莫问、再休提、到而今、况而今、记当时、忆前番、当此际、问何事、倩何人、似怎般、怎禁得、且消受、都付与、待行到、便有人、拚负却、空负了、嗟多少、待从头……

例如宋代晁补之《摸鱼儿》，"最好是"便是"三领字"：

　　堪爱处，最好是、一川夜月光流渚。

例如宋代李清照《永遇乐》，"不如向"便是"三字领"：

　　不如向、帘儿底下，听人笑语。

例如宋代周邦彦《六丑》，"终不似"便是"三字领"：

　　终不似、一朵钗头颤袅，向人欹侧。

领字与后面的字词通常以顿号隔开，但该顿号与规范标点中的顿号用意不同，不表示同类字词的排列，只表明前面是领字。

第六节　词韵格分类

词韵格之分类，计有平韵格、仄韵格、平仄韵转换格、平仄韵通叶格、平仄韵错叶格五种。

一、平韵格

一首词押平声韵，并且通篇以一韵到底者，称为平韵格。这一类词作最常用，数量也最多。

例如：《十六字令》《忆江南》《江城子》《长相思》《浣溪沙》

《采桑子》《眼儿媚》《人月圆》《柳梢青》《浪淘沙》《鹧鸪天》《一剪梅》《临江仙》《行香子》《何满子》《风入松》《满庭芳》《凤凰台上忆吹箫》《汉宫春》《八声甘州》《扬州慢》《高阳台》《望海潮》《沁园春》等。

此类平韵格中,也有仄韵格者,例如《江城子》《柳梢青》《何满子》《汉宫春》《多丽》等。

二、仄韵格

词之仄声韵,包括上声、去声、入声三大类,韵部各有所属。一首词以同一韵部之仄声韵通篇到底者,称为仄韵格。这一类词作也比较多。

例如:《生查子》《点绛唇》《卜操作数》《忆秦娥》《醉花阴》《玉楼春》《鹊桥仙》《踏莎行》《钗头凤》《渔家傲》《苏幕遮》《解佩令》《青玉案》《千秋岁》《洞仙歌》《满江红》《烛影摇红》《暗香》《解语花》《东风第一枝》《桂枝香》《永遇乐》《念奴娇》《水龙吟》《齐天乐》《绮罗香》《摸鱼儿》《金缕曲(贺新郎)》《莺啼序》等。

这类仄韵格中,也有平韵格者,例如《如梦令》《祝英台近》《满江红》《声声慢》《念奴娇》《永遇乐》等。

这类仄韵格中,也有平仄通叶格者,例如《蝶恋花》。

三、平仄韵转换格

同一首词中,平声韵与仄声韵兼而有之,所押之韵每次都转换韵部,互不相叶,称为平仄韵转换格。此类词作比较少。

例如:《调笑令》《菩萨蛮》《清平乐》《虞美人》等。

四、平仄韵通叶格

同一首词中,平声韵与仄声韵兼而有之,然按词韵却属同一韵部者,称为平仄韵通叶格。此类词作也比较少。

例如:《西江月》《醉翁操》《渡江云》《曲玉管》《哨遍》《六州歌头》等。

五、平仄韵错叶格

同一首词中,平声韵与仄声韵兼而有之,分属不同韵部,其中一种韵被另一种韵隔开,形成不同韵部的平仄韵交错相叶者,称为平仄韵错叶格。这是词调中用韵方式最复杂的一种,此格作品较少。较常用的有《荷叶杯》《相见欢》《酒泉子》《定风波》《最高楼》等。

此类平仄韵错叶格中,也有平韵格者,如《六州歌头》。

第十一章　常用词牌与词例

本词谱使用符号说明：

用字	平声	仄声	可平可仄	押平声韵	押仄声韵
标记符号	○	●	◎	△	▲

（所选词例作者均为近当代诗人）

小令

1. 十六字令

词例：**春**　伍灼培

春。
△。
遥看家园满眼新。
◎●○○●△。
心思远，
○○●，
追梦聚乡亲。
◎●●○△。

说明：十六字令，又名《苍梧谣》《归字谣》，单调十六字，三平韵。

2. 舞马词

词例：**骑兵（三阕选一）**　丁芒
英雄立马腾飞，
◎○◎●○△，
长刀劈断斜晖。
◎○◎●○△。
天外一声霹雳，
◎●○○●●，
鞍旁俘得人归。
◎○◎●○△。

说明：此调有不同格体，俱为单调。在此只列一体。四句，二十四字。除第三句外，其余各句皆押平声韵。

3. 忆江南

词例：**古楼朝晖**　邬梦兆
广州好，
○◎●，
镇海镇千秋。
◎●●○△。
飒爽雄姿雄气在，
◎●○○●●，
崔巍伟迹伟碑留。
◎○◎●○△。
万象逗风流。
◎●●○△。

说明：《忆江南》又名《望江南》《梦江南》《望江梅》《江南好》等，单调二十七字，三平韵。北宋起开始有双调，实际不过是将单片重复而已。

4. 渔歌子

词例：**芙蓉**　梅裔庆
荷叶芊绵乐老翁，
◎●○○●○△，
泫湖碧翠美芙蓉。
◎○○●●○△。
花洁白，蕊深红；
○●●，●○△；
含情笑靥露颜容。
◎○○●●○△。

说明：又名《渔父》《渔父乐》，有单调、双调两体。单调廿七字，四平韵。中间三言两句，例用对偶。

5. 忆王孙

词例：**癸亥中秋**　董峰
是谁聘得月流连，
◎○○●●○△，
寂寞中秋欲雨天。
◎●○○●○△。
千里痴心梦宠怜。
◎●○○●○△。
恨婵娟，
●○△，

误了今宵即一年。
◎●○○○●△。

说明：又名《忆君王》《独脚令》等。单调三十一字，五平韵，句句用韵，亦有将单片重复作双调者。

6. 调笑令

词例：**丙申春节奉和戴胜德兄词**　赵福坛

今日，今日，
○{▲}，○{▲}，
新岁迎猴大吉。
◎●○○◎▲。
但祈雪兆丰年，
◎○○●○△，
画意诗情乐天。
◎●○○●△。
天乐，天乐，
○{▲}，○{▲}，
再写更多佳作。
◎●○○◎▲。

戴胜德原词

调笑令　戴胜德
初一，初一，
万事开年大吉。
一年又是一年，
天天都是好天。

天好！天好！

健壮更多财宝！

说明：又名《古调笑》《三台令》《转应曲》《宫中调笑》，单调三十二字，八句四仄韵，二叶平韵，两处一叠韵。{▲}表示叠韵。此调属平仄韵转换格。

7. 如梦令

词例："改正"纪感　李汝伦

雪化冰消如梦，

◎●○○▲，

回首念年一恸。

◎●○○▲。

醉眼看华颠，

◎●●○○，

姹紫嫣红相共。

◎●○○▲。

堪用，堪用，

○{▲}，○{▲}，

尚有百来斤重。

◎●○○▲。

说明：又名《忆仙姿》《宴桃园》《无梦令》，单调三十三字，五仄韵，一叠韵，上去通押。另有平韵格。{▲}表示叠韵。

8. 相见欢

词例：捐牛雕　厉有为

牛雕千件齐捐，乐心田。

◎○○●○△，●○△。

奉献如牛公利大如天。
◎●◎○○●●○△。

拓荒践，北南遍，老来甜。
◎○▲，◎○▲，●○△。
继往开来宏业永奔前。
◎●◎○○●●○△。

说明：又名《乌夜啼》《秋夜月》《上西楼》，双调三十六字，前阕三平韵，后阕两仄韵、两平韵。各家词韵格不同，有错叶格、通叶格、平韵格多体。所选词例属通叶格。

9. 长相思

词例：**无题** 李振洲
夜朦胧，月朦胧。
◎○ {△}，●○ {△}。
对酒无眠思欲穷，卷帘看晓空。
◎●○○○●△，◎○○●△。

来匆匆，去匆匆。
◎○ {△}，◎○ {△}。
人道飘零似梗蓬，别君情更浓。
◎●○○○●△，◎○○●△。

说明：又名《长相思令》《相思令》《吴山青》，双调三十六字，前后阕格式相同，各三平韵，一叠韵，一韵到底。{△} 表示叠韵，相邻叠韵句叠两字。

10. 醉太平

词例：**戊戌孟春鹿城诗社雅集**　黄有韬
灯辉鹿城。花眠露馨。
〇〇●△。〇〇●△。
素娥桂殿调筝。奏春风数声。
◎〇〇●〇△。●〇〇●△。

波摇钓舫，人歌太平。
◎〇●△，〇〇●△。
杯涵海月澄明。醉雏摇眼青。
◎〇〇●〇△。●/〇〇●△。

说明：又名《凌波曲》《四字令》。双调三十八字，前后片各四句、四平韵。/表示一/四句。

11. 生查子

词例：**端阳日由鲁返京**　宋彩霞
西北有神州，行也匆匆别。
◎●●〇〇，◎●〇〇▲。
才沐海滨星，又见燕山月。
◎●●〇〇，◎●〇〇▲。

往返韵生风，吹出情怀热。
◎●●〇〇，◎●〇〇▲。
大道直如飞，上有琼瑶阙。
◎●●〇〇，◎●〇〇▲。

说明：又名《楚云深》《梅溪渡》等。双调四十字，前后阕格式相同，各两仄韵，上去通押。

12. 点绛唇

词例：**无题**　王国维
屏却相思，近来知道都无益。
◎●○○，○○○●○○▲。
不成抛掷，梦里终相觅。
◎○◎▲，○●○○▲。

醒后楼台，与梦俱明灭。
◎●○○，◎●○○▲。
西窗白，纷纷凉月，一院丁香雪。
◎◎▲，◎○○▲，◎●○○▲。

说明：又名《点樱桃》《十八香》《南浦月》《寻瑶草》《沙头雨》等。双调四十一字，上片四句三仄韵，下片五句四仄韵。有别体。

13. 醉花间

词例：**真情，用毛文锡韵**　盘中玉
休回忆，勿重忆，追忆人消极。
○○{▲}，●○{▲}，○●○○▲。
当日燕双飞，目下成分隔。
○●●○○，◎●○○▲。

窗前双泪滴，彼此心明白。
◎○○●▲，◎●○○▲。
真情若久长，何必争朝夕。
○○●●○，◎●○○▲。

说明：双调四十一字，前段五句三仄韵、一叠韵，后段四句三仄韵。{▲}表示叠韵。

14. 浣溪沙

词例：**题南汇姚养颐词丈《草堂填词图》**　　王退斋
一境翛然迥绝尘，
◎●○○○●△，
四围花木驻长春。
◎○◎●●○△。
中间着个老词人。
◎○◎●●○△。

槛外云山供放眼，
◎●○○○●●，
樽前风月伴吟身。
◎○◎●●○△。
无边烟景四时新。
◎○◎●●○△。

说明：《浣溪沙》之别名。双调四十二字，前阕三平韵，后阕两平韵，一韵到底。后阕开始两句一般要求对仗。

15. 菩萨蛮

词例：**三藩市东湾圣利安卓樱桃节**　　郭业大
频听窗外人声闹，樱桃今日游街到。
◎○◎●○○▲，◎○◎●○○▲。
百载好风情，东湾留盛名。
◎●●○△，◎○○●△。

欢歌兼劲舞,入夏年年聚。
◎○○●▲,◎●○○▲。
谁造太空廊,儿童玩正忙。
◎●●○△,◎○○●△。

说明:又名《子夜歌》《梅子花句》等。双调四十四字,前后阕各两仄韵,两平韵,四次转韵。此调属平仄韵转换格。

16. 卜算子

词例:无题　霍松林
大地寂无声,雨洗江天净。
◎●●○○,◎●○○▲。
常记拏舟水上游,啸傲烟波境。
◎●○○●○,◎●○○▲。

月忆旧时明,露是今宵冷。
◎●●○○,◎●○○▲。
遥夜无端出户来,立尽梧桐影。
◎●○○◎●○,◎●○○▲。

说明:双调四十四字,前后阕各两仄韵,上去通押。也有一体单押入声韵。

17. 采桑子

词例:春之歌,致《彼岸诗刊》　陈荣辉
春来展卷枝头上,
◎○○●○○●,
山入吟章,水入吟章,
◎●○{△},◎●○{△}。

135

满纸云华耀客乡。
◎●○○○●△。

东风吹出诗情美,
◎○○●●○●,
春韵悠长,墨韵悠长,
◎●○{△},◎●○{△},
笔底飞霞舞艳阳。
◎●○○○●△。

说明:又称《罗敷媚》《丑奴儿》等。双调四十四字,前后阕各两平韵,一韵到底。前后阕第三句也常用叠韵。{△}表示相邻两句叠韵,亦可叠字。

18. 减字木兰花

词例:**秋夜意识流**　何永沂
天涯枫叶,未遇霜寒休滴血。
◎○○▲,◎●◎○○●▲。
险峡铜琶,卷起千堆白雪花。
◎●○△,◎●○○◎●△。

有时无语,江月江风随梦去。
◎○○▲,◎●◎○○●▲。
谁是诗仙?天子呼来不上船。
◎●○△,◎●○○◎●△。

说明:又名《减兰》《木兰花》《木兰花令》等。双调四十四字,前后阕各两仄韵,两平韵,换韵方式"甲乙丙丁"。此体属平仄韵转换格。此调乃由七绝体《木兰花》演变而成。与此同调之词牌,皆由此七绝减字、摊破而成者。可参考《木兰花》之说明。

19. 诉衷情

词例：**赠钱宗仁君于九泉**　李经纶
哀音昨晚掠韶州，胆裂泪难收。
◎◎◎●●○△，◎●●○△。
长庚几见星殒，恨命与身仇。
◎◎◎●●，◎●●○△。

英气在，尼千秋，太空游。
○●●，●○△，●○△。
今生缘薄，且待黄泉，醉与君酬。
●○○●，●●○○，◎●○△。

说明：双调四十四字，前后阕各三平韵，一韵到底。又一体四十五字，将前阕第四句变为"◎●●、●○△"。

20. 巫山一段云

词例：**越秀山重游**　黄新
夏倚湖边柳，秋攀五石羊。
◎●○○●，○○◎●△。
莺歌皓月衬花香，韵事岂能忘。
◎○◎●●○△，◎●●○△。

镇海层楼下，曾为旧战场。
◎●○○●，○○◎●△。
而今翠树郁苍苍，遍地是鸳鸯。
◎○◎●●○△，◎●●○△。

说明：双调小令，四十四字，前后片各三平韵。《乐章集》增两字，后片转用两仄韵，两平韵，与此不同。

21. 谒金门

词例：**别离**　陈葆珍
离情厚，执手共看垂柳。
○○▲，◎●○○▲。
汽笛嘶鸣人走后，问归期可有。
◎●○○○●▲，◎○○●▲。

低首沾沾苦酒，明镜下愁空守。
◎●○○▲，◎●○○▲。
此别茫茫人已叟，寒门君独叩。
◎●○○●▲，◎○○●▲。

说明：又名《出塞》《空相忆》《花自落》《垂杨碧》《杨花落》《不怕醉》《春早湖山》《东风吹酒面》等。双调四十五字，上下片各四句四仄韵，通韵。

22. 好事近

词例：**上海世博会**　吴家龙
万国赛雄瓷，先哲百年谋策。
◎●●○，◎●○○○▲。
希冀八荒昌盛，虎岁相期日。
◎●○○○●，◎●○○▲。

如今正是夏兴时，广厦浦江立。
◎○○●●○○，◎●○○▲。

榭馆轩缤姿靓，世博申城益。
◎●◎◎●，◎●◎◎▲。

说明：又名《钓船笛》《翠圆枝》等。双调四十五字，上下片各四句两仄韵。

23. 荆州亭

词例：**秋日登土城　溥心畬**
不尽燕山万里，惨淡边秋无际。
◎●◎◎▲，◎●◎◎▲。
何处吊残军？片荒城废水。
◎●●◎？◎●◎◎▲。

此是当年幽蓟，白草萧萧故垒。
◎●◎◎▲，◎●◎◎▲。
古戍几人还？牧马黄埃空起。
◎●●◎？◎●◎◎▲。

说明：又名《江亭怨》等。双调四十六字，上下片各四句三仄韵。

24. 一络索

词例：**门前白菊初蕾　周燕婷**
槛菊低眉无语，黄昏庭户。
◎●◎◎▲，◎◎◎▲。
秋风无故弄多情，作几点、催花雨。
◎◎◎●◎◎，◎◎▲、◎◎▲。

不管春来春去，芳心自护。
◎●◎◎▲，◎◎◎▲。

年年长得伴花间，又争怕、他人妒？
◎○○●●○○，◎○▲、◎○▲。

说明：又名《一落索》《洛阳春》《玉连环》。双调，四十六字（另有多种字数不同变格），上下阕平仄格式同，各三仄韵。后一句以"三字豆"领出三三句式，句中以顿号隔开。

25. 忆秦娥

词例：**故乡夏夜**　周文彰
蛙声亮，荷塘月色从天降。
○◎▲，◎○○●｛○○▲｝。
从天降，欢鱼戏水，涟漪微漾。
｛○○▲｝，◎○○●，◎○○▲。

流萤忽闪飞蛾撞，蚊虫成伙轮番上。
◎○◎●○○▲，◎○○●｛○○▲｝。
轮番上，妈摇蒲扇，儿梦清唱。
｛○○▲｝，◎○○●，◎○○▲。

说明：又名《秦楼月》等，双调四十六字，前后阕各三仄韵，一叠韵，一韵到底。以入声部为宜，又有改用平韵者。此调最突出特色，在于上下片之第三句与前面七字句之三字尾叠字叠韵。｛○○▲｝表示叠字叠韵。

26. 清平乐

词例：**赴杭州授课**　梅墨生
薄云轻雾，又向江南赴。
◎○○▲，◎●○○▲。

何故人生难四顾，只为心情朴素。

◎●○○○▲，◎●○○○▲。

秋来鸿雁排云，春临紫燕围群。

◎○◎●○△，◎○◎●○△。

一水无风平淡，清波偶起鱼纹。

◎●◎○○●，◎○◎●○△。

说明：又名《清平乐令》《醉东风》等。双调四十六字，前阕四仄韵，后阕三平韵。此乃平仄韵转换格。

27. 喜迁莺

词例：**望春亭赏月**　田凤兰

灯璀璨，月澄明，花影伴歌声。

◎◎●，●○△，◎●●○△。

香风缠绕望春亭，难忘喜相逢。

◎○◎●●○△，◎●●○△。

醉吟诗，闲弄曲。孤雁长天寄语。

◎○○，○○▲。◎●○○○▲。

琼浆痴梦又新年，谁与共婵娟。

◎○○●●○△，◎●●○△。

说明：又名《喜迁莺令》《鹤冲天》《燕归来》等。双调四十七字，上片五句四平韵，下片五句二仄韵、二平韵。此词例属平仄韵转换格。此外，此小令还有平仄韵通叶格、平仄韵错叶格，以及平韵格等多种用韵方式，可见词之表现方式是何等丰富多彩。除小令外，另有长调。

28. 阮郎归

词例：**青花**　梅仕灿
遥看沧海仰观天。深蓝亿万年。
◎○　○●●○△。○○◎●△。
绣球花自惹人怜。青金石色妍。
●○○●●○△。◎○◎●△。

唐宋始，亚欧传。欲知谁创难。
○●●，●○△。◎○◎●△。
题诗作画写尘寰。千秋冠笔端。
◎○◎●●○△。◎○◎●△。

说明：又名《醉桃源》《宴桃源》，双调四十七字，前后阕各四平韵，一韵到底，后阕起首两句要对仗。

29. 朝中措

词例：**读古**　黄霭霖
文人墨客醉还醒，浓淡最分明。
◎○○●●○△，◎●●○△。
万卷古今隽永，深微长岁留名。
◎●◎○○●，◎○◎●○△。

江中静月，林间动鸟，不绝思盈。
◎○○●，◎○○●，◎●○△。
咏志抒情韵远，教人慷慨心声。
◎●○○●●，◎○◎●○△。

说明：又名《照江梅》《芙蓉曲》《梅月圆》。双调，四十八字。

前段四句三平韵，后段五句两平韵。有多种变体。

30．摊破浣溪沙

词例：**探梅**　杜华平

劫里梅开小试春，粉墙低处认屐痕。
◎●○○●●△，◎○○●●○△。
枝瘦红深照溪水，等司勋。
◎●○○●○●，●○△。

邸报午闻惊上国，武陵遥忆有通津。
◎●○○○●●，◎○○●●○△。
扶杖好随花外月，作闲人。
◎●○○○●●，●○△。

说明：又名《山花子》《南唐浣溪沙》。双调四十八字，前阕三平韵，后阕两平韵，一韵到底。后阕开始两句一般要求对仗。

31．眼儿媚

词例：**含笑花**　利向阳

娉婷二八早怀春。媚眼送眸频。
◎○○●●○△。◎●●○△。
百般妖弄，万分迷恋，几许情真？
◎○○●，◎○○●，◎●○△。

蕾苞裸露花枝俏，每令帝王昏。
◎○○●○○●，◎●●○△。
今宵笑靥，明朝倾国，后日勾魂。
◎○○●，◎○○●，◎●○△。

说明：双调四十八字，上片五句三平韵，下片五句二平韵。

32. 人月圆

词例：**忆西双版纳猛垒寨子**　蔡可风

修身佛海依然我，奈我少年何。
◎○○●●○●，◎●●○△。
释经犹颂，乍逢秋水，化作情歌。
◎○○●，◎○○●，◎●○△。

阮刘忘返，沙弥爱虎，斯说非讹。
◎○○●，◎○○●，◎●○△。
阿牙山下，溪东傣女，尚洗青螺。
◎○○●，◎○○●，◎●○△。

说明：又名《青衫湿》，双调四十八字，上片五句两平韵，下片六句两平韵。

33. 柳梢青

词例：**瓜洲渡**　乔尚明

轮渡腾川，怒涛喷雪，浊浪浮天。
◎●○△，◎○○●，◎●○△。
才别金山，瓜洲在望，铁瓮迷烟。
◎●○○，◎○○●，◎●○△。

放翁夜雪楼船，未酬志，萧疏鬓斑。
◎○◎●○△，●○●，◎●○△。
几度沧桑，神州春晓，莺燕翩翩。
◎●○○，◎○○●，◎●○△。

144

说明：双调四十九字，前段六句三平韵，后段五句三平韵。此调有多体。

34．贺圣朝

词例：**广州诗社五周年**　李而已
莺声啭绿天涯路，木棉燃千树。
◎○○●○○▲，●◎○○▲。
红霞烂漫五经春，信是春常驻。
◎○●●○○，◎◎○○▲。

珠江清丽，云山媚妩，咏花城词赋。
◎○○●，○○○▲，●○○○▲。
衣冠万国仰吟旌，彩凤翩翩舞。
◎○◎●○○，●◎○○▲。

说明：双调，前片四句，后片五句，共四十九字。此调有不同诸格体，均用仄声韵。

35．太常引

词例：**儿童节感怀**　黎家活
遥开电视伫屏前，笑靥舞翩翩。
◎○◎●●○△，◎●●○△。
快乐是童年，屈指算、神伤黯然。
◎●●○△，●●●、○○●△。

沧桑磨砺，诗书陶冶，遐想蓦无边。
◎○○●，◎○○●，◎●●○△。

移步见花鲜，意情景、舒怀敬天。
◎●●○△，●○●、○○●△。

说明：又名《腊前梅》，双调四十九字，上片四句四平韵，下片五句三平韵。

36. 西江月

词例：**梅振才《诗不孤》讲座听后有感**　伍巍

长忆西江水暖，皆因故士情钟。
◎●●○○●，◎○○●○△。
半窗秋雨一窗风，万里乡心入梦。
◎○○●●○△，◎●○○◎▲。

身系西洋商旅，心仪华夏文宗。
◎●○○○●，◎○○●○△。
闻君诗话棹头东，此夜春潮汹涌。
◎○○●●○△，◎●○○◎▲。

说明：又名《步虚词》《白苹香》《江月令》，双调五十字，前后阕各两平韵，一仄韵，同部平仄互押，前后阕起首两句例用对仗。为"平仄韵通叶格"。

37. 少年游

词例：**代祝词**　彭天演

秋风白了少年头，一别又三秋。
◎○◎●●○△，◎●●○△。
山高水远，情牵万里，对镜竟含羞。
◎○◎●，◎○◎●，◎●●○△。

今时不比前年秀,尚幸有明眸。
◎○●○○●,◎●●○△。
外物皆非,宜多保重,此外别无求。
◎●○○,◎○○●,◎●●○△。

说明:又名《玉蜡梅枝》《小栏杆》,双调五十字,上片五句三平韵,下片五句两平韵。

38. 燕归梁

词例:**庚寅重阳**　张义和
细雨纷飞结伴行。无眠起三更。
◎●○○●●△。◎○●○△。
今朝聚会有豪英。叙别绪,忆峥嵘。
◎○◎●●○△。◎●●,●○△。

松林柳岸,琼楼芳苑,到处笑谈声。
◎○◎●,○○◎●,◎●●○△
风云变幻总关情。聊天下,赏园庭。
◎○●●●○△。◎○●,●○△。

说明:别名《高平晓》。双调五十一字,前段四句四平韵,后段四句三平韵。另有别体。

39. 南歌子

词例:**清远飞来峡**　曾新琳
断岸青峰峙,晴川碧水流。
◎●○○●,◎○○●△。
彩舟鱼贯峡江头,处处茂林修竹惹凝眸。
◎○○●●○△,◎●○○●●●○△。

佛寺香烟袅，仙踪石窟幽。
◎●○○●，○○●●△。
是间寄迹可忘忧，无怪白猿一啸去难留。
◎○○●●○△，◎●◎○○●●○△。
说明：有单调和双调。双调五十二字，上下片各四句三平韵。

40. 醉花阴

词例：**怀人**　祁丽岩
掩卷凭栏思无二，唯有悲欢矣。
◎●○○○▲，◎●○○▲。
人去小楼空，雁字依然，穿越三千里。
◎●●○○，◎●○○，◎●○○▲。

暮云杂草凄凉地，欲去浑无计。
◎○○●●○▲，◎●○○▲。
缓步入红尘，恋恋红尘，又向天涯递。
◎●●○○，◎●○○，◎●○○▲。
说明：双调五十二字，前后阕各三仄韵，一韵到底。

41. 醉红妆

词例：**赠翩翩风影**　冰雪芹
长风大漠缀红描。柳纤腰，秀发飘，
○○●●●○△。●○○，●●△，
百般风韵百般娇。青青草，傍伊摇。
●○○●●○△。○○●，●○△。

山河无悔上空雕。黛颦露，似桃夭，
○○○●●○△。●○●，●○△，

婀娜心思情袅袅。风影俏，醉今朝。

●●○○●●。○●●，●○△。

说明：双调五十二字，前段六句四平韵，后段六句三平韵。

42. 浪淘沙

词例：**为元正逝世十周年作**　刘斯翰

檐压雨难明，滴尽深更。

◎●●○△，◎●○△。

几回愁梦几回醒。

◎○◎●●○△。

娇影泥人还似旧，闲了鸣筝。

◎●○○●●，◎●○△。

天海任君行，十载芳馨。

◎●●○△，◎●○△。

月圆花谢总关情。

◎○◎●●○△。

犹记一言偏决绝，生死曾经。

◎●○○●●，◎●○△。

说明：又名《浪淘沙令》《卖花声》（不同于《谢池春》的别名《卖花声》）《过龙门》，双调五十四字，前后阕各四平韵，一韵到底。

43. 鹧鸪天

词例：**游仙词一百一十四首终篇**　杨启宇

每到情深不自持，销魂蚀骨只相思。

◎●○○◎●△，◎○◎●●○△。

还珠解珮无穷恨,化石生桑有限期。
◎○○●●○●,◎●○○●●△。

奔月女,弄潮儿;相携同赴大洋西。
○●●,●○△;◎○◎●●○△。
朱弦已绝金台圮,一枕游仙梦醒时。
◎○◎●○○●,◎●○○●●△。

说明：又名《思佳客》《思越人》《醉梅花》,此调很像两首七绝相并而成,唯后阕换头处稍变。双调五十五字,前后阕各三平韵,一韵到底。上阕第三四句、下阕第一二句一般要求对仗。

44. 木兰花

词例：**午夜**　何鹤
最堪消暑秋风早,只有花知秋不好。
◎○○●●○▲,◎●○○○●▲。
夕阳倦到卧西山,天上一弯新月小。
◎○●●●○○,◎●○○○●▲。

月嫌世事多纷扰,久往云中心渐老。
◎○●●○○▲,◎●○○○●▲。
星星何故总多情,打印相思成草稿。
◎○●●●○○,◎●○○○●▲。

说明：又名《木兰花令》《减字木兰花》《偷声木兰花》《玉楼春》《春晓曲》《天下乐令》等。所选词有五十六字,前后片各三仄韵。此词为仄韵格,七绝体,不转韵。中间二联对偶,上下片第三句皆不押韵,这一切皆浑似七律,唯粘对规则有异于七律。另有仄韵转换格、平仄韵转换格、平仄韵错叶格等,字数也有五十五字、五十四字、五十二字、五十字、四十五字等诸体。

45．南乡子

词例：**书夏承焘先生《瞿禅词》后**　陈贻焮
灵鹊报初晴。喜展新词写砑绫。
◎●●○△。◎●○○○●△。
戛玉流珠光熠熠，堪惊。
◎●○○○●，○△。
一片云霞眼底生。
◎●◎○○●△。

高唱入青冥。万里江山仗品评。
◎●●○△。◎●○○○●△。
湘瑟终时湘月冷，摇情。
◎●○○○●，○△。
荡我乡心过洞庭。
◎●○○○●△。
说明：双调五十六字，前后阕各四平韵，一韵到底。

46．鹊桥仙

词例：**赠笑寒（梅振才）**　于树森
一池碧水，两行秋雁，初识未名湖畔。
◎◎○●，◎○○●，◎●◎○○▲。
豪情最是岭南人，易寒暑、披肝沥胆。
◎○◎●○○，●○●、◎○◎▲。

青春如火,年光似箭,几被晨鸡催唤。
◎○○●,○○○●,○●○○○▲。
东方旭日映红心,任风雨、心心相见!
◎○○●●○○,●◎●、◎○○▲。

说明:又名《鹊桥仙令》《金风玉露相逢曲》《广寒秋》,双调五十六字,前后阕各两仄韵,一韵到底。前后阕首两句要求对仗。

47. 虞美人

词例:**感赋** 罗少珍
少年已觉丹青好,今愿和它老。
◎○◎●○○▲,◎●○○▲。
生宣出色艳丹丹,兴至流金岁月写斑斓。
◎○◎●●○△,◎●○○●●●○△。

难逢河坝尝红酒,爱意三回首。
◎○◎●○○▲,◎●○○▲。
依稀月影照无眠,似有梧桐彩凤在山前。
◎○◎●●○△,◎●○○●●○△。

说明:又名《虞美人令》《一江春水》,双调五十六字,前后阕各两仄韵、两平韵,平仄换韵,方式是"甲乙丙丁"相间。此调属平仄韵转换格。

48. 小重山

词例:**故乡** 郑东华
毓秀鹏城碧海连。
◎●○○●●△。

第十一章 常用词牌与词例

七娘峰叠翠,鸟翔天。
◎○○●●,●○△。
山庄玉宇接云巅。
◎○◎●●○△。
人文厚,荟萃展新颜。
○○●,◎●●○△。

绿岸漾渔船。
◎●●○△。
村肴香半岛,乐丰年。
◎○○●●,●○△。
琉璃廊榭水含烟。
◎○◎●●○△。
名古迹,遐迩客情牵。
○○●,◎●●○△。

说明:又名《小冲山》《小重山令》,双调五十八字,前后阕各四平韵,一韵到底。

49. 踏莎行

词例:**东西湖里踏莎行**　田幸云

淡水亭台,幽花细草。东西湖畔长生宝。
◎●○○,◎○○▲。◎○○●○○▲。
人从画里踏莎行,氧吧野渡村姑笑。
◎○◎●●○○,◎○◎●○○▲。

碧柳堆烟,潆溪耕钓。拦天池上荷花俏。
◎●○○,◎○○▲。◎○○●○○▲。

鱼龙击水泛银波,归来黄鹤朝天啸。
◎○●●○○,◎○●○○▲。

说明：又名《踏雪行》,双调五十八字,前后阕各三仄韵,前后阕开始两句例用对仗。另有转调踏莎行。

中调

50．钗头凤

词例：**沈园咏叹**　李文朝

青新柳,陈年酒,慕名寻古芳园走。
○○▲,○○▲,◎○○●○○▲。
天情恶,人情薄。恩深佳侣,棒分成各。
○◎▲,◎○▲。◎○○●,●○○▲。
过、过、过！
{▲}、{▲}、{▲}。

词依旧,魂销就,字间行里悲伤透。
◎○▲,◎○▲,◎○○●○○▲。
花虽落,缘如索。两桩心事,古今评说。
◎○▲,◎○▲。◎○○●,●○○▲。
默、默、默！
{▲}、{▲}、{▲}。

说明：又名《折红英》《惜分飞》《玉珑璁》。此调为双调。前、后片各十句,共六十字。前、后片除第六句外,其余各句皆押韵,均用仄声韵。前、后片各自从第四句起换韵。前、后片后三句用叠韵，用{▲}符号表示。

【附宋词陆游、唐婉《钗头凤》原作】

一、陆游

红酥手，黄縢酒。满城春色宫墙柳。东风恶，欢情薄。一怀愁绪，几年离索。错、错、错！

春如旧，人空瘦。泪痕红浥鲛绡透。桃花落，闲池阁。山盟虽在，锦书难托。莫、莫、莫！

二、唐婉

世情薄，人情恶。雨送黄昏花易落。晓风干，泪痕残。欲笺心事，独语斜阑。难、难、难！

人成各，今非昨。病魂常似秋千索。角声寒，夜阑珊。怕人寻问，咽泪装欢。瞒、瞒、瞒！

51. 临江仙

词例：**离别吟**　郭仕彬

曾记故乡明月夜，花前互对愁容。

◎●◎◎●●，◎◎●○△。

依依惜别两情浓。

◎○◎●●○△。

今朝挥热泪，何处觅芳踪？

◎○◎●●，◎●●○△。

渡海漂洋来路险，雄鹰展翅苍穹。

◎●◎○◎●，◎○●○△。

壮心攀越上高峰。

◎○◎●●○△。

苹城欢聚首，美酒饮千盅。
◎○○●●，◎●●○△。

说明：双调六十字，前后阕各三平韵，一韵到底。此调体式繁多，或言十一体，或言十五体。

52. 蝶恋花

词例：**中大毕业五十年后与校友重逢**　麦启凌
五十春秋风雨路，
◎●◎○○●▲，
多少悲欢，宠辱凭谁诉！
◎●○○，◎●○○▲。
国难家愁曾苦渡，蓦然回首堪迟暮。
◎●◎○○●▲，◎○◎●○○▲。

今日校园重会聚，
◎●◎○○●▲，
共醉千杯，莫记名和誉。
◎●○○，◎●○○▲。
落日正红休背负，辉煌再创重开步。
◎●◎○○●▲，◎○◎●○○▲。

说明：又名《鹊踏枝》，双调六十字，前后阕各四仄韵，一韵到底。另有平仄通叶格蝶恋花。

53. 一剪梅

词例：**重访狮子山**　周啸天
弹剑当年奏苦声，不愿他生，惟愿今生。
◎●○○●●△，◎●○△，◎●○△，

来逢千里共长行,窗外眸明,柳外花明。
◎○◎●●○△,◎●○△,◎●○△。

十载萍踪访旧程,鬓尚青青,树尚亭亭。
◎●○○●●△,◎●○△,◎●○△,
芙蓉城到牡丹城,去也关情,住也关情。
◎○○●●○△,◎●○△,◎●○△。

说明:又名《腊梅香》,双调六十字,前后阕句句用平韵,一韵到底。八个四字句一般都用对仗。有一体只需前后阕的一、三、六句用韵。

54. 唐多令

词例:贺市太极拳协会成立五周年　施中旦

新叶满长青,风云太极轻。
◎●●○△,○○○●△。
叹五年、艺业留馨。
●○○、◎●○△。
虎步龙行看此日,陈杨式,各争娉。
◎●◎○○●●,◎○●、●○△。

喜体健心灵,莘莘国粹铭。
◎●●○△,○○○●△。
更腾飞、直上青冥。
●○○、◎●○△。
物阜民康光世界,宏图展,耀明星。
◎●○○●●,◎◎●、●○△。

说明:又名《南楼令》《箜篌曲》,双调六十字,上下片各五句四平韵。

55. 踏莎美人

词例：题潘静淑夫人《绿遍池塘草图》　　冼玉清

画境荒寒，春潮呜咽。
◎●○○，◎○◎▲。
红心满地啼鹃血。
◎○○●○○▲。
斗茶赌韵事休论，
◎○○●●○△，
胜得朝昏遗挂对炉熏。
◎●○○●●○△。

伤逝名篇，铭幽短碣。
◎●○○，◎○◎▲。
从残粉墨都凄绝。
◎○○●○○▲。
平生报答已无因，
◎○○●●○△，
岁岁清明和雨泪难分。
◎●○○●●○△。

说明：《踏莎美人》乃清人顾贞观的新翻曲，上三句《踏莎行》，下二句《虞美人》，后片同。六十二字，上片、下片各二仄韵、二平韵。上、下片四言起句，例用对偶。

56. 渔家傲

词例：洪湖浪　　周海燕

欲觅芙蓉惊鹭两，扁舟一叶潜芦荡。
◎●○○○●▲，◎○◎●○○▲。

道泛清波风合唱。
◎●◎○○●▲。
鱼虾访,偷来半日悠闲样。
○◎▲,◎○○●○○▲。

何见横眉刀白晃,犹闻血溅澜声上。
◎●◎○○●▲,◎○◎●○○▲。
西照鱼舱莲藕放,
◎●◎○○●▲,
秋水漾,天堂怎比洪湖浪。
○◎▲,◎○○●○○▲。

说明:双调六十二字,前后阕各五仄韵,句句用韵,一韵到底。

57. 定风波

词例:**示儿** 郑欣淼
勤勉能成百尺梯,冥蒙何必跂而思。
◎●○○●◎△,◎○●●○△。
休得春衫夸俊少,前眺,又催而立五更鸡。
◎●◎○○●▲,○▲,◎○●●○△。

羞见刘郎田与舍,舒翩,人间天上自家知。
◎●◎○○●▲,○▲,◎○●●○△。
不羡屠龙求薄技,随意,茂林但觅一枝栖。
◎●◎○○●▲,○▲,◎○●●○△。

说明:另名《定风波令》《转调定风波》《定风流》等。双调六十二字,前阕三平韵,两仄韵,后阕四仄韵,两平韵,平仄换韵方式是"甲乙甲丙甲丁甲"。以平声韵为主,间以仄声韵。属"平仄韵错叶格"。用韵方式也各有不同,另有平韵格,较少见。

58．苏幕遮

词例：**新照　梅如柏**
镜头前,才一秒。吾本轩昂,怎换头颅了。
●○○,○●▲。◎●○○。◎●○○▲。
错怪友朋胡乱照。雨滚风爬,硬把青春掉。
◎●○○○●▲。●●○○,◎●○○▲。

我言羞,妻说："俏!看那贪官,相比夫高妙。
●○○,○●▲。●●○○,◎●○○▲。
理得心安尤重要。他泣囚窗,你拥妻儿笑。"
◎●○○○●▲。●●○○,◎●○○▲。

说明：又名《鬓云松令》,双调六十二字,上下片各七句四仄韵。另有同字异韵变体多种,六十六字变体也称作《添字渔家傲》。

59．破阵子

词例：**银婚赠妻　郑伯农**
无有山盟海誓,未经月下花前。
◎●○○○●,◎○●●○△。
结伴何须长脉脉,苦胆痴心本自连。
◎●○○○●●,◎●○○●△。
回眸三十年。
○○○●△。

同看阴晴圆缺,共尝苦辣酸甜。
◎●○○●,◎○●○△。

总把热肠酬冷眼,秉性难随世道迁。
◎●◎○○●●,◎●○○◎●△。
匆匆白发添。
◎◎○●△。
说明:又名《十拍子》,双调六十二字,上下片各五句三平韵。

60. 行香子

词例:**惜别**　邓正明

岳麓桥边,絮柳凝烟。
◎●○△,◎●○△。
别长亭,思绪翩翩。
●○○,◎●○△。
寒窗数载,捧卷同研。
◎○◎●,◎●○△。
趁年华旺,韶华美,写华篇。
●○○○,◎○●,◎○△。

分离两地,鸿雁相牵。
◎○○●,◎●○△。
字行行,情驻心间。
●○○,◎●○△。
鹊桥横渡,爱棹扬帆。
◎○○●,◎●○△。
看春山秀,重山远,望山穿。
●○○○,◎○●,●○△。
说明:双调小令,六十六字,上片五平韵,下片四平韵。

61. 解佩令

词例：**题竹垞词，即用其集中自题原韵**　柳亚子
平陵结客，长杨献赋，
◎○○●，◎○○●，
叹黄花晚节凋零尽。
●○○●●○○▲。
尘土东华，也应把、蹉跎自恨。
◎●○○，◎○○、◎○◎▲。
又何堪、星星双鬓。
●○○、◎○◎▲。

扬州杜牧，小园庾信，
◎○○●，◎○○●，
哭穷途、步兵差近。
●○○、◎○◎▲。
载酒江湖，且收拾、残脂剩粉。
◎●○○，◎○○、◎○◎▲。
更销魂、温柔无分。
●○○、◎○◎▲。

说明：又名《解冤结》。双调六十七字，上下片各有三仄韵。有多体，各家平仄格式及句读不一。

62. 青玉案

词例：**戊寅重阳**　杨欣然
丹枫醉饮灵霜酒，彩菊弄姿芳透。
◎○○●○○▲，●○●●○○▲。

落叶归根还土厚。

◎●◎○○●▲。

月明花影，风吹残柳。人倚楼思旧。

◎○○●，◎○○▲，◎●○○▲。

往还雁阵依时候，别绪离怀恨如扣。

◎○○●○○▲，◎●○○●○▲。

自在逍遥无保守。

◎●◎○○●▲。

一堂欢乐，弟恭兄友。同觇双慈寿。

◎○○●，○○◎▲。◎●○○▲。

说明：又名《横塘路》《西湖路》，双调六十七字，前后阕各五仄韵，上去通押。此调填制者多，变体亦多。上阕第二句多作"●◎●、○○▲"。

63. 江城子

词例：**山鹰之歌**　尹旭

长天万里任从容。

◎○◎●●○△。

蹈霓虹，醉狂风。

●○△，●○△。

越水飞山，只在笑谈中。

◎●○○，◎●●○△。

四海为家云作舍，情永在，乐无穷。

◎●○○○●●，○◎●，●○△。

峰峦纵目草花丛。

◎○○●●○△。

显真功，叼蛇虫。

●○△，●○△。

浩气凌霄，虎豹匿无踪。

◎●○○，◎●●○△。

何日环球无罪恶，心切切，意浓浓。

◎●○○○●●，○○●，●○△。

说明：又名《江神子》，双调七十字，前后阕格式相同，各五平韵，一韵到底。另有仄韵格。

64. 千秋岁

词例：**赠纽约梅翁**　赵挽澜

一杯陈酿，忆昔骊歌唱。

◎○◎▲，◎●○○▲。

心当别，情难畅。而今清梦远，春水池塘涨。

◎○●，○○▲。◎○○●，◎●○○▲。

知何物？朝朝暮暮常双向。

○○●。◎○○●○○▲。

珠玉时予贶，震耳铜琶响。

◎●◎○▲，◎●○○▲。

诗罕敌，门无傍。邯郸怜我老，意气徒悲壮。

◎○●，○○▲。◎○○●●，◎●○○▲。

虽万里，长房有术休惆怅。

○○●，◎○○●○○▲。

说明：又名《千秋节》，双调七十一字，上下片各八句五仄韵。

65. 离亭燕

词例：**咏柳**　周正光
困舞隋堤犹记，乍住旋还惊起。
◎●◎○○▲，◎●◎○○▲，
往日斜桥花落处，掩映鸳鸯深睡。
◎●◎○○●●，◎●◎○○▲，
清影任迟徊，总恨春光难系。
◎●●○○，◎●◎○▲，

烟外残阳废垒，砌下寒塘荒水，
◎●◎○○▲，◎●◎○○▲，
多少缠绵肠断事，换了西风铅泪，
◎●◎○○●●，◎●◎○○▲，
纵万缕柔丝，又倩谁人梳理？
◎●●○○，◎●◎○○▲。

说明：又名《离亭宴》，双调七十二字，上下片各四仄韵。上片起首两句，只需协韵，不必对偶；下片起首二句需用对偶。另有别体。

66. 何满子

词例：**步韵答周朝连**　朱帆
长记谢家祠里，弦歌犹绕余音。
◎●◎○○●，◎○○●○△
涟水江头风月好，也曾结侣谈心。
◎●◎○○●●，◎○○●○△。
回首关山万里，旧游何处追寻。
◎●◎○○●，◎○○●○△。

人世浑如大梦，觉来两鬓霜侵。
◎●○○●，○○○●○△

难得一声何满子，潇湘粤海同吟。
◎●○○●●，○○○●○△

他日故园重步，约君共酌杯深。
◎●○○●，○○○●○△。

说明：又名《河满子》，双调七十四字，前后阕各四平韵，一韵到底。前后阕起二句多用对仗。另有仄韵格。

67. 风入松

词例：**悼棣周兄**　吴荣治

虎门遗恨割香江，此恨未能忘。
◎○◎●○△，◎●●○△。

书生耿耿丹心在，一支笔、惊世文章。
◎○●●○●，●○○、◎●○△。

火海剑山我往，总为故国情长。
◎●◎○◎●，◎○◎●○△。

平生意气濯沧浪，然诺重胡郎。
◎○●●○△，◎●●○△。

滔滔湖海知音渺，一轮月、酹酒流光。
◎○○●○●，●○○、◎●○△。

倜傥当年不再，长天孤雁茫茫。
◎●○○●●，○○○●○△。

说明：又名《远山横》《风入松慢》，双调七十六字，上下片各六句四平韵。

68. 祝英台近

词例：**晤众同学兼寄琼州**　车薪

燕分飞，花落絮，一别北南去。
●○○，◎●●，◎●●○▲。
邂逅相逢，休问心和绪。
◎●○○，◎●●○▲。
可能轻易无愁，旧诗几阕，又道是、时时相聚。
◎○○●○○，◎○○●，●○●、◎○○▲。

朗夜聚。江堤重话当年，明朝约豪旅。
●◎▲。◎○◎●○○，◎○●○▲。
月亮星明，不及君情趣。
◎●○○，◎●○●▲。
此风昔日多愁，风归何处，只指望、君长记取。
◎○○●○○，◎○○●，●○●、◎○○▲。

说明：又名《宝钗分》《燕莺语》《寒食词》《月底修箫谱》，双调七十七字，上片八句三仄韵，下片八句四仄韵。此调另有平韵格。

69. 一丛花

词例：**南澳岛**　周荣

欣荣潮汕展嘉猷，南澳一芳洲。
◎○◎●●○△，◎●●○△。
长桥跨海连声气，路环岛、正适优游。
◎○◎●○○●，●○●、◎●○△。
渔产厚丰、沙滩辽阔，冲浪竞风流。
◎●○○、◎○○●，◎●●○△。

衣冠冢记秀夫忧，遗恨志难酬。
◎○○●●○△，◎●●○△。
金银传说危岩叠，宋朝井、水润珠喉。
◎○○●○●，●○●、◎●○△。
文物馆开，兴今考古，美态不胜收。
◎●○○，○○○●，◎●●○△。

说明：又名《一丛花令》，双调七十八字，上下片各七句四平韵。

70. 千秋岁引

词例：**变幻风云**　王香谷

变幻风云，缘由始末。
●●○○，○○●▲。
爱恨情仇百家说。
●●○○●●▲。
从来岁华荏苒逝，兹今世事沉浮叠。
○○●●●，○○●●○▲。
雾中花，水中月，梦中阙。
●○○，●○●，●○▲。

华夏子孙天地越。千古史诗波浪阔。
○●●○○●▲。○●●○○●▲。
碧海丹心弄潮绝。
●●○○●○▲。
山川永存凛烈胆，乾坤不灭英雄骨。
○○●●●●●，○○●●○○▲。

168

国之魂，剑之气，人之杰。
●○○，●○●，○○▲。

说明：又名《千秋岁令》《千秋万岁》等。双调八十二字，前段八句四仄韵，后段八句五仄韵。有诸体，字句亦有不同。

71．洞仙歌

词例：**无题**　陈翠娜

芙蓉池馆，有画纨人凭。
◎○○●，●◎○○▲。
瘦蝶眠花抱秋冷。
◎●○○●○▲。
爱罗襟如绣，花影如潮，
●○○◎●，○●○○，
只觉得、人比月华还靓。
◎○●、◎●○○▲。

银钩和梦语，小展屏山，画取轻雯入鸳镜。
●○○●●，◎●○○，◎●○○●○▲。
鹦鹉悄无声，短笛惺忪，却刚把、醉魂吹醒。
◎●●○○，●●○○，◎●、◎○○▲。
拼月落参横不归眠，
●◎●○○●○○，
任漏尽铜壶，香销金鼎。
●●●○○，◎○○▲。

说明：又名《洞仙歌令》《羽仙歌》《洞仙词》《洞中仙》《洞仙歌慢》。八十三字，上下片各三仄韵。上片第二句是上一、下四句法，下片八言句是以一去声字领下七言，紧接又以一去声字领下四言两句作结。

72. 江梅引

词例：**丙辰清明**　钟振振

清明大地未春回。冷风吹，乱云堆。
◎○○●●○△。●○△，●○△。
星陨重天，蔽日有阴霾。
○●◎○，◎●●○△。
不见枝头红杏闹，
●●◎○○●，
但盈路、墨纱裹，素蝶飞。
●○●、◎○◎，◎●△。

华夏古来多壮士。骨可分，身可碎。
◎●●○○●▲。●○○，◎●▲。
膝岂肯跪，对狐魅、拔剑扬眉。
●○◎▲，◎○●、◎●○△。
人海花山，忍教白梃摧。
◎●○○，◎●●○△。
血泊悄然沉地火，失声处、拭眸听，有闷雷！
◎●○○●●，◎○●、●○○，●●△！

说明：双调八十七字，前段八句五平韵，后段十句三叶韵、三平韵。另有别体。

73. 雪狮儿

词例：**鸡年除夕散步武昌江滩**　傅占魁

一江热血，双峰对影，眸融星斗。
◎○○●，◎○●●，◎○○▲。

铁笔纵横，万里虹飞龙走。
◎●○○，◎●◎○◎▲。
朝朋夕友，那管得、雨斜风吼。
○○●▲，●●●、◎○○▲。
琼宫里，鸡鸣远去，奔来苍狗。
◎◎●，○○◎●，◎○○▲。

又被年来掣肘，笑微微、作嫁众称憨厚。
●◎○○●▲，●○○、◎●◎●▲。
正自思量，猛见乞翁污垢，
◎●○○，●●◎○▲。
佝身露体，泣不住、霓灯豪酒。
◎○○▲，◎●●、○○○▲。
堤边柳，可化春风玉手。
○○▲，●●○○▲。

说明：双调八十九字，前段九句五仄韵，后段八句七仄韵。

74. 石湖仙

词例：**寿讱庵六十** 龙榆生

承平燕市。问裘马轻肥，尘梦何许。
○○○▲。●○●○○，○●○▲。
唏发阅沧桑，买扁舟、翩然远徙。
○●●○○，●○○、○○○◎▲。
千金能致，总未忘、五湖烟水。
○○○●，●●●、●○○▲。
凄悱。听讴吟、几移宫征。
○▲。●○○、●◎○▲。

鸥盟共联俊好，借郁厨、宾歌既醉。
○○●●●，●○○、○○●▲。

翳镜慵看，莫叹星星如此。
●●○○，●●○○○▲。

月满中秋，汐生江涘。人间何世。
●●○○，●○○▲。◎○○▲。

情未已。黄花后约应记。
○●▲。○○●●▲。

说明：双调八十九字，前后段各九句、六仄韵。

75. 探芳信

词例：**春梦**　李淑一

频搔首。正独自凭栏，寄情诗酒。
◎○▲。●●○○，○○●▲。

叹人生如梦，心事向谁剖。
●○○○●，○○●○▲。

斜阳燕子来还去，那管花消瘦。
◎○●○○●，●●○○▲。

甚黄昏、一阵清歌，低吟户墉。
●○○、●●○○，◎○○▲。

帘外风吹吼。趁寒食年年，清明左右。
◎●○○▲。●○●○○，○○○▲。

江北江南，云断青山否。
◎●○○，●○○○▲。

几番吹醒痴人梦，但觉春如旧。
●○○●○●，◎●○○▲。

最关心、楼外深深疏柳。
●○○、◎●○○○▲。

说明：又名《西湖春》。双调八十九字，前段九句五仄韵，后段八句五仄韵。有别体。

长调

76. 满江红

词例：**江山寻梦**　于利祥

滚滚长河，难洗尽、无边风月。
◎●○○，○○●、◎○◎▲。
千载事，扬帆回首，浩然穿越。
○●●，◎○○●，◎○◎▲。
故国沧桑留胜景，神州忧患淘英杰。
◎●◎○○●●，◎○◎●○○▲。
万里路、书剑任飘零，狂歌彻。
●○○、◎●●○○，○○▲。

帝王位，悲魂叠；朝代史，炎黄血。
◎○●，○○▲；◎○●，○○▲。
叹人间兴废，雄关湮灭。
●○○○●，◎○○▲。
尘海求真情永驻，江山寻梦思尤切。
◎●◎○○●●，◎○◎●○○▲。

跨征途，古道踏残阳，心何烈。
●◎◎，◎●●○○，○○▲。

说明：双调九十三字，前阕四仄韵，后阕五仄韵。前阕五、六句，后阕七、八句要对仗，后阕前两句三字、四字最好也用对仗。一般例用入声韵。另有平韵格。

77. 雪梅香

词例：**侨乡百年碉楼情**　梁伊焕

苦漂泊，乌篷船动望君还。
●●●，○○◎●●○△。

有炊烟升起，心中爱意阑珊。
●○○○●，◎○●●○△。

山外青山月流转，不堪回首路艰难。
○●◎●○●，●○○●●○△。

冷风断，惜百年身，血泪斑斑。
◎○●，●●○○，◎●○△。

凭栏，
○△，

海天阔，几许风霜，几许晴天。
●○●，●●○○，●●○△。

又记当年，一杯已醉谁怜。
◎●○○，●○●●○△。

斜对光阴绣金线，曲廊深院撰千篇。
◎●○○●●，●○○●●○△。

空追忆，酒醒微时，旧梦依然。
○○●，●●○○，◎●○△。

说明：双调九十四字，上片九句四平韵，下片十一句五平韵。

78. 玉漏迟

词例：**杭州遇屈伯刚，以词见示，次和**　汪东
晚春欢绪少。鸥盟鹭伴，前踪都杳。
◎○○●●。○○○●，◎○○▲。
快展生平，试探故人怀抱。
◎●○○，◎●○○○▲。
曲几瓶花低映，更四下、珠帘围绕。
◎●○○●，◎◎●、◎○○▲。
应共笑。鬓华自指，相逢非少。
○●▲。◎◎●○，◎○○▲。

为我细说当年，算得意春风，凤歌鸾啸。
◎◎◎●○○，◎○●○○，◎○○▲。
几阅沧桑，锁院离离青草。
◎●○○，◎●○○○▲。
浮世不劳梦想，但教看、湖边飞鸟。
◎●○○●，◎○●、◎○○▲。
归路悄，惜惜半堤斜照。
○●▲，◎◎●○▲。

说明：双调九十四字，前段十句五仄韵，后段九句五仄韵。另有别体。

79. 水调歌头

词例：**记串连**　贺国安
年少多豪兴，四海漫为家。
◎●○○●，◎●●○△。

曾随孤鹤群雁，游迹遍中华。
◎○○●○●，◎●●○△。
(上六下五，或上四下七)
朝看黄河激浪，暮宿泰山绝顶，粤海觅新茶。
◎●○○○●，◎●○○○●，◎●●○△。
吟罢潇湘月，登麓采红霞。
◎●○○●，◎●●○△。

西疆雪，嘉陵雾，滇池花。
◎○●，○○●，●○△。
江山处处如画，风物四时佳。
◎○○●●●，◎●●○△。
(上六下五，或上四下七，又或作●●○○●，●●○△。)
饱览九州胜迹，深叹百年尘事：珠玉几成沙。
◎●●○○●，◎●○○○●：○●●○△。
我愿长漂泊，风雨此生涯。
◎●○○●，◎●●○△。

说明：又名《元会曲》《凯歌》《江南好》《花犯念奴》。此调有不同诸格体，俱为双调。在此只列一体。前片九句，后片十句，共九十五字。所选词例为平韵格。另有平仄韵通叶格、平仄韵错叶格等多种押韵方式。字数多少各体也有所不同。

80．满庭芳

词例：**呈刘征老师**　李树喜

墨蘸三江，云携五岭，描画莲古新红。
◎●○○，○○●●，●○○●○△。
神游霄外，万物结诗朋。
◎○○●，○●●○△。

背负长天垂翼,涛波涌、醉舞鲲鲸。
◎●○○●,○◎●、◎●○△。
拿云手,童心剑胆,未肯受牢笼!
○○●,◎○◎●,◎●●○△。

谁评,风韵史,宋唐歧径,豪婉分庭。
○△,◎●●,◎○○●,◎●○△。
赖先生勃发,变法霓虹。
●◎○◎●,◎●○△。
不欲称王偏是,高绝处、一树峥嵘。
◎●○◎●,◎○●、◎●○△。
何孤也!粉丝书画,诗酒伴梅翁。
◎○●!◎○○●,◎●●○△。

【刘征和词】

满庭芳·答树喜

京国风尘,红楼编简,栖栖一个书生。百年歌哭,垂发白千茎。自笑泥涂曳尾,胡为慕,沧海骑鲸!天许我,诗为肝胆,万物俱生情。

秋晴,开望眼,寒山霜木,大宇苍鹰。揽无边风物,挥洒纵横。岂暇关心豪婉,忽掷笔,石破天惊。欣然喜,杂花生树,新雨沃繁英。

说明:又名《满庭花》,双调九十五字,前阕四平韵,后阕五平韵,一韵到底。另有诸体。

81. 汉宫春

词例:**步辛弃疾《会稽秋风亭观雨》原韵**　张元昕

寂寞孤城,觉三秋寒意,始到吾庐。
◎●○○,●◎○●,◎●○△。

飘零四顾何益,霜景偏殊。
◎○●○●,◎●○△。
西风满袖,立斜阳、鸿雁音疏。
◎○●●,●○○、◎●○△。
回首处、瑶琴声断,五陵秋叶都无。
◎●●、○○●●,◎○●○△。

遥想灵均初服,叹骚人一去,百代谁如?
◎●○○●,●○○●●,◎●○△?
洞庭明月波冷,怎不愁余?
◎○◎○●,◎●○△?
天池路远,拟追寻、忘却莼鲈。
◎○○●,◎○○、◎●○△。
应笑我、年来憔悴,寸心犹在诗书。
○●●、◎○○●,◎○●○△。

【附录宋词辛弃疾原作】
汉宫春·会稽秋风亭观雨

亭上秋风,记去年袅袅,曾到吾庐。山河举目虽异,风景非殊。功成者去,觉团扇、便与人疏。吹不断,斜阳依旧,茫茫禹迹都无。

千古茂陵词在,甚风流章句,解拟相如。只今木落江冷,眇眇愁余。故人书报,莫因循、忘却莼鲈。谁念我,新凉灯火,一编太史公书。

说明:双调九十六字,前后段各九句、四平韵。此调有平韵、仄韵两体。

82. 烛影摇红

词例：**暮春作别温州**　　左群涛
回望瓯城，天开三漈悬龙涧。
◎●○○，○○○●○○▲。
一江春水隔嶙嶒，轻别双飞雁。
◎○◎●○○，◎●○○▲。
往事随风渐远。念初心，些些未变。
◎●○○●▲。●○○，◎○◎▲。
芳英成冢，洛水堆烟，都生离怨。
◎○○●，○●○○，◎○◎▲。

怕误流年，荼蘼开尽春将晚。
◎●○○，○○◎●○○▲。
许他重约泛兰舟，踏遍江南岸。
◎○◎●○○，◎●○○▲。
偏是杨花絮乱。料韦郎，关山不见。
◎●○○▲。●○○，◎○◎▲。
潇湘雨散，楚峡云归，杜鹃啼断。
◎○○●，○○○○，◎○◎▲。

说明：双调九十六字，前后段各九句、五仄韵。另有别体。

83. 八声甘州

词例：**敦煌怀古**　　周笃文
趁飙轮万里走中原，采胜古瓜州。
●◎○◎●●○○，◎◎●○△。

伴豪情词伯，金闺丽质，俊彩吟俦。
●○○○●，○○○●，○●○△。
阅尽祁连雪岭，弱水送西流。
◎●○○●，○●●○△。
银汉入杯盏，逸兴云浮。
◎●○○●，○●○△。

极目苍茫古戍，正玉关草长，风雨新收。
◎●○○●，●○○○●，○●○△。
过千群牧马，禾黍满田畴。
●◎○○●，○●●○△。
最神驰、莫高宝窟，尽人天、万象供吟眸。
●○○、◎○○●，●○○、◎●●○△。
低回久、梦魂从此，夜夜崖头。
○○●、◎○○●，○●○△。

说明：又名《甘州》《潇潇雨》《宴瑶池》，双调九十七字，唐边塞曲，前后阕各四平韵，一韵到底。

84. 声声慢

词例：无题　刘永济

人如花瘦，梦与云荒，清樽倦领残秋。
◎○○●，○●○○，○○○●○△。
坠叶风中，啼鹃唤起闲愁。
◎●○○，○○○●○△。
河山纵然无恙，莽烟尘、还怕登楼。
◎○●○●，●○○、◎○●○△。

书漫卷、甚白头诗酒,仍滞西州?

◎○●、●○○◎●,●◎○△。

长望韬戈洗甲,奈鲸鲵乍静,萁豆还仇。

◎●○○◎▲,●◎○○●,◎●○△。

佩委兰衰,谁哀无女高丘。

◎●○○,○○◎●○△。

便教片帆归去,问故山猿鹤都休。

◎○●●●,●○○◎○△。

情正苦、听刖鸿声度蓼洲。

◎◎●、●○○◎●△。

说明:又名《神光灿》《凤求凰》等。双调九十七字,上下片各有四平韵。另有仄韵格,以李清照所作最为脍炙人口。

85. 长亭怨慢

词例:**感怀** 高知贤

想前世,应多冤孽。遭罪千般,可与谁说。

●◎●,◎○○▲。◎●○○,●○○▲。

褓裸成孤,相依慈母历霜雪。

●●○○,◎○○●●○▲。

独夫施虐,殃国族,天良灭。

●○○●,○●●,○○▲。

武斗尚心惊,复诏狱,祸来仓猝。

◎●●○○,◎○●,◎○○▲。

磨折。念余生劫后,其奈渐多华岁。

◎▲。●○○●●,◎●◎○▲。

181

膝前子幼，更亲老，豪情消歇。

◎○●●，◎○●，◎○○▲。

苦求索，世路漫漫，屡自误，徒嗟愚拙。

◎○○，◎●○○，●○●，◎○○▲。

纵痛饮千觞，难解无穷悲切。

●○●○○，◎●◎○○▲。

说明：或作《长亭怨》，双调九十七字，前后段各九句、五仄韵。

86. 暗香

词例：**寻梅**　伍仲池

冷魂缀色。梦去红欲尽，寒风寻笛。

◎○○▲。●○○●，◎○○▲。

客谢遁声，淡看斜阳自收摘。

◎●○○，◎●○○●▲。

昂首残空写画，难忘却，凌霜如笔。

◎●◎○●，◎○●，◎○○▲。

最记起，一缕幽香，缥缈落孤席。

◎○○，◎●○○，◎●●○▲。

归国。伴影寂。月下赏静梅，意聚情积。

◎▲。●○▲。◎○●○，●●○▲。

默言笑泣。柔弱枝头久追忆。

●○●▲。○●○○●○▲。

还数颜容旧处。苍野里，傲观群碧。

◎●○○●。◎●●，◎○○▲。

邂雨雪，千树倾，赞同了得。
●◎◎，○●●，●○◎▲。

说明：又名《红情》，双调九十七字，上片九句五仄韵，下片十句七仄韵。

87. 凤凰台上忆吹箫

词例：**蝉鸣** 欧阳鹤

戴月披星，餐风饮露，孤高独挂危枝。
◎●○○，◎○◎●，◎○◎●○△。

任雨狂风骤，兀自矜持。
●●○○●，●●○△。

夜半沉音乍起，千里外，清韵长回。
◎●○○●，○●●，◎●○△。

抒高洁，羞同鹊噪，不效莺啼。
◎○●，◎○○●，◎●○△。

依稀，雪泥鸿爪，人世若烟云，既往难追。
○△，◎◎◎●，○◎●○，◎●○△。

纵一生风雨，孰论功非？
●○○○●，◎●○△。

幸有高风雅气，痴情处，诗海长迷。
◎●○○●，○○●，◎●○△。

蝉声唱，心潮又兴，几许涟漪。
○○●，○○●◎，◎●○△。

说明：又名《忆吹箫》，双调九十七字，上片十句四平韵，下片九句四平韵。有别格。

88. 庆清朝慢

词例：**尼加拉瀑布记游**　朱绍昌
百里澄波，千寻飞瀑，尼河万古长流。
●●○○，◎○○●，◎○○●○△。
浪花散雪，断鸿零落荒州。
◎○●●，◎○○●○△。
蓦地马蹄声响，蛟龙怒起扑飞舟。
◎●○○●，○○●●○△。
斜阳里，绛纱掩映，皓齿明眸。
○○●，●○●●，◎●○△。

我本多情词客，羡山川韶美，着意登楼。
◎●○○●，●○○●，●●○△。
当时王粲，何不随遇而留。
◎○○●，○○○●○△。
惆怅神州何处，白云宁复汉时秋。
◎●○○●，●○○●●○△。
凭栏久，泠泠逝水，冉冉归鸥。
○○●，○○●●，◎●○△。

说明：又名《庆清朝》，双调九十七字，前后段各十句、四平韵。此调有诸体。

89. 扬州慢

词例：**古琴台感赋**　布凤华
龟麓霞收，月湖波软，伯牙似在弹琴。
◎●○○，◎○○●，◎○○●○△。

听泠泠弦上,似低泣沉吟。

●〇〇〇●,●〇〇●△。

叹扰扰,喧嚣车马,绮罗广厦,难觅知音。

●〇●,〇〇〇●,◎〇〇●,◎●〇△。

渐黄昏,陌野荒林,风卷寒襟。

●〇〇,〇●〇〇,〇●〇△。

纷繁过眼,细思量、谁懂此心。

◎〇〇●,●〇〇、◎●〇△。

纵燃断青灯,河山踏遍,也负光阴。

●〇◎〇〇,◎〇〇●,◎●〇△。

千古美谈依旧,茫然处、欲语还喑。

◎●〇〇●,〇〇●、◎●〇△。

看斜阳西坠,为何偏到如今。

●〇〇〇●,〇〇〇●〇△。

说明:双调,九十八字,上片十句四平韵,下片九句四平韵。前片第四、五句及后片第三句皆上一、下四句法。另有别体。

90. 月华清

词例:**中秋** 沈祖棻

征雁惊弦,飞鸟绕树,几年尘满香径。

◎●〇〇,〇〇〇●,●〇〇◎〇▲。

桦烛清觞,节物故家休省。

◎●〇〇,●●●〇〇▲。

素娥愁、桂殿秋空;汉宫远、露盘珠冷。

◎〇〇、◎●〇〇;◎〇●、◎〇〇▲。

端正。想山河暗缺，故遮云影。
◎▲。●○○○●，◎○○▲。

高处骖鸾未稳。莫忘了天涯，此回潮信。
◎●○○▲。●●●○○，◎○○▲。
旧舞霓裳，零谱断弦谁听？
◎●○○，◎●○○▲？
早催还、翠水仙槎；待重认、碧天金镜。
◎●、◎●○○；●●、◎○○▲。
更永。渐云鬟雾湿，画阑愁凭。
◎▲。●○○○●，◎○◎▲。

说明：双调九十九字，前段十句五仄韵，后段十句六仄韵。

91. 月下笛

词例：**叹春**　李彩霞

绪满愁烦，轻移碎步，佩环摇璧。
●●○○，○○●●，●○○▲。
心然郁抑，夜赖犹闻羌笛。
○○●▲，●●○○▲。
宛如莺、缥缈入宵，断肠韵问谁可识？
●○○、◎●○○，●○●●○▲？
待君回故里，廊桥遗梦，畅怀胸臆。
●○○●●，○○○●，●○○▲。

觞歌推盏几，滴泪泣无期，岁寒谐拍。
○○○●●，●●●○○，●○○▲。

空依冷壁，却是浮萍孤客。
○○●●，●●○○●▲。
意徘徊、怨声语凄，玉箫响起罄蹙滴。
●○○、●○●○，●○●●○●▲。
楚天舒、仰首吟辞，极目归叹息。
●○○、●●○○，●●○●▲。

说明：双调，九十九字。前段十句，五仄韵；后段十句，四仄韵。此调有别格。

92. 玉蝴蝶

词例：**登天门山抒怀**　周拥军

日暮天门初静，一株高树，几点归鸦。
◎●○○●，◎○○●，◎●○△。
遥看西阳，卷起万片红霞。
◎●○○，◎●●○△。
半空中，一声雁叫。高峡下、多少虫哑。
●○○，◎○○●、◎●○△。
晚风斜，陈年旧事，淡淡如茶。
●○△，◎○○●，◎●○△。

野花。满山丛里，几经风月，数遇霜华。
◎△。○○○●，◎○○●，◎●○△。
历尽离愁，未知何日梦还家。
●●○○，◎○○●●○△。
念旧侣、且歌老调。思伊人、再奏琵琶。
●○●、◎○○●。◎○○、◎●○△。

187

问天涯，天涯不应，我自悲嗟。
●〇△，◎〇〇●，◎●〇△。

说明：双调九十九字，上片十句五平韵，下片十一句六平韵。另一格双调四十一字，上片四句四平韵，下片四句三平韵。

93. 绕佛阁

词例：与云水僧心光游南华寺，索句赋此　星汉

远追大雁，南下粤海，禅寺招唤。
●〇●▲，〇●●●，〇●〇▲。
松瀑飞溅，也随断续经声到香殿。
〇●◎▲，●〇●●〇〇●〇▲。
佛门饱看，昂首碧宇，斜照光灿。
●〇●▲，〇●●●，〇●〇▲。
愁苦哀怨，已教槛外秋风尽吹散。
◎◎〇▲，〇〇〇●〇〇●〇▲。

日日拭心镜，万里同来清秽念。
●●〇〇◎，◎●〇〇〇●▲。
莲座若能通灵听许愿：
〇●●◎〇〇〇●▲。
望助我诗怀，挥笔无倦，砚田涵灌。
●●●〇〇，〇◎〇▲，●〇●▲。
再走遍天涯，筇杖长伴。与游僧，此生多见。
●●●〇〇，〇●〇▲。●〇〇，●〇〇▲。

说明：双调一百字，前段十一句八仄韵，后段九句六仄韵。

94. 念奴娇

词例：**寄陈**　汪连兴
繁花簇锦，驭东风，万里归来娇燕。
◎○○●，●○○，◎●○○●▲。
自去经年，随彩凤，应是五洲游遍。
◎●○○，○●●，◎●○○●▲。
华羽新丰，冰音依旧，轻俊争飞健。
◎●○○，○○●，◎●○○●▲。
雕梁藻井，竹窗山鹊犹念。
◎◎◎●，◎○◎●○▲。

我亦浪迹天涯，朝栖林壑，暮宿烟波岸。
◎●◎○○，○○●，◎●○○▲。
阅尽沧桑天底事，白眼鸡虫相看。
◎●◎○●●，◎○○○▲。
懒觑华堂，岂贪美食，思向松崖站。
◎●○○，○○●，◎●○○▲。
孤鸣霜月，悠悠乡思难断。
◎○○●，○○●○▲。

说明：此调别名甚多，如《百字令》《酹江月》《大江东去》等，达二十七种。双调一百字，前后阕各四仄韵，一韵到底。本调不甚拘平仄，但常用入声韵。此调有多格，并有平韵格。

95. 高阳台

词例：**上元节前雨雪吟**　胡宁
剪剪流风，霏霏密雨，春心渐渐坊间。
◎●○○，○○●●，◎○◎●○△。

惬意悠游，伞尖划破浮烟。
◎●○○，◎○○●○△。
纤纤雨脚花之梦，点兰芽，争馥梅园。
◎○○●○○●，●○○，◎●○△。
叹迟迟，柳眼犹朦，且束吟鞭。
●○○，◎●○○，◎●○△。

湿云值夜翻成雪，伴东君御马，傅粉祈年。
○○●●○○●，●○○●●，◎●○△。
缟袂飘飘，斜风悄扣玄关。
◎●○○，◎○○●○△。
皎然一色澄清际，载天光、冷艳连绵。
◎○○●○○●，●○○、◎●○△。
道从今，旱息新正，瑞发青坛。
●○○，◎●○○，◎●○△。

说明：又名《庆春泽慢》《庆春宫》，双调一百字，上下片各十句四平韵。

96. 东风第一枝

词例：**春雪**　张伯驹

落地声微，沾衣力软，风欺弱絮无主。
◎●○○，◎○○●，◎○○●○▲。
蓦催万树花开，旋湿一庭翠妩。
◎○◎●○○，◎●◎○◎▲。
熏炉重熨，恁禁得、轻寒如许。
○○◎●，◎○●、◎○○▲。

待卷帘、双燕来时,应共落梅衔去。
●●◎、◎●○○,◎●●○○▲。

灯黯黯、小楼雨误;泥滑滑、玉街路阻。
◎●●、●○○▲;◎●●、◎○○●▲。
怕消剩粉江山,暗融糁银院宇。
◎○◎●○○,●○○◎●▲。
檐声凄断,怨身世、不胜高处。
◎○○●,●○●、◎○○▲。
问谁怜、零霙残霁,借夕宿阴留护。
●○○、◎●○○,◎●●○○▲。

说明:又名《琼林第一枝》。双调一百字,上片九句四仄韵,下片八句五仄韵。词家多用来咏梅咏雪。

97．渡江云

词例:**畅游西湖群山**　毛谷风

危栏凭俯仰,之江萦带,山色雨中青。
◎○◎●●,◎◎●,◎●●○△。
词翁曾驻影,暗换流年,人事叹凋零。
◎○○●●,●●○○,◎●●○△。
密林幽涧,瀑浪浪、鸠鸟时鸣。
◎◎○●,●○○、◎●○△。
高下树、丁冬玉珮,重叠赏云屏。
○●◎、◎○○●,◎◎●○△。

风馨,焙茶户外,邀客堂前,品狮峰龙井。
○△,◎◎●,◎●○○,●○○◎▲。

泉涌处、杂花争放，妙曲初聆。
○●○、◎○○●，◎●○△。
如来法相庄严甚，感尘寰、辛苦功名。
◎○○●○●，◎○○、○●○△。
容我辈，湖山啸傲平生。
○●●，◎○○●○△。

说明：又名《三犯渡江云》。一百字，前后片各四平韵，后片第四句为上一、下四之句法，必须押一同部仄韵。

98. 解语花

词例：**难忘故乡浮石村**　赵永鹏
难忘故土，面海依山，溪水环村抱。
○○●●，●●○○，○●○▲。
不忧旱涝，风和顺，地广物华天造。
●○○▲，○○●、○●○○▲。
花开春早，绿掩映、欣闻啼鸟。
◎○○▲，○○●、◎○○▲。
鱼虾肥，菜茂桃甜，沃野千波稻。
◎●○，○●○○，○●○○▲。

常以家乡为傲。宋代皇遗族，今展新貌。
◎●○○▲。●○○●，◎○○▲。
兰亭春晓。人文荟，飘色排场热闹。
◎○○▲。○○●，○●○○▲。
繁荣市道、童趣事，梦中萦绕。
○○●▲、○○●、◎○○▲。

望雁行，寸断愁肠。乡思情难了。
◎●○，◎●○○。◎●○○▲。

说明：双调一百字，上片九句六仄韵，下片九句七仄韵。此调有诸体。

99. 翠楼吟

词例：**风雨情** 梅锐仁

浪迹天涯，天涯坦荡，茅菅莫争花发。
●●○○，○○●●，○○●○○▲。
卑微临渡口，任潮涌潮平潮滑。
◎○○●●，●○●◎○○▲。
心肠恒热。羡野鹤松间，深林歌越。
○○◎▲。●●●○○，○○◎▲。
何曾歇？雨中常沐，路旁丁铁。
○○▲？●○○●，●○○▲。

硬节，茎挺根盘，傲雪飘霜结，道风仙骨。
●▲，○●○，●●○○●，●○○▲。
跂而凝望久，惯东岳高南溟阔。
◎○○●●，●○●◎○○▲。
知明观察。问暮景桑榆，情为何物。
○○◎▲。●●●○○，○○◎▲。
渊澄澈，步规伬整，不沾尘屑。
○○▲，●○○●，●○○▲。

说明：双片一百一字，上片六仄韵，下片七仄韵。上下片第七句是领字格，领字宜用去声。下片第二句是上一下四句法。

100. 桂枝香

词例：**无题**　庞树柏

读长沙华秀芬女史《庚子落叶》诗，哀感顽艳，千古绝作。时孤馆夜坐，烛跋香消，凄然成咏。

银床冰簟。又几度春风，低扇遮怨。
◎○○▲，●●●○○，◎●○▲。
梦冷苍龙，心上辘轳空转。
◎●○○，◎●●○○▲。
巴笺书破承恩字，够今生、思量缱绻。
◎○○●○○●，●○○、◎●○▲。
等闲撇了，钗盟细誓，玉箸红绽。
●○○●，◎○○●，◎○○▲。

漫只恨、夫容命短。有废井双梧，故事凄婉。
●○●、◎○○▲。●○●○○，◎○○▲。
太液池荒，付与垂杨春燕。
◎●○○，◎●○○▲。
怕吟落叶哀蝉曲，但凌波、罗袜谁见。
◎○○●○○●，●○○、◎●○▲。
料伊今夜，魂归复个道，尚依雕辇。
●○○●，◎○○●，●○○▲。

说明：又名《疏帘淡月》《桂枝香慢》。

《词律·校刊》注："惟此调旧谱分南北词，如用入声韵，则名《桂枝香》，用去上声韵，始可名《疏帘淡月》。"双调一百一字，前后阕各五仄韵，一韵到底。所录此作是以陈亮词为本。此调以王安石之《金陵怀古》一词最为著名，《钦定词谱》以王词为正体。陈亮词与王安石词相比较，基本格式一样，唯有上下片第四、五句，陈词是上四下六，王词是上六下四。因调式整齐，又韵味十足，在长调词中也为诸家所喜用。

101. 寿楼春

词例：**沉痛悼念母亲**　毕彩云

倾哀恩绵绵，
○○○○△，
任风摧夏季，星落云翻。
●○○●●，○●○△。
草木低头无语，柳烟飞残。
●●○○○●，●○○△。
身影瘦，池塘干。
○●●，○○△。
那月光、凄然生寒。
●●○、○○○△。
正泪水成河，音容入梦，梁燕别家园。
●●●○○，○○●●，○●●○△。

人长忆、魂长牵。
○○●、○○△。
忍春晖不再，鸾镜难圆。
●○○●，○●○△。
最是深深沉痛，痛于心间。
●●○○○●，●○○△。
情似海，恩如山。
○●●，○○△。

愿那边、年年平安。
●●○、○○○△。
纵相隔尘寰,慈颜永远留眼前。
●○●○,○○●●○●△。

说明:始见史达祖《梅溪词》,题为《寻春服感念》,殆是悼亡之作。一百一字,前后片各六平韵。中多拗句,尤多连用平声之句,声情低抑,全作凄音。有用以填寿词者,大误。

102. 木兰花慢

词例:**别愁**　胡迎建

剩霞痕渐散,才挥手,片时离。
●○○●,○○●,●○△。
怅电掣车轮,鸿飘岭峤,迹远天涯。
●◎●○,○○●,●●○△。
江湄、独瞻月桂,但千丝愁绪逐云飞。
○△、●○○●,●○○●●○△。
楼角莺啼婉转,湖滨草蔓凄迷。
◎●○○●●,○○●●○△。

依稀、摇桨荡波漪,踏雪嗅梅枝。
○△、◎●●○△,●●●○△。
叹世间婚变,多缘插足,君岂情移。
●○○○●,○○●●,○●○△。
相思、一江渺渺,有殷殷红豆祛心疑。
○△、●○○●,●○○○●●○△。
只恐容光瘦损,梦犹屈指归期。
◎●○○●●,○○●●○△。

说明：双调一百一字，前段十句五平韵，后段十一句七平韵。另有正体。

103. 锦堂春慢

词例：**守岁**　程燕
停酒壶中，瓷杯搁下，衣单渐觉更残。
◎●○○，○●●●，○○◎●○△。
户外寒风，吹落雪雨穿帘。
◎●○○，○●●●○△。
岁月弄情欺我，染得银发斑斑。
◎●○○◎●，◎●●●○△。
昔壮心未已，梦里鸿图，终是难圆。
●○○○●，◎●○○，◎●○△。

忽惊金钟敲响，这腾龙快步，又展新年。
●○○○●●，●○○●●，◎●○△。
今幸磨平棱角，遇事心宽。
◎●○○●，◎●○△。
近日看经读史、抖启误、福寄清闲。
●●○○●●、◎●○、◎●○△。
抚桌微睁醉眼、祈盼春回、万众欢颜。
●●○○●●、◎●○○、●●○△。

说明：又名《锦堂春》，双调一百一字，上下片各十句四平韵。

104. 瑶华

词例：**无题**　叶嘉莹
戊辰荷月初吉，赵朴初丈于广济寺以素斋折简相招，此地适为四十余年前嘉莹听讲《妙法莲华经》之地,而此日又适值贱辰初度之日,以兹巧合,怅触前尘,因赋此阕。

当年此刹,妙法初聆,有梦尘仍记。
○○○▲,◎●●○,●◎○○▲。
风铃微动,细听取、花落菩提真谛。
○○○●,◎●●、○●○○▲。
相招一简,唤辽鹤、归来前地。
○○○●,●◎●、○○○▲。
回首处、红衣凋尽,点捡青房余几。
○●●、○○○●,●●◎○▲。

因思叶叶生时,有多少田田,绰约临水。
◎○●●○○,●○●○○,◎●○▲。
犹存翠盖,剩贮得、月夜一盘清泪。
○○●●,◎●●、◎●●○▲。
西风几度,已换了、微尘人世。
●○●●,●●●、◎○○▲。
忽闻道、九品莲开,顿觉痴魂惊起。
●○○、◎●○○,●●◎○▲。

说明:又名《瑶华慢》。双调一百二字,前段九句五仄韵,后段九句四仄韵。此调上阕第十、十一句,一般标"◎○○、○●○○"。

105. 水龙吟

词例:木棉　李绮青

暖风吹遍蛮花,海天更产英雄树。
◎○○●○○,◎○○●○○▲。

炎云一角,断霞十里,火珠齐吐。
◎○◎●,◎○○●,◎○○▲。
挟纩无边,还丹有术,难俦芳谱。
◎●○○,◎○○●,◎○○▲。
想楼高朝汉,赤心向日,擎一盖、监江渚。
●◎○○●,◎○○●,◎○●、○○▲。

阅尽兴亡无据,为年年、东君作主。
◎●◎○○▲,●○○、◎○○▲。
江山依旧,刘郎不返,夕阳飞絮。
◎○◎●,◎○○●,◎○○▲。
荔熟还迟,枫烧已尽,彩标高举。
◎●○○,◎○○●,◎○○▲。
为春容太淡,嫣然开满,小虹桥路。
●○○○●,◎○○●,●○○▲。

说明:又名《龙吟曲》《小楼连苑》,双调一百二字,前阕四仄韵,后阕五仄韵,上去通押。此调体式繁多,字句亦有所增减。

106. 石州慢

词例:**用东山韵**　朱祖谋

一枕春醒,相伴画堂,羁绪天阔。
◎●○○,○●●○,○●○▲。
江南信息沈沈,水驿芳梅谁折。
○○○●○○,●●◎○▲。
荒阑偎久,未信笛里关山,玉龙犹噤黄昏雪。
◎○○●,●○○○●○,◎○◎●○○▲。

空外暮笳声，送飘镫时节。
◎●●○○，●○○○▲。

歌发。闹红香榭，归鹤春城，顿忘离别。
○▲。◎○○●，◎●○○，●○○▲。
留恋斜阳，只有鹃声凄绝。
◎●○○，●●○○▲。
不知临镜，画出几许宫眉，新妆消与愁千结。
◎○○●，●○○●○●，○○●○○○▲。
拥髻已无言，又窥人黄月。
◎●●○○，●○○○▲。

说明：一作《石州引》。《宋史·乐志》入"越调"。双调一百二字，前片四仄韵，后片五仄韵。宜用入声韵部。此词谱为正格，另有变格。

107. 宴清都

词例：**寄友人**　邹国荣

梦事同谁恼。凝眉处，缱绻依然心跳。
◎●○○▲。○○●，◎○○○○▲。
柳风和顺，青纱弄翠，燕飞灵巧。
◎○○●，○○●●，◎○○▲。
呢喃恰是双好。共舞去、前程妍俏。
○○●○○▲。●○●、◎○○▲。
身影重、正是花姣，云姣，意姣，情姣。
◎○○、○●｛●｝，○｛●｝，○｛●｝，○▲。

花姣，玉露沾唇。云姣，涌起相思缥缈。
○{●}，●●○○。◎{●}，●●○○▲。
更生意姣，意姣，总是合来情姣。
◎○●{●}，○{●}，◎●○○▲。
江山早从一笑。又何况、衷肠未老。
◎○●○●。◎○●、◎○◎▲。
只赏它、巫峡霓虹，无边神妙。
●○○、◎●○○，◎○◎▲。

【附录宋词程垓原作】

宴清都
翠幕东风早。兰窗梦，又被莺声惊觉。
起来空对，平阶弱絮，满庭芳草。
厌厌未怃怀抱。记柳外、人家曾到。
凭画阑、那更春好，花好，酒好，人好。

春好，尚恐阑珊。花好，又怕飘零难保。
直饶酒好，□渑，未抵意中人好。
相逢尽拼醉倒。况人与、才情未老。
又岂关、春去春来，花愁花恼。

说明：双调一百二字，前段十句五仄韵，后段十句四仄韵。此调有多体。人称程垓此词为"程垓体"，其上阕另外增加三叠韵，下阕另外增加四叠韵（程词叠"好"字），此乃属游戏之作，并非定格。此词谱另外增加之叠字韵，用{●}表示。

108. 瑞鹤仙

词例：**送春**　朱庸斋
微茫春脚远。叹暂来还去，空教凝恋。
◎○○●▲。●●○○，○○○▲。
花阴夕阳乱。向花深红透，行人妆面。
◎○●▲。●○○●，○○○▲。
相逢恁短。赚匆匆、将离泪点。
◎○○▲。●○○、○○●▲。
料明朝、多少闲愁，分付隔帘孤燕。
●○○、◎○○○，◎●○○▲。

凄断。繁英换尽，杯酒谁同，较量深浅。
○▲。○○●●，○●○○，○○○▲。
垂杨倦挽。青衫上、絮尘满。
◎○●▲。○○●、●○▲。
算此时一任，情牵绪引，自把芳华暗捡。
●○○○●，○○○●，◎●○○▲。
问何从、乞与东风，更吹梦转。
●○○、◎●○○，●○●▲。

说明：又名《一捻红》。双调，一百二字。上片十句七仄韵，下片十二句六仄韵。此调有三多：体式格局多变，句型纷纭多变，谱书标谱分歧多异，以此词为最。

109. 齐天乐

词例：**雪声**　寇梦碧
环天戏玉琼妃舞，泠泠水花轻剪。
◎○◎●○○▲，○○●○▲。

第十一章 常用词牌与词例

栖睫螟惊，缘桑蚕食，巨细声来难辨。
◎●○○，◎○○●，◎●◎○◎▲。
狂飙乍卷。又鳞甲琤琮，漫空龙战。
◎○◎▲。●◎●○○，◎○○▲。
驴背何人，敢吟诗句灞桥岸。
◎●○○，●○○●●◎▲。

寒年休忆鹤语，集贤赓雅韵，春动梁苑。
◎○◎●◎▲，●○○●●，◎○○▲。
银界无尘，瑶台不夜，是处笙融箫暖。
◎●○○，○○◎●，◎●◎○◎▲。
珠瑛眩眼。幻兵马吟边，鸭鹅喧乱。
◎○○▲。●◎●○○，●○○▲。
怕听流澌，赋情和梦浣。
◎●○○，●○○●▲。

说明：另有《济天乐》《台城路》《如此江山》等别名。双调一百二字，上片十句六仄韵，下片十一句六仄韵。另有别体，字数也不同。

110. 曲游春

词例：**平安夜西湖无月用草窗韵**　熊东遨
未尽相思债，奈者番重被，烟雨罗织。
◎●○○●，●◎○●，○●○▲。
偶误前期，便羞含半面，忍藏云隙。
●●○○，●◎○●，◎○○▲。
试着疏帘隔。怕听见、恼人渔笛。
●●○○▲。●●●、◎○○▲。

更怕他、雪后孤山,梅蕊暗分颜色。
●●○、◎●○○,○○●◎○▲。

远陌,湖灯摇碧。算成串霜珠,犹受风勒。
●▲,○○◎▲。●○●○○,○●○▲。
不肯窥人,是瑶池浴罢,暂笼香幂。
◎●○○,◎○●●,◎○○▲。
桂下曾初食。有百味、生于清寂。
◎●○○▲。●●●、◎○○▲。
纵万年、一个轮回,也须守得。
●●○、◎●○○,◎○▲▲。

说明:双调一百三字,前段十句五仄韵,后段十一句七仄韵。另有别体,字数也不一样。

111. 雨霖铃

词例:**辛卯九月十九夜雨**　　(清)王闿运

秋霖曾赋。自中年后,渐减愁趣。
○○○▲。●○○●,●◎○▲。
连宵到晓何事,向孤镫外,敲窗摇树。
○○●●,○○●●,○○○▲。
料是无眠惯听,更凄切蛩语。
●●○○●,●○●▲。
蓦记起、飘箔红楼,点点声声断肠处。
●●●、○●○○,●●○○●▲。

残花落尽泥沾絮。总教天、漏尽何须补。
○○●●○○▲。●○○、●●○○▲。

闲情已自难耐,争得管、酒帘花橹。
○○●●○,○●●、●○○▲。
睡也休休,侵晓冲门、一段寒雾。
●●○○,○●○○、●●○▲。
只怕到、丝鬓重青,早又潇潇暮。
●●●、○●○○,●●○○▲。

说明:又名《雨霖铃慢》,双调一百三字,前后阕各五仄韵,本调例用入声韵,且多用拗句。

112. 探春慢

词例:我绘《山水风神卷》感赋　李春华

乍暖还寒,浮光映树,寻春犹赏田野。
◎●○○,◎○○●,○○○●○▲。
江畔横舟,水天一色,稍候亲朋来者。
◎◎○○,○○○●,○●○○○▲。
腕底起烟云,漫腾处,徐徐抒写。
○●●○○,●○●,◎○○▲。
值此游目驰怀,毫端轻淡求雅。
●◎○●○○,◎○○●○▲。

展卷闻莺飘柳,婉转荡心扉,醉归邻舍。
◎●○○●,○○●,◎○○▲。
早渡桃源,芬芳带雨,恰似蓬莱融冶。
●●○○,◎○○●,◎●○○○▲。
秀雅描阡陌,觅新意,氤氲相迓。
◎●○○●,●○●,◎○○▲。

休理凡尘，忘情命笔挥洒。

◎●○○，◎○○○○▲。

说明：又名《探春》。双调一百三字，前后片各十句，前后片第三、六、八、十句押韵，均用仄声韵。此调有不同诸格体。

113. 霜花腴

词例：**壬午九日**　程千帆

夜来细雨，听乱蛩、还愁消尽秋光。

●○●●，●●○、○○◎●○△。

佳约无凭，故园何处，羁怀可奈重阳。

○●○，●○○●，○○●●○△。

旧情暗伤。正断烽、摇落江湘，

●○●△，●○○、○●○△。

更休提、年少承平，锦鞯骄马冶游郎。

●○○、○●○○，◎○◎●●○△。

长惜镜中青鬓，怕星星数点，换了吴霜。

○●●○○，●○○●●，●●○△。

仙侣争携，蛮笺乍叠，犹余结习难忘。

○●○，○○◎●，○○●●○△。

漫悲异乡。引深卮，自伴寒香。

●○●△。●○○，◎●○△。

待明年、笑卷诗书，秣陵寻雀舫。

●○○、●●○○，●○○●○△。

说明：双调一百四字，前后段各十句、五平韵。

114. 绮罗香

词例：**无题**　樊增祥

擘麝添香，分泉试茗，窗外竹声敲晚。
◎●○○，◎○●●，◎●◎○○▲。
薄暝帘栊，犹有细蝉轻燕。
◎●○○，◎●●○○▲。
池塘畔、几日西风，早瘦了、藕花一半。
◎○●、◎○○●、◎○●、●○○▲。
更禁他、素绠银床，萧萧落叶暗蛩满。
●○○、◎●○○，◎○●●○▲。

悲秋谁似宋玉，聊借筒杯送酒，绮怀同遣。
◎○○●◎●，◎●○○●，◎○○▲。
试读新词，可要素筝低按。
●●○○，◎●●○▲。
忆桐花、小阁灯凉，无奈是、吟秋人远。
◎○○、◎●●○，◎○○、◎○○▲。
剩今宵、谱入琴丝，曼音和漏转。
◎○○、◎●○○，●○○●▲。

说明：双调一百四字，前后段各九句、四仄韵。

115. 永遇乐

词例：**南越王宫署遗址怀古**　陈奕然
日月穿梭，风流更替，王者何处。
◎●○○，◎○○●，○●○▲。

遥想当年，挥兵十万，庾岭雄关渡。
◎●○○，◎○○●，◎●○○▲。
东征闽赣，西平九趾，百粤共呼新主。
◎○○●，◎○○●，◎●◎○○▲。
播儒风，良从恶禁，政通人和威树。
◎○●、○○●●，●○○○○▲。

环阴殿宇，凌烟城阙，春染宫帏御署。
◎○○●，○○○●，○●○○○▲。
汩汩芙蕖，幽幽箸草，龟鳖池中聚。
◎●○○，◎○○●，◎●○○▲。
客来渭上，月坛笙奏，北望用心良苦。
◎○○●，◎○○●，◎●◎○○▲。
凭谁让、秦砖汉瓦，尽情一诉。
◎○●、○○●●，◎○●▲。

说明：又名《消息》，双调一百四字，前后阕各四仄韵，上去通押。此调有平韵、仄韵两体。

116. 解连环

词例：**巴黎铁塔**　吕碧城

万红深坞。怕春砲易散，九州先铸。
●○○▲。◎○○●●，●○○▲。
铸千寻、铁网凌空，把花气轻兜，珠光团聚。
●○○、◎●○○，●○●○○，●○○▲。
联袂人来，似宛转、蛛丝牵度。
◎●○○，◎○●、◎○○▲。

认云烟缥缈，远共海风，吹入虚步。
●◎◎◎●，◎●●○，◎●○▲。

年时战氛重数。记龙蛇起陆，泪血漂杵。
○○●◎●▲。●○○●●，◎●○▲。
望铜标，犹想英姿，问叱咤茵河，阿谁盟主。
●○◎，◎●○◎，●◎●○，◎◎○▲。
废苑繁华，化梦影、凄凉秋雨。
◎●○○，●◎●、◎○○▲。
更低徊、绿波素月，关人甚处。
◎○○、●○●●，●○●▲。

说明：又名《望梅》《杏梁燕》。双调一百六字，前段十一句五仄韵，后段十句五仄韵。

117. 青门饮

词例："五一"游园感怀　胡林

杨柳依依，百花争艳，祥云吐瑞，艳阳高照。
○●○○，●○○●，○○●●，◎○○▲。
节日游园，阅人无数，时见少儿欢闹。
●●○○，●○○●，○●●○○▲。
看气球飘舞，喜登梯、逢高盈笑。
◎●○○●，◎○○、○○○▲。
浅池鱼跃，儿童戏水，边香花草。
●○○●，○○●●，○○○▲。

曾记恁时还小，稚牙未退，知愁多少。
◎●◎○○▲，●○●●，○○○▲。

母病家贫，雨凄房漏，然梦醒思温饱。
◎●○○，●○○●，◎●●○▲。
板凳当飞马，抱怀中、视如珍宝。
●●○○●，●○○、◎○○▲。
现今国富民强，却恨光阴催老。
●○●●○○，●●○○○▲。

说明：双调一百六字，前段十二句四仄韵，后段十一句五仄韵。本调有多体。

118．望海潮

词例：**斯奋自海南暂归**　刘逸生

新晴呼酒，年华如水，花前莫漫凭栏。
◎○○●，○○○●，◎○○○△。
风雨留痕，相逢一笑，飘零何必关山。
◎●○○，○○●●，○○○●○△。
春暖意还寒。看诗情飘絮，墨影浮澜。
◎●●○△。●○○●，◎○●○△。
杯底帘前，依然国色在眉湾。
◎●○○，◎○●●●○△。

重来桃萼无言。念当年司马，梦也阑珊。
◎○○●○○。●○○●●，◎●●○△。
回首浮名，从渠去也，马蹄怎数长安。
○●○○，○○●●，◎○○●○△。
崖海径须还。怕筑歌长引，止泪无端。
◎●●○△。●○○●，◎●○△。

抛却相思，多情谁问海天宽。

◎●○○，●◎◎●○△。

说明：此调有不同诸格体，俱为双调。在此只列一体。双调一百七字，上片十一句五平韵，下片十一句六平韵。

119. 沁园春

词例：**雪**　毛泽东

北国风光，千里冰封，万里雪飘。

◎●○○，◎●○○，◎●●△。

望长城内外，唯余莽莽；大河上下，顿失滔滔。

●○○●，○○○●；○○○●，◎●○△。

山舞银蛇，原驰蜡象，欲与天公试比高。

◎●○○，○○○●，◎●○○◎●△。

须晴日，看红装素裹，分外妖娆。

◎○●，◎○●●，◎●○△。

江山如此多娇，引无数英雄竞折腰。

◎○◎●○△，●◎◎、○○○●△。

惜秦皇汉武，略输文采；唐宗宋祖，稍逊风骚。

●○○●，○○○●；○○○●，◎●○△。

一代天骄，成吉思汗，只识弯弓射大雕。

◎●○○，◎○○●，◎●○○◎●△。

俱往矣，数风流人物，还看今朝。

◎◎●，●○○●，◎●○△。

说明：双调一百十四字，前阕四平韵，后阕五平韵，一韵到底，前阕四、五句，六、七句，八、九句，后阕三、四句，五、六句，七、八句均要求对仗。四个五字句，都是上一下四句法。此为四大品牌词调之一，续填者甚众，平仄格式大致稳定，故需注意每个字的平仄规则。"一字领"后的一连串四言句，多为扇形对，乃此调的重要特色。毛泽东此词"成吉思汗"四字中，"吉"在古代读仄声，"汗"在此场合读阳平声，按格律两字皆拗。但毛主席是诗词高手，不会不察，当系不欲因词害意而有意为之。况此处为外族人姓氏之译音，更无必要细究平仄之规。

120. 八归

词例：初秋夜思　　张铁钊
残荷望雨，秋凉沉水，兴意寄予无属。
○○●●，○○○●，○●●●◎▲。
尘烟漫道惊心臆，窗外赤桐飞絮，锦句难续。
○○●○●●，○◎●○●，●◎●▲。
遣闷披情凭画卷，记远岫、芳林云屋。
●●◎◎●●●，●●●、○○○▲。
更羡那，渔棹樵夫，日作夜箫竹。
●●●，◎●○○，●●●○▲。

莫道风流寡老，邀情樽酒，只慰悲然愁目。
○●○○●●，○○○●，●◎●●▲。
一声长叹，几番吆喝，胜似歌眉舒绿。
●○○●，○○○●，●●○○○▲。
看匆匆过客，最怕黄昏话孤独。
●○○●●，●●○●○▲。
咨流岁，故人如许？冷眼今宵，遥思谁共逐。
○○●，●○○●？●●○○，○○○●▲。
说明：此调有仄韵、平韵两体，常见为仄韵。双调一百十五字，前段十句四仄韵,后段十一句四仄韵。

121. 贺新郎

词例:**自台山农场假归赠刘峻**　刘斯奋

合是诗人未。
◎●○○▲。
似当年、剑门道上,雨斜风细。
●○○、◎○○●,◎○○▲。
捡点青衫尘兼土,总是远游情味。
◎●○○○●,◎●○○▲。
便蓦地、相逢故侣。
◎◎●、◎○◎▲。
世上风涛安足问,正高吟、万里生奇气。
◎●◎○○●●,●○○、◎●○○▲。
深巷月,尚如水。
◎●●,◎○▲。

少年杜牧伤春泪,
◎○○●○○▲。
待凭栏、从头拭尽,共君一醉。
●○○、◎○○●,◎○○▲。
闻道江流千尺下,时见精灵来去。
◎●○○○●,◎●○○◎▲。
今古事、由他千虑。
◎◎●、◎○○▲。
行路读书闲插菊,望遥山、对起青如髻。
◎●○○○●,●○○、◎●○○▲。

长相忆，为君誓。
◎○●，○○▲。

说明：又名《金缕曲》《乳燕飞》《风敲竹》《贺新凉》《貂裘换酒》，双调一百十六字，前后阕各六仄韵，押入声韵为佳，也可上去通押。

122. 摸鱼儿

词例：**无题**　陈永正

伫江楼、浩然歌啸，微茫芳浦云蔽。
●○○、◎○○●，◎○◎●○▲。
东风吹老闲桃杏，何况欲飞无地。
○○◎●◎●，◎●◎○○▲。
迟日丽。
○●▲。
信莽莽河山，兰泽孤吟费。
◎●●○，◎●○○▲。
霞红海际。
○○●▲。
恁揽涕鲛人，背乡行客，日夕素心委。
●○●○○，◎○○●，◎●●○▲。

星槎渺、望久伤情底事。
○○●、◎●◎○○▲。
避春多少游计。
◎○◎●○▲。
月沉潮落寒侵骨，欲脱蛟龙非易。
◎○○●○●，◎●○○○▲。

怜眼底。

○●▲。

有重叠银笺，可有相思字。

◎◎●◎○，◎●○○▲。

情缘暂记。

◎○◎▲。

对白裌新痕，清樽自倒，莫问甚时势。

●◎●○○，◎○○●，◎●●○▲。

说明：又名《买陂塘》《陂塘柳》，双调一百一十六字，前后阕各七仄韵，上去通押。调长字多，句型复杂，多用特殊定句、还有"独句"，需高度技巧。此调有多体，字数也有异。

123. 多丽

词例：**大学同窗二十年聚**　张海鸥

沐春风，红羊劫后初逢。

●○△，◎○○●○△。

叹十年、青葱岁月，堪悲世乱途穷。

●◎○、◎○○●，◎○○●○△。

羡冯谖、长歌倚柱；惜我辈、未解愚蒙。

●◎◎、◎○○●；◎◎●、◎●○△。

赵郡燕原，风云寂寂，敢期长索系蛟龙。

◎●○○，◎○○●，◎○○●●○△。

泯心志，斯义渐远，瓦缶笑黄钟。

●○●，◎○◎●，◎●●○△。

天边月，年年依旧，汉苑秦宫。

○◎●，◎○○●，◎●○△。

幸中华，灵蛇蜇起，芫簧又许飞鸿。
●○○，◎○○●，◎○○●○△。
跃龙门，一时骄子，书香里，意气方浓。
●○○，◎○○●，○○●，◎●○△。
四载同窗，切磋砥砺，临歧分袂太匆匆。
◎●○○，◎○○●，◎○○●●○△。
阔别久，携沧桑事，重聚话萍踪。
●◎●，◎○○●，◎●●○△。
凭卮酒，祝君余岁，其乐融融。
○◎●，◎○○●，◎●○△。

说明：又名《多丽曲》《绿头鸭》《陇头泉》等。此调句型多，多用"三、四豆句"，为此调特色。双调一百三十九字，上片十三句七平韵，下片十一句五平韵。此调有平韵仄韵两体。

124. 六丑

词例：戊戌百年祭步周邦彦韵　盘品磊

誓图强变法，拯社稷、头颅甘掷。
●○○●●，●●、○○○▲。
朔风逆程，冲寒惊折翼，百日留迹。
●○●◎，○○○●▲，●●○▲。
壮志空余恨，楚才燕士，挽陆沉家国。
●●○○●，◎○○●，●◎○○▲。
昆仑并世同袍泽。荐血轩辕，投荒路陌。
○○●●○○▲。●●○○，○○●▲。
皮囊更谁身惜。算从容去住，肝胆无隔。
○○●○○▲。●○○●●，◎●○▲。

第十一章 常用词牌与词例

关河沉寂，荡秋云冷碧。
○○○◎▲，●○○●▲。
雁唳遥天外，魂不息。都门想见囚客。
●●○○●，○●▲。◎○●○▲。
忍风云事业，痛心情极。男儿泪、染红巾帻。
●○○○●，●○○▲。○○●、◎○○▲。
千里草、一曲遗音未绝，欲清君侧。
○●●、●●○○●，●○○▲。
中兴梦、夜半流汐。国士恩、死节存忠义，轻言去得。
○○●、◎●○▲。●●◎、●●○●，◎○●▲。

说明：双调一百四十字，前段十四句八仄韵，后段十三句九仄韵。此调另有变格，句读稍有不同。

125. 哨遍

词例：**黄果树瀑布**　余福智

我要洗颜，还要洗心，哪里余清水。
◎●●○，○●●○，◎●○○▲。
问道元，搔破了头皮。说从前曾经有此。
◎●◎，◎●●○△。●○○◎○▲。
妃呼豨！人间黑烟飞舞，森林丰草空余泪。
◎○△！○○●○●，◎○○●○▲。
嗟昔日游踪，无尘世界，如今都已休矣。
○●●○○，○○●●，◎○●◎▲。
正仰天长叹皱双眉。刚遇着卢敖太清归。
◎◎○○●●○△。◎○○○○○△。
笑指郦生：是有还无，尚须详议。
◎●○○：◎○○○，●○◎▲。

嘻！不用伤悲。果真还有清凉地。
△！◎●○△，◎◎◎◎○▲。
潇洒黄果树，寻遍太空无比。
◎●○○●，◎○○○▲。
恰万马横排，鸣雷战鼓，纶巾羽扇车帷里。
●●●○○，○○○●，◎○●○○▲。
又太后垂帘，叮咚环佩，断然挥下如意。
◎◎●○○，◎○○●，◎○○○○▲。
谪仙诗还配稼轩词。颜柳体煌煌展于斯。
●○○○●●○△。◎○●○●○△。
荡心魂、叹为观止。
●○○、◎○○▲。
尘颜洗得干净，顺势求天帝。
○○●○●，◎○○○▲。
地球崩塌，山河毁尽，此瀑不能放弃。
●○○●，○○●●，○●○▲。
人神携手亦携之，觅星星、妥善安置。
◎○○●●○△，●○○、◎○○▲。

说明：又名《稍遍》。始见《东坡词》，双调二百三字，前段五仄韵，四平韵，后段五平韵，八仄韵。此调属平仄韵通叶格。此调变体甚多，字数多少各有不同，用韵也各有不同，还有平仄韵转换格等。《词律》云："此词长而多讹。又其体颇近散文，平仄往往不拘。"

126. 莺啼序

词例：诗心
写于中华诗词学会成立三十周年之际　范诗银
谁将雁声写就，送长风万里。
○○●○●，●○○○▲。

第十一章 常用词牌与词例

又相许、一点相思，已然吟在云际。
◎◎●、◎●○○，●◎◎●○▲。
恰神会、霜蒲雪蓼，鸣痕印过征襟紫。
◎◎●、○○●●，○○●●○○▲。
且笛花星屑，犹沉绿蚁杯底。
●◎○○●，◎○◎○●▲。

野草荒原，岁萎魄冷，藉骚魂不死。
◎●○○，◎○◎●，●◎○◎▲。
秉初叶、一缕菁华，也添人间清丽。
◎◎●、◎●○○，◎○○○○▲。
卧龙沙、白茅剑影，叩毡帐、冻旄归骑。
●○○、◎●●●，◎◎●、◎○○▲。
解连环，旗卷前锋，捷回丹陛。
●○○，◎●○○，◎○○▲。

甲悬乡柳，菊种南山，雨圆翻旖旎。
◎○○●，◎●○○，◎○○○▲。
酬素念、灯下双赋，江上霜飞，岸拍惊涛，酒酹赤鼻。
◎●●、○○○●，○●○○，●●○○，●○○▲。
瓢泉琴涩，阳原芹老，青山妩媚悲难洗。剩斑斑、苔绿也如此。
◎○○●，◎●○○，○○○●○○▲。●○○、◎●○○▲。
鞭挥碣石，惊起三匝昏鸦，遗恨伶仃酸涕。
○○●●，◎○●●○○，◎●○○○▲。

一怀家国，千载情缘，悄把诗行砌。
◎○○●，◎●○○，●●○○▲。

沏不迭、芳椒香芷。百转柔弦，方寸凝玉，响檀逸思。
◎●●、○○○●。○●○○，○●○○，●○○▲。
齐肩宋雨，连章唐韵，几回如约琢新句，梦无穷、还把痴心寄。
◎○○●，○○○●，○○○●○●，●○○、○●○○▲。
还怜春景无边，风月无边，直应醉矣。
◎○○●○○，○●○○，●○○▲。

说明：又名《丰乐楼》，四段二百四十字，上片八句四仄韵，中片十句四仄韵，下片十四句四仄韵，尾片十四句五仄韵。

第十二章　趣味别体诗词

　　趣味诗，古称别体诗、杂体诗，通指异于常规的各种诗歌体式。今存别体诗，肇于汉末，迄至现代，有六十余格，佳作林立。清代赵翼《陔余丛考》有评："皆词人翻新斗巧之作，虽不足以语于大方，要亦一格也。"

　　现代人学写诗词，自然应从常格入手，所谓"入门须正"。然阅读一些别体诗词，可以开拓知识视野，加深诗学修养，相信对读者也有裨益。
　　此章只介绍几种常见的别体诗。

第一节　独字韵诗词

　　独韵诗词，是指诗词中通首用同一字作韵脚，也称福唐体、独木桥体。用同字作韵，堪称奇特。独韵诗少见，如明代谢榛有一首独韵诗，共有三十四句，句句以"灯"为韵脚，列举了日常生活中所能见到的各种各样的灯，以及不同场合、不同情景下的灯。真是把灯写绝了。

灯 （明）谢榛

烟苇出渔灯，书声半夜灯。
山扉树里灯，风幢闪佛灯。
竹院静禅灯，蛾影隔笼灯。
星悬宝塔灯，心空一慧灯。
风雨异乡灯，倦客望村灯。
鬼火战场灯，除夜两年灯。
雪市减春灯，茅屋只书灯。
树隐酒楼灯，穴鼠暗窥灯。
殿列九华灯，星聚广陵灯。
棋罢暗篝灯，疏林见远灯。
蛮吟半壁灯，农谈共瓦灯。
屋漏夜移灯，明灭几风灯。
窗昏梦后灯，流萤不避灯。
寒闺织锦灯，形影共寒灯。
调鹰彻夜灯，海舶浪游灯。
夜泊聚船灯，霜风逼旅灯。
灵焰凤梨灯，春宫万户灯。

独韵诗少见，独韵词则多见，例如：

如梦令二首 （明）卓人月

娘问为何不去，爹问为何不去。
背地问檀郎，难道今朝真去。
郎去，郎去，打叠离魂随去。

今日问郎来么，明日问郎来么。
向晚问还频，有个梦儿来么。
痴么，痴么，好梦可知真么？

又如下面这首独韵词，简直把"秋声"写绝了！

声声慢·秋声　　（宋）蒋捷

黄花深巷，红叶低窗，凄凉一片秋声。豆雨声来，中间夹带风声。疏疏二十五点，丽谯门、不锁更声。故人远，问谁摇玉佩，檐底铃声。

彩角声吹月堕，渐连营马动，四起笳声。闪烁邻灯，灯前尚有砧声。知他诉愁到晓，碎哝哝、多少蛩声。诉未了，把一半、分与雁声。

第二节　塔形诗

宝塔诗顾名思义，即形状上排列如宝塔的一种诗。这种诗，字数由少到多，依次重叠，排列成塔状，句句押韵，无论从外观还是内容来看，都很有欣赏性、趣味性，同时也是一种建筑美。由于塔的形状各种各样，风格各异，因此塔形诗在种类上有单塔、双塔、三塔之分。有整塔也有残塔，有尖塔也有平塔，还有倒映的宝塔诗。此种诗体对后代的诗歌创作影响很大。且介绍两种：单塔和双塔。

下面介绍吴敬梓《儒林外史》第二回一首一字至七字的塔形诗。形式如下：

呆
秀才
吃长斋
胡须满腮
经书揭不开
纸笔自己安排
明年不请我自来

　　这首单塔诗,又叫尖塔诗,每句都押韵,读起来朗朗上口,层层递进,构思精巧,风趣幽默,令人拍案。

　　又有双塔诗。它是由一字七言发展而来的,一般左塔不押韵,右塔押韵。它有一个好听的名字,叫"一字至七字令"。

　　双塔诗,如同两山对峙一样,各用各的塔底。这类双塔诗按形状来排,左右各半塔,合二为一而成整塔。

　　下面是唐代白居易写的《诗》,呈双塔状:

诗。
绮美,瑰奇。
明月夜,落花时。
能助欢笑,亦伤别离。
调清金石怨,吟苦鬼神悲。
天下只应我爱,世间唯有君知。
自从都尉别苏句,便到司空送白辞。

第三节 谜语诗

谜语诗，又称隐语诗。谜语是谜语，诗歌是诗歌，两者不可等量齐观。把谜语和诗歌结合起来便是谜语诗。例如：

> 能使妖魔胆尽摧，身如束帛气如雷。
> 一声震得人方恐，回首相看已化灰。

这首谜语诗载《红楼梦》第 22 回，称贾元春所作。谜底是"爆竹"。

另有一首谜语诗：

> 自怜结束小身材，一点芳心未肯灰。
> 时节到来寒焰发，万人头上一声雷。

谜底也是"爆竹"。

> 阶下儿童仰面时，清明妆点最堪宜。
> 游丝一断浑无力，莫向东风怨别离。

这首诗的谜底是"风筝"，写得很贴切。

中药也有不少诗谜，如李时珍这两首：

> 修寄家书无笔踪，雨洒街头跌老翁。
> 行船水急帆休挂，江上乘骑赴龙宫。

谜底：白芷、滑石、防风、海马。

> 不胜将军失战机，只念高堂白发稀。
> 心事寄与孩儿去，莫问他人食与衣。

谜底：败酱、知母、附子、独活。

据说曹操也写中药诗谜，如下面两首。我却怀疑作者不是曹操，是现代人撰的。照录如下：

> 胸中荷花，西湖秋英。
> 晴空夜珠，初入其境。
> 长生不老，永远康宁。
> 老娘获利，警惕家人。

谜底：穿心莲、杭菊、满天星、生地、万年青、千年健、益母、防己。

> 五除三十，假满临期。
> 胸有大略，军师难混。
> 医生接骨，老实忠诚。
> 无能缺技，药房关门。

谜底：商陆、当归、远志、苦参、续断、厚朴、白术、没药。

第四节　拆字诗

　　汉字是我国独特的国学，拆字就是我国奇异的国粹。汉字千姿百态，尤其繁体，盘根错节，分离巧合，一字能生出多字，简直变化无穷。诗人更进一步，将拆字离合于诗中，巧构精筑，奥妙无穷。

　　先说有拆字分合连粘体诗。清代赵翼《陔余丛考·拆字诗》中言："南宋人《苕溪集》有拆字诗一首……"这首诗就是指（南宋）刘一止所作的《寄江子我郎中》：

　　　　　　日月明朝昏，山风岚自起。
　　　　　　石皮破仍坚，古木枯不死。
　　　　　　可人何当来？意若重千里。
　　　　　　永言咏黄鹤，志士心未已。

　　这首诗，把其中的字分开成二字，此二字与原字合成一句诗。不仅趣味十足，且全诗通畅连贯。
　　更加复杂的，不但拆字，而且抽心另组新字，融于诗中，踏雪无痕，堪为妙手。例如：

　　　　离合诗赠张监阁老　　（唐）权德舆
　　　　　　黄叶从风散，共嗟时节换。
　　　　　　忽见鬓边霜，勿辞林下觞。
　　　　　　躬行君子道，身负芳名早。
　　　　　　帐殿汉官仪，巾车塞垣草。

> 交情剧断金，文律每招寻。
> 始知蓬山下，如见古人心。

第二句首字"共"，是第一句首字"黄"抽"田"而来，类推，三、四句拆"心"，五、六句拆"弓"，七、八句拆"长"，九、十句抽"八"，最后两句拆半字，五个半字再重组成三字，即：思张公。

拆字有趣，自古以来，学士酒徒，常将它作为一种消遣游戏，字谜酒令，无所不能。下面说一个拆字诗行酒令的故事，又减字又加字，实在风趣幽默。

有三个秀才在酒馆里喝酒行令。其中一位因罢官失职，闷闷不乐，另一位嘲笑他说：

> 有水也是溪，无水也是奚。
> 去了溪边水，添鸟便成鸡。
> 得势猫儿雄似虎，褪毛鸾凤不如鸡。

罢官者听后，不甘示弱，反驳道：

> 有木也是棋，无木也是其。
> 去了棋边木，添欠便成欺。
> 鱼游浅水遭虾戏，虎落平阳被犬欺。

第三个朋友见他俩针锋相对，担心大家下不了台，就赶紧打圆场说：

有水也是湘，无水也是相。
去了湘边水，添雨便成霜。
各家自扫门前雪，莫管他人瓦上霜。

第五节 剥皮诗

剥皮诗又称戏仿诗、拟古诗。剥皮诗是旧瓶装新酒，通常以前人的名诗作基础，颠倒、删除或增添，或改动几个字，赋予该诗以新奇的内容，使所得的新诗产生与原诗对比鲜明的意趣。古往今来，剥皮诗层出不穷，或嬉笑讥骂，或针砭时弊，妙趣横生。

"剥皮"有多种方式，试举四式：

一、颠倒

宋代诗人莫子山有一次游寺庙，想起一首唐人的绝句：

题鹤林寺僧舍 （唐）李涉
终日昏昏醉梦间，忽闻春尽强登山。
因过竹院逢僧话，又得浮生半日闲。

可他与寺庙主持僧的交谈中，发觉其不学无术，庸俗浅薄，与昏醉者无异。临别时主持僧还叫他作诗留念。莫子山便将那首诗颠倒一下次序，成一首新诗：

又得浮生半日闲，忽闻春尽强登山。

因过竹院逢僧话,终日昏昏醉梦间。

二、删除或增添

唐代崔护写过一首《题都城南庄》:

去年今日此门中,人面桃花相映红。
人面不知何处去,桃花依旧笑春风。

有个县的前任县令执法如山,人称"铁面",后任县令恰恰相反,人称"糟团"。一帮读书人在前任县令离开一年之际,在县署门上题诗一首:

去年今日此门中,铁面糟团两不同。
铁面不知何处去,糟团依旧醉春风。

三、减字

唐代杜牧《清明》诗写道:

清明时节雨纷纷,路上行人欲断魂。
借问酒家何处有,牧童遥指杏花村。

后有人将其缩为:

时节雨纷纷,行人欲断魂。
酒家何处有?童指杏花村。

其理由是：第一句点题，"清明"二字不必书出；第二句"行人"当然在"路上"，"路上"二字是"蛇足"，可删；第三句有问号（？），"借问"二字反嫌累赘；第四句改后精辟，不失原意。这样的缩诗改诗，实质也叫"剥皮"，名之曰"减字剥皮诗"。

四、改动字句

宋代程颢有一首诗《春日偶成》：

> 云淡风轻近午天，傍花随柳过前川。
> 时人不识余心乐，将谓偷闲学少年。

此诗脍炙人口。清代黄钧宰《金壶七墨全集》载：从前有一个人惧内，其妻发怒时，常提其耳，并令其小跪。有人戏改程诗作《惧内即景》送之：

> 云淡风轻近晚天，傍花随柳跪床前。
> 时人不识余心苦，将谓偷闲学拜年。

略改几字，便幽默诙谐至极，令人捧腹。

第六节 数字诗

一、单一数字诗

清代女诗人何佩玉擅作数字诗，连用十个一字，不觉重复，所写的景物亦臻画境，例如：

一花一柳一鱼矶，一抹斜阳一鸟飞。
　　一水一山一禅寺，一林黄叶一僧归。

二、半字诗

下面这首《半字诗》，是明代梅鼎祚所作：

　　半水半烟着柳，半风半雨摧花；
　　半没半浮渔艇，半藏半见人家。

三、十个数字诗

把十个数字嵌入诗中，开"十字诗"之先河，首推宋朝理学家邵雍（康节）的《蒙学诗》：

　　一去二三里，烟村四五家，
　　亭台六七座，八九十枝花。

寥寥几笔，描绘出景色宜人的乡村画面，后来成为古代儿童入学写字描红本上的诗，也是儿童学习一到十的计数，是数学上的科普诗歌。

相传，清代乾隆皇帝有一次游山玩水，碰上大雪，触景生情，口吟数字诗，形象地描绘雪花飘落与梅花融为一体的情景。其实，此诗出自郑板桥之手：

　　一片两片三四片，五六七八九十片。

千片万片无数片,飞入梅花总不见。

四、尽用数字诗

胡颖之有首七律《数字诗》,诗意写少女怀春,以"溪、西、鲤、鸡、齐、啼"为韵,诗内有"一、二、三、四、五、六、七、八、九、十、百、千、万、双、半、尺、寸、东、西、南、北"等字。此诗难度大,趣味浓,没有堆砌数字的枯燥。诗云:

东流百尺半山溪,十万闲愁付海西。
尺素寸心双剖鲤,千红一醉四闻鸡。
九霄北斗七星朗,六月南风五雨齐。
逝水年华方二八,不堪杜宇再三啼。

五、数字对联

相传,苏东坡与学友赴京赶考,因涨大水,船只行进困难,耽搁时日,眼看应考就要迟到,学友叹曰:

一叶孤舟,坐二三个骚客,启用四桨五帆,经由六滩七湾,历尽八颠九簸,可叹十分来迟。

苏东坡亦用数字入联劝勉道:

十年寒窗,进九八家书院,抛却七情六欲,苦读五经四书,考了三番二次,今天一定要中!

明代江西吉水人罗洪先，乃嘉靖年间状元。一次他与友人乘船到九江，遇一船夫出数字联请对，船夫写的上联是：

一孤舟，二客商，三四五六水手，扯起七八叶风帆，下九江，还有十里。

这副对朕，经过了几百年，据说竟没有人能对得出。

第七节　数学算题诗

数学很抽象，又令人感到枯燥无味，为使数学易于理解，为人们所喜爱，中国古代数学家做出许多尝试，其中之一是用诗歌形式提出各种数学问题，将枯燥的数学问题化成美妙的诗歌，让人朗朗上口，增加了数学普及的亲和力。

例如，著名《孙子算经》中有一道"物不知其数"问题。这个算题原文为："今有物不知其数，三三数之剩二，五五数之剩三，七七数之剩二，问物几何？答曰二十三。"明朝数学家程大位在《算法统宗》中用诗歌形式，写出了数学解法：

三人同行七十稀，五树梅花廿一枝，
七子团圆月正半，除百零五便得知。

这首诗包含着著名的"剩余定理"。也就说，拿3除的余数乘70，加上5除的余数乘21，再加上7除的余数乘15，结果如比105多，则减105的倍数。上述问题的结果就是：$(2 \times 70) + (3 \times 21) +$

$(2 \times 15) - (2 \times 105) = 23$。

程大位有一天到杭州栖霞寺,顺便问问寺内大小和尚数。主持吟诗一首作答:

> 一百馒头一百僧,大僧三个更无争。
> 小僧三人吃一个,便知大小各几人。

这哪能难倒这位大数学家,程大位马上说道:大师傅有 25 个,小师傅有 75 个。

第八节　集句诗、集字诗词

集句诗,又称集锦诗,就是从现成的诗篇中,分别选取现成的诗句,再巧妙集合而成的新诗。集句诗,要求有完整的内容和崭新的主旨,要求符合诗词格律,要求上下一气,浑然天成。"集句"一名,出自宋代陈师道的《后山诗话》,但它的创作,由来已久,现存最早的集句诗,为西晋傅咸的《七经诗》。

根据史料记载,集句诗在宋代最为盛行。当时,由于格律诗体式已经成熟,且有前朝大量诗歌的丰富遗产,集句诗便广泛出现在文人的笔下,像王安石、苏东坡、文天祥、辛弃疾、黄庭坚、晁补之、杨冠卿等诗词家都有大量的集句诗作。当时人们竞相仿效,成为一时之时尚。可见集句诗的源远流长。

古时集句诗的大家,尤以文天祥、王安石为最。文天祥有集杜诗（仅用杜甫诗集句）二百首，世所罕见。试看其中二首：

至福安第六十二

握节汉臣回，麻鞋见天子。
感激动四极，壮士泪如雨。

这首写自己从元军中逃出，历尽艰险回到温州朝见宋端宗的情景。

思故乡第一百五十六

天地西江远，无家问死生。
凉风起天末，万里故乡情。

这首写身处狱中，对故乡江西的怀念。情真词挚，意境完整，如出己手。

另有集诸家诗句，如瞿秋白之《忆内》（集唐人句）。系瞿当时被捕入国民党监狱中，即将被枪决之前写的。他思念妻子杨之华，此集句诗尽道其悲凉之心境：

夜思千重恋旧游，（李端）
他生未卜此生休。（李商隐）
行人莫问当年事，（许浑）
海燕飞时独倚楼。（戴叔伦）

瞿秋白死前还写有另一首集句诗，前有小序："1935 年 6 月 17 日晚，梦行小径中，夕阳明灭，寒流幽咽，如置仙境。翌日读唐人

诗,忽见'夕阳明灭乱山中'句,因集句得偶成一首。"诗云:

> 夕阳明灭乱山中,(韦应物)
> 落叶寒泉听不穷。(郎士元)
> 已忍伶俜十年事,(杜甫)
> 心持半偈万缘空。(郎士元)

这是瞿秋白毕生最后一首诗,是他被枪决的当天写的,是中国诗歌史上真正的"绝笔诗"!

自古以来,集句诗多见,而集字诗少见,集字词更加罕见。所谓集字诗或集字词,是从别家的精彩文章或诗赋中,挑选出一些字来,重新合成一首诗或一阕词。有名的集字诗,例如:

归去来集字(十首选一) (宋)苏轼

> 命驾欲何向,欣欣春木荣。
> 世人无往复,乡老有将迎。
> 云外流泉远,风前飞鸟轻。
> 相携就衡宇,酌酒话交情。

苏轼喜读陶渊明《归去来辞》,而我爱诵王羲之《兰亭集序》。我曾写过一些集字诗和集字词习作,请方家教正。

《兰亭集序》集字诗

(当代)梅振才

> 惠风和畅会兰亭,游目骋怀欣此生。
> 曲水流觞修禊事,群贤毕至叙幽情。

春暮兰亭清朗天，茂林修竹叙群贤。
一觞一咏言怀抱，感慨流年乐自然。

曲水林间万古流，崇山峻岭极清幽。
快然自足兰亭咏，毕至群贤乐禊修。

和风激水暮春初，俯仰之间世事殊。
相与斯文同畅叙，兰亭修禊古今无。

瑞鹤仙·《兰亭集序》集字独韵词
（当代）梅振才

兰亭春暮也。引毕至群贤，禊之修也。
清流激湍也。尽茂林修竹，会稽山也。
天风朗也。视听间、足娱乐也。
列座之、曲水流觞，以畅叙幽情也。

情也。人之相与，放浪形骸，快然言也。
老将至也。欣游目，骋怀也。
后人观今事，若今视昔，嗟俯仰之间也。
录斯文、寄托时人，死生化也。

第九节　回文体诗词

　　中国古典诗词，是世界文学园林中的一枝奇葩，有着独特的音韵美。有些诗、词、曲，利用汉语特有的一种使用词序回环往复的修辞方法，不但可以顺读，也可倒读，被称为回文体。

　　回文体在创作手法上，突出地继承了诗歌反复咏叹的艺术特色，来达到其"言志述事"的目的,产生强烈的回环叠咏的艺术效果。虽有些文字游戏的味道,但从欣赏汉语的文字美上看,则具有审美价值,是汉语特有的语言现象。茶余饭后,偶尔读几首,会令人情趣盎然。刘坡公《学诗百法》言:"回文诗反复成章,钩心斗角,不得以小道而轻之。"

回文诗从最末一字倒读,成为另一首新诗,然平仄、粘对、押韵、对仗等仍须合律,所以难度更高。回文词更难写。我也曾试写过各种格式的回文体诗词,现把部分习作附录于后,诚请方家批评。

一、回文五绝

冬梅

(当代)梅振才

骨瘦知清韵,寒霜绽蕊花。
谷幽香傲雪,残影照窗纱。

(回读)

韵清知瘦骨,花蕊绽霜寒。
雪傲香幽谷,纱窗照影残。

(注:凡是近体回文五绝,大都是从首句依次倒读而成回文诗。)

二、回文七绝

题吴景反写书法集

(当代)梅振才

心随正反走蛇龙,倒海江翻能笔工。
今古评人看顺逆,寻新巧处出奇雄。

（回读）
雄奇出处巧新寻，逆顺看人评古今。
工笔能翻江海倒，龙蛇走反正随心。

秋月（七绝体转尾连环回文诗）

（当代）梅振才

秋月柔光映水流，月柔光映水流秋。
柔光映水流秋月，光映水流秋月柔。

　　这是一种奇特的七绝体转尾连环诗，凡上句的六字尾，一律转为下句作六字头，并且还以上句首字作为下句句尾字。这样，它就仅用一七言句，以转尾连环方式组成二十八字的七言绝句诗。

三、五律回文诗

咏梅

（当代）梅振才

回春盼野芳，早发看溪旁。
醅旧醇浓味，格高清素妆。
瑰奇叹雅韵，淡泊忘寒霜。
梅岭千疏影，月明侵暗香。

（回读）

香暗侵明月，影疏千岭梅。
霜寒忘泊淡，韵雅叹奇瑰。
妆素清高格，味浓醇旧醅。
旁溪看发早，芳野盼春回。

回文五律，容易出现"三仄尾"或"三平尾"，导致犯"孤平"。如"仄仄仄平平"，倒读则成"平平仄仄仄"，又如"平平平仄仄"，如倒读则成"仄仄平平平"。

古人所写的五律回文名诗，也有这个毛病，可说是不够完美。如清代名诗人张奕光的《咏梅》回文诗，就有"霜枝一挺干""茶清伴日永"之"三仄尾"句。

这真是很难解决的矛盾！但还是有办法的。最好的办法，就是在关键处，选用有平仄两声的字，这样读起来就入律。如上面这首五律回文诗，用了"看""叹""忘"这三个可平可仄的字，就解决了这个矛盾！

四、回文七律

敬步周拥军先生《丙申抒怀》诗韵

（当代）梅振才

风和畅景好迎春，业大成由多苦辛。
同志论评吟句妙，远谋规划绘图新。
忠心总是如红火，恶浪平常经险津。
功伟酬今当发奋，雄豪壮曲唱涯垠。

（回读）

垠涯唱曲壮豪雄，奋发当今酬伟功。
津险经常平浪恶，火红如是总心忠。
新图绘划规谋远，妙句吟评论志同。
辛苦多由成大业，春迎好景畅和风。

五、回文词

虞美人
步罗少珍韵贺《半窗花雨》诗画集面世

（当代）梅振才

佳词丽句题诗好，
满室花随老。
手携香墨寄心丹，
网络地方多写尽斑斓。

华年咏月追醇酒，
恋爱家为首。
碧荷修竹倚难眠，
碎雨起风和草绿庭前。

（回读）

前庭绿草和风起，
雨碎眠难倚。
竹修荷碧首为家，
爱恋酒醇追月咏年华。

斑斓尽写多方地，
络网丹心寄。
墨香携手老随花，
室满好诗题句丽词佳。

六、回文双词合体

卜算子·春曲

（当代）梅振才

栏倚喜微风，
处处山川绿。
新看心笼意景佳，
林木花葱郁。

阡陌满鸣声，
呖呖欢歌曲。
乐叹天听鸟早来，
春雨朝阳旭。

采桑子·春曲

旭阳朝雨春来早，
鸟听天叹，乐曲歌欢，
呖呖声鸣满陌阡。

郁葱花木林佳景，
意笼心看，新绿川山，
处处风微喜倚栏。

双词合体是指同一词文，经回文处理，成为两个词牌的词。然据笔者管见所及，古今仅有清代词人董以宁之《雪江晴月》，顺读为《卜算子》，倒读并重新断句则为《巫山一段云》。然这两阕的正、倒读，有个别字的平仄是相反的，因此合体是不可能的。董以宁的《雪江晴月》，是勉强而为之，间中有悖律之处，所以不够完美。

我想出一个办法，就是用意思相同、可平可仄的双声字，放入矛盾之处。我这两阕《卜算子》《采桑子》回文合体，用了四个双声字，"看""笼""叹""听"。而"看""叹"更是《采桑子》的平声韵脚，真不容易物色。

七、回文诗词合体

旅况吟怀（七律）

（当代）梅振才

愁生客旅伴啼鸦，落寞舟孤照影斜。
时塞别离伤折柳，节佳思梦喜还家。
漫漫路远行危岸，处处山晴放艳花。
情寄雁归悲目送，断肠人月醉明霞。

虞美人

霞明醉月人肠断，
送目悲归雁。
寄情花艳放晴山，
处处岸危行远路漫漫。

家还喜梦思佳节，
柳折伤离别。
塞时斜影照孤舟，
寞落鸦啼伴旅客生愁。

第十三章 诗艺与修养

第一节 诗品与人品

所谓诗品,就是指诗的内容和品质。所谓人品,就是指人的修养和德行。诗品与人品孰轻孰重,古往今来,都有定论。孔子在评价他的学生时,就把德行放在了首位,其次才是言语、政事、文学。

诗品出于人品,诗如其人!人品,从一个侧面,可以看到诗品。诗品,从一个侧面,可以看到人品。中国自古以来都把艺术家的人品与作品联系在一起,看其文,如看其人。中国文学史上出现众多伟大的诗人,如屈原、杜甫、白居易、陆游、文天祥、秋瑾等,是诗品与人品结合的典范。他们的人品和诗品,都受到人们的尊崇!

又如东晋的陶渊明,他的诗多为隐逸诗、山水田园诗。他信奉孟子的穷则独善其身,达则兼济天下。既然为官无法兼济天下,于是他选择了隐居,返璞归真。清人方东树在《昭昧詹言》里说:"读陶公诗,专取其真:事真、景真、情真、理真,不烦绳削而自合。"所以千百年来,读者不仅爱他的诗,而更爱他的人品。如他的

《饮酒》诗,千载传诵:

> 结庐在人境,而无车马喧。
> 问君何能尔?心远地自偏。
> 采菊东篱下,悠然见南山。
> 山气日夕佳,飞鸟相与还。
> 此中有真意,欲辩已忘言。

清人龚自珍在《舟中读陶诗》中,对陶渊明之人品和诗品作了高度的概括:

> 陶潜诗喜说荆轲,想见停云发浩歌。
> 吟到恩仇心事涌,江湖侠骨恐无多。
>
> 陶潜酷似卧龙豪,万古浔阳松菊高。
> 莫信诗人竟平淡,二分梁甫一分骚。

南宋诗人陆游,一生写了一万多首诗。虽然诗的艺术性不及唐诗,但是他的临终之作《示儿》,却成为千古绝唱:

> 死去元知万事空,但悲不见九州同。
> 王师北定中原日,家祭无忘告乃翁。

这首诗完全没有意象,连诗的基本元素也欠奉,但这首诗的爱国情怀令人感动。陆游的很多诗篇,都是抒发他的爱国情怀。爱国情怀,在中国一直被视为高尚品格,所以,陆游有伟大的爱国诗人之誉。

第十三章 诗艺与修养

梁启超在他的《读陆放翁诗》里,对陆游的诗品和人品,给予了高度而中肯的评价:

> 诗界千年靡靡风,兵魂销尽国魂空。
> 集中什九从军乐,亘古男儿一放翁!

然而,也不乏有诗品与人品结合不好的例子。例如汪精卫,难得的才子,很多人都熟悉他刺杀清摄政王被捕时口占的五绝:

> 慷慨歌燕市,从容作楚囚。
> 引刀成一快,不负少年头!

当时人们万分景仰这位少年英雄,忧国忧民的贤良志士,谁料后来成了卖国的汉奸。有陈剑魂者,活剥了汪精卫这首诗,登在报纸上:

> 当时慷慨歌燕市,曾羡从容作楚囚。
> 恨未引刀成一快,终惭不负少年头。

著名书法家柳公权曾言:"心正则笔正,笔正乃可法矣。"此论强调了人品的极端重要性,作诗亦当作如是观。诗是人格的表现,人格比较圆满的人才能成为真正的诗人!我们要把好诗与好人,诗品与人品统一起来,不要做人品与诗品相背离的文人。

第二节 诗要用形象思维

形象思维,即用具体事物的形象来表达抽象的思想感情,这是构建诗词意象最主要的思维方式。没有形象思维，作品便没有韵味和意境。毛泽东很注重形象思维，在给陈毅谈诗的信中，曾三处提到形象思维，并明确指出："诗要用形象思维……比、兴两法是不能不用的，赋也可以用……"

诗词的形象思维，有多种表达方法：

一、景中情，主要写景，以景寓情。

例如唐代刘禹锡《金陵五绝·石头城》：

> 山围故国周遭在，潮打空城寂寞回。
> 淮水东边旧时月，夜深还过女墙来。

这首诗是用描绘山、水、潮、城、月、墙的情景，来凭吊古迹，感叹时代的变迁，寄寓对兴亡变化的无限沉思。

二、理中景，主要写理，以理寓景。

例如宋代朱熹《观书有感》：

> 半亩方塘一鉴开，天光云影共徘徊。
> 问渠那得清如许？为有源头活水来。

此诗以池塘为喻，说明了为学之道，必须不断积累，不断吸取新的知识，不断吸取新的养分。

三、边景边情，虚实相生，情景交融。

例如唐代张继《枫桥夜泊》：

> 月落乌啼霜满天，江枫渔火对愁眠，
> 姑苏城外寒山寺，夜半钟声到客船。

诗人把月落乌啼、霜天寒夜、江枫渔火，以及寒山寺的夜半钟声，有选择地加以组合，堪称是情景交融的典范，表现了诗人漂泊他乡的孤独感和寂寞愁怀。

四、用赋、比、兴建立意象。

在中国两千多年前的第一部诗歌选集《诗经》，已开启了赋、比、兴作诗的先河。

何谓赋？宋代学者朱熹说："赋者，敷也，敷陈其事，而直言之者也。"也就是直抒胸臆，直叙其事。例如唐代孟浩然《春晓》：

> 春眠不觉晓，处处闻啼鸟。
> 夜来风雨声，花落知多少。

此诗是用白描手法，直叙所见到的景物，浅显易懂，自然天成，然充满诗意。

何谓比？朱熹说："比者，以彼物比此物也。"这是利用本质上不同的两种事物之间，在某一方面的相似点来作比喻，或者是用浅显易见的事物，来表达抽象的概念或思想感情。历史上最有名的，当推曹植的七步诗：

> 煮豆燃豆萁，豆在釜中泣。
> 本是同根生，相煎何太急！

其兄曹丕出的题目为《兄弟》，但又不许"犯着'兄弟'字样"。曹植此诗所采之方，即用"比"，以"豆萁"比"兄弟"，形象思维也。

何谓兴？又用朱熹言："兴者，先言他物以引起所咏之词也。"例如唐代王维《相思》：

> 红豆生南国，春来发几枝。
> 愿君多采撷，此物最相思。

此诗的前两句便是"兴"的发端，而牵引起以"红豆"比喻相思的后两句。

其实，《相思》一诗，不止用"兴"，也用了"赋"和"比"，可说是三种手法融于一体。

当然，"诗要用形象思维"之说也未必是绝对的结论。历代均有一些不重形象思维而重说理论事的诗词，其中也不乏佳作。正如古人所言：诗无定法！

第三节　读诗也有窍门

一代美学大师朱光潜教授，在我读北大时，赐我一函，有云：

> 青年要向前看。我建议你多读些俄国、苏联和中国现代的优秀文学作品……（见《朱光潜全集》第10卷第365页）

朱光潜教授指导我，读书要"向前看"。他还赠我多本他的著作，他的赠书，除了谈美学，也谈诗词。其中他有多篇文章，如

《怎样学习中国古典诗词》等，则教导我"向后看"，如何读诗。他的教诲，令我终身受益。

如何读诗？朱教授有几条建议：

一、最好先从选本入手

中国历代的诗歌，可说是浩如烟海。初学者最好先从选本入手，因为入选的诗大半是人所共赏的好诗，免得读者自去沙里淘金，可以节省时间和精力。朱教授介绍三种选本给读者："第一种是沈德潜的《古诗源》，选的尽是唐以前的诗；第二种是蘅塘退士选的《唐诗三百首》，选的尽是唐代各体诗；第三种是张惠言的《词选》，是唐五代宋词的最严格的一个选本（或用唐圭璋的《唐宋词选》亦可）。"

然朱教授又建议："但是选本只能当作一座桥梁，不能奉为终生的圭臬。选本既代表选者的特殊趣味，就不免偏，有时甚至不免陋。读过几种选本略窥门径之后，便须多读专集……"

二、细心阅读，一字不苟

古典诗词大半是用文言写的，初读者难免遇到一些语言的障碍。并且有些诗难在情思深微，辞藻艰深，典故冷僻。朱教授说："有些字面意义，有些艰深，我们入手，不能不虚心像一个小学生，不惜勤翻字典，类书和注释，或是请教师友，总之，不能囫囵吞枣，容许有一字一句没有透懂就放过……"

朱教授又说："读诗第一件要事是养成细心的习惯，一语不苟，一字不苟，不放过题中应有之意，更不放过言外之意。诗的领域中不许有性情浇薄的人闯入，也不许有粗心人闯入。"

诗词往往是"言有尽而意无穷"的，须细心阅读，反复回味，才可逐渐浸润到它的深微地方，领略到它的意思和情感。

三、不仅要朗诵，而且要熟读

朗诵和熟读诗词，可以提高文学素养，培养语感，可以让你更有文采，也可以使人更有气质，更有内涵。朱教授对诵读诗词的好处有很多论述，特别是关于诗的节奏：

"诗的语文最重要的成分是在声音节奏，我们必须反复吟诵，把声音节奏抓住。声音节奏是情趣的直接的表现，读诗如果只懂语文意义而不讲声音节奏，对于诗就多少是门外汉。诗不仅要朗诵，而且要熟读，读熟了，一首诗就常在心中盘旋，成为自己的精神产业的一部分，可以在心中生根发芽，新的领悟会随新的人生经验源源而来，总之，它就在心中活着，而且不断地生长着。"

多读诗有什么好益？

俗语说："熟读唐诗三百首，不会吟诗也会吟。"杜甫道："读书破万卷，下笔如有神。"朱教授解释："所谓'灵感'就是杜工部所说的'神'，'读书破万卷'是功夫，'下笔如有神'是灵感。据杜工部的经验看，灵感是功夫出来的。"

第四节 情景与意境

谈诗者，无不言及情景二字。谢榛曰："作诗本乎情景，孤不自成，两不相背。"而意境，则是当代文艺理论家宗白华所说的："意境是情与景（意象）的结晶品。"概括起来，意境就是"情由境生、情景交融"的那种艺术境界。若情景与意境升华合融为一,那自然是优秀的诗篇。

用情景构成意境的表现手法,是多种多样的,有的以情为主,有的以景为主,有的是有情有景,浑然一体,各有特色。下面,试述几种常见手法:

一、触景生情

"触景生情"又称"由景及情""情因景生",是先有景后有情。"景乃诗之媒"(谢榛语),人物开始心情比较平静,由于受到外界景物的刺激,激起感情,所以称为"触景生情"。杜甫的《登高》一诗就是典型的触景生情之作:

> 风急天高猿啸哀,渚清沙白鸟飞回。
> 无边落木萧萧下,不尽长江滚滚来。
> 万里悲秋常作客,百年多病独登台。
> 艰难苦恨繁双鬓,潦倒新停浊酒杯。

二、融情入景

又称"由情及景",是情在景先,先有情后有景。景的设置总是以情为转移的,所谓"情哀则景哀,情乐则景乐"(吴乔《围炉诗话》)。诗人的心情,哀或乐,都融入景物上去。例如李白《黄鹤楼送孟浩然之广陵》:

> 故人西辞黄鹤楼,烟花三月下扬州。
> 孤帆远影碧空尽,唯见长江天际流。

三、情景交融

凡是有意境的作品,应该既做到情景交融、形神兼备,又做到虚实相生,给人留下想象空间。

例如范仲淹的《渔家傲·秋思》,全词景情融合无间,构成一幅悲壮苍凉的边塞秋风画图,意境深远,气象壮美:

> 塞下秋来风景异,衡阳雁去无留意。四面边声连角起,千嶂里,长烟落日孤城闭。
>
> 浊酒一杯家万里,燕然未勒归无计。羌管悠悠霜满地,人不寐,将军白发征夫泪。

四、有我之境与无我之境

这是王国维提出来的两种艺术境界,也即是两种不同的意境。有我之境,照王国维的解释,就是"以我观物,故物皆着我之色彩"。他以冯延巳《鹊踏枝》中的"泪眼问花花不语,乱红飞过秋千去"为例。

说到无我之境,王国维认为其特点是"以物观物,故不知何者为我,何者为物"。这种被认为是物我两忘的境界,实际上是一种极其宁静、恬淡的思想意趣的形象表现。王国维认为陶渊明《饮酒》诗中写的"采菊东篱下,悠然见南山。山气日夕佳,飞鸟相与还"那种境界,就是"无我之境"。

综上所述,无论是"有我之境"还是"无我之境",都离不开情与景两种基本因素,最终还是二者的结合,才成为意境。王国维集历代"意境"论之大成,一言以蔽之:"何以谓之有意境?曰:写情则沁人心脾,写景则在人耳目,述事则如其口出是也。"(王国维著《宋元戏曲史》,百花文艺出版社2002年版,99页)

第五节 起承转合

起承转合,是诗文写作的重要结构章法之一。"起"是起因,文章的开头;"承"是事件的过程;"转"是变化和转折;"合"是对该事件的议论,是结尾。它在文学作品中起着桥梁纽带作用,把体裁结构、文字内容、表述意境连缀成一个完美的整体。语出自元代范德玑《诗格》:"作诗有四法:起要平直,承要舂容,转要变化,合要渊水。"

古今诗文大体都离不开起承转合。谢榛《四溟诗话》卷三曰:"若夫句分平仄,字关抑扬,近体之法备矣。凡七言八句,起承转合,亦具四声,歌则扬之抑之,靡不尽妙。"在《红楼梦》中,黛玉论诗时,对香菱说:"什么难事,也值得去学?不过是起承转合,当中承转是两副对子。平声对仄声,虚的对实的,实的对虚的。若是果有了奇句,连平仄虚实不对都使得。"林黛玉说的也是"起、承、转、合"的重要性。

绝句,大都是按起承转合来写的,例如唐代杜牧《泊秦淮》:

烟笼寒水月笼沙,夜泊秦淮近酒家。
商女不知亡国恨,隔江犹唱后庭花。

以上四句，先写远景（起），再描近景（承），再是突然转写的商女（转），末句写作者深沉的感慨（合）。

律诗也是如此，多以一联为单位，例如唐代李白《送友人》：

青山横北郭，白水绕东城。
此地一为别，孤蓬万里征。
浮云游子意，落日故人情。
挥手自兹去，萧萧班马鸣。

上首五律，首联起，上句写山，下句写水，点明地点；颔联"此地"承接上联，写该环境出现的事件，即送别友人；颈联转写意绪、情怀；尾联以情入当前景，合得巧妙。

"起承转合"是一种重要的章法，或称最重要的章法，但是也是不能完全拘泥的，正如李东阳《麓堂诗话》所说："律诗起承转合，不为无法，但不可泥。泥于法而为之，则撑柱对待，四方八角，无圆活生动之意……"

例如杜甫这首《绝句》，使用"并列式"，并非起承转合：

两个黄鹂鸣翠柳，一行白鹭上青天。
窗含西岭千秋雪，门泊东吴万里船。

此诗四句，各写一景，有如四幅图画并列，又能合为一体。分看合赏，各得其妙。

此外，还有"承接式""转折式""因果式"等，在此不再一一举例。

而词的起承转合，大体与诗相同，只是起式稍有差别。诗的起式，大都以写实开篇，极少以情或虚景开篇；但词则复杂多变，完全打破了这个传统，以情起、虚起的特别多。还有，诗的起承转合，大体上可按句或联来区别；然词是长短句，其层次则是按内容来区分的。

总之，"起承转合"只是诗词写作的一个套路，然文无定式，如何布局谋篇，要看如何更有利于题材的组织和主题的表达，注重变化，开拓思路，切忌拘泥。

第六节　词是否别是一家

诗与词的区别，主要在于下面几点：

一、起源时间上，诗先词后。诗歌在先秦就已经出现，而词，起于隋唐，又称"诗余"。二，格律的要求。古体诗的要求还比较宽松，到了唐朝时期，出现了近体诗，对格律的要求才比较严格。而词又称"长短句"，句式错落，但要符合特殊的格式，音韵的要求会比诗多。三，诗和词的语言和内容也有不同。词多清丽也多抒情，多是婉约作品，而诗相形之下就显得包罗万象，抒情更加多元化。故有"诗言志，词抒情"之说。

诗与词之分界，前人讨论最多的，是上面第三点。王国维在《人间词话删稿》中指出："词之为体，要眇宜修。能言诗之所不能言，而不能尽言诗之所能言。诗之境阔，词之言长。"

"诗言志,词抒情","诗之境阔,词之言长",且以李清照的诗词为佐证:

夏日绝句
生当作人杰,死亦为鬼雄。
至今思项羽,不肯过江东。

声声慢·寻寻觅觅
寻寻觅觅,冷冷清清,凄凄惨惨戚戚。
乍暖还寒时候,最难将息。
三杯两盏淡酒,怎敌他、晚来风急!
雁过也,正伤心,却是旧时相识。

满地黄花堆积,憔悴损,如今有谁堪摘?
守着窗儿,独自怎生得黑!
梧桐更兼细雨,到黄昏、点点滴滴。
这次第,怎一个愁字了得!

李清照是一位很有成就的女词人,她在《词论》中鲜明地提出了自己对词的见解和主张,她主张词"别是一家",即词不能混同于诗,应该有自己的独特质量。

李清照提出词"别是一家"的主张,是针对苏轼"以诗为词"的做法的。苏轼打破了"诗庄词媚"的传统观念,以清新雅练的字句,豪迈劲拔的笔力和纵横奇逸的气象来写词,创立了与传统的词的婉约风格相对的豪放风格,例如他的《念奴娇·赤壁怀古》:

大江东去,浪淘尽、千古风流人物。故垒西边,人道是、三国周郎赤壁。乱石穿空,惊涛拍岸,卷起千堆雪。江山如画,一时多少豪杰。

遥想公瑾当年,小乔初嫁了,雄姿英发。羽扇纶巾,谈笑间、樯橹灰飞烟灭。故国神游,多情应笑我,早生华发。人生如梦,一樽还酹江月。

苏轼"以诗为词"与李清照"别是一家"的争论,对后代词的创作影响深远。然似乎是并无胜者,亦无败者,应当是双峰并峙,二水分流。词,仍然是以婉约"抒情"为主,而"言志"的豪放词,也受到人们的喜爱。

逮至现当代,毛泽东的词,与其他诗词家一样,婉约与豪放兼而有之。至于读者填词采何种风格,以笔者之见,得由自己决定,写得好就是好!

第七节 好诗不厌百回改

好诗不厌百回改,是自古以来诗家创作诗歌名句的切身体验。诗圣杜甫云"新诗改罢自长吟",贾岛还说"两句三年得,一吟双泪流",孟郊更道"夜吟晓不休,苦吟鬼神愁"。连这些著名的诗人,为追求"语不惊人死不休",都苦吟不已。

欧阳修名作《醉翁亭记》,初稿开头为"滁州四面有山……"数十字,改定后仅存"环滁皆山也"五字。他修改文章,有时甚至把原稿的字改得一个不存。

王安石名句"春风又绿江南岸",原作"春风又到江南岸"。他圈去"到"字，注曰："不好。"改为"过"字，又圈去改为"入"字，又改为"满"字，先后改了十多字，最终定为"绿"字，成为千古名句。

明代谢榛《四溟诗话》提出作诗炼佳句，必须过四关："凡作近体，诵要好，听要好，观要好，讲要好。诵之行云流水，听之金声振玉，观之明霞散绮，讲之独茧抽丝。此诗家四关。使一关未过，则非佳句矣。"这不失为深得诗家炼句要领之说。

除了用心修改自己的作品外，与他人切磋也是很重要的。《诗经》曰："如切如磋，如琢如磨。"众多作家修改作品时，十分注意吸取他人的意见。有一个有名的典故，是讲述贾岛与韩愈"推敲"的故事。唐朝韦绚撰了一本《刘公嘉话》，所记之事都是听刘禹锡讲的故事。其中一则云：

"岛初赴举京师，一日驴上得句云：'鸟宿池边树，僧敲月下门。'始欲着'推'字，又欲作'敲'字，炼之未定，遂于驴上吟哦，时时引手作推敲之势。时韩愈吏部权京兆，岛不觉冲至第三节。左右拥至尹前，岛具对所得诗句云云。韩立马良久，谓岛曰：'作敲字佳矣。'遂并辔而归。留连论诗，与为布衣之交。"

尽管毛泽东诗词艺术精湛，但他对自己的作品要求很严，总是字斟句酌、反复推敲。董克恭写的《毛泽东修改诗词赏析》一书，专门梳理和分析了毛泽东精心修改诗词作品的种种情形。

例如，《水调歌头·游泳》"一桥飞架南北，天堑变通途"一句，逗号的位置就改动了几次，最后他根据袁水拍的建议才确定下来。又如《七律·长征》，原诗有"五岭逶迤腾细浪"和"金沙浪拍云崖暖"之句，一篇内有两个"浪"字。他接受"一位不相识的朋友"（山西大学历史系教授罗元贞）的建议，改为"金沙水拍云崖暖"。又如写完《到韶山》一诗时，向梅白征求意见。梅直言不讳："首句'别梦依稀哭逝川'，把'哭'改为'咒'好些……"毛欣然接受，并风趣地说："好！这半个字的确改得好，你算是我的半字之师！"毛还向梅说："诗要改，不但要请人改，而且主要靠自己改……这就是所谓'推敲'的好处。"

毛泽东之诗词，能成为千古绝唱，良有以也！

正是：好诗不厌百回改，绝唱多从锤炼来！

第八节 题眼、诗眼、词眼

题眼、诗眼和词眼，是写诗填词修辞炼字之高境。

一、题眼

所谓"题眼"，就是指诗歌标题中提挈全篇、精练传神的字词。如李白的《春夜洛城闻笛》："谁家玉笛暗飞声，散入春风满洛城。此夜曲中闻折柳，何人不起故园情！"诗题中"闻笛"二字便是"题眼"，所以全诗四句中的前三句全用来写笛声，把读者引到一个美妙的音乐境界中来，直到最后一句才透露了诗人的本意。又如杜甫的《春夜喜雨》中的"喜"便是题眼。八句诗中虽然未用一个"喜"字，但字里行间处处透露着"喜"意。在阅读中，发现并评析"题眼"，可以帮助体会诗歌丰富的内涵。

二、诗眼

诗有"诗眼",有时是精练传神的一个字,有时是传达主旨的关键字、关键句。诗眼,一般是动词或形容词。析诗眼就是抓诗句中最精练传神的动词或形容词品味,看其在拓深诗的意境、传达诗人情感上起的作用。

"诗眼"一词,最早见于苏轼诗:"天工争向背,诗眼巧增损。"范成大也在诗中写到过"诗眼":"道眼已空诗眼在,梅花欲动雪花稀。"范温的诗话更以"诗眼"为名,题为《潜溪诗眼》,有云:"诗句以一字为工,自然颖异不凡,如灵丹一粒,点铁成金也。"

古人有所谓五言诗以第三字为眼、七言诗以第五字为眼的说法,如"空翠湿人衣"(王维句),"一双瞳人剪秋水"(李贺句),因而主张五言诗要在第三字上着力,七言诗要在第五字上着力。这种说法是有一定道理的。五字句与七字句的节奏多作"上二下三"与"上四下三",而意义单位又往往与节奏单位相统一,在五言诗的完全句中,常常上二字是主语,第三字是动词所在;在七言诗的完全句中,常常上四字是主语,第五字是动词所在。动词是叙事、写景、状物、抒情的关键字,因而自然成为锻炼字眼的重要对象。

然诗眼也可能是句中的任何字,因为诗句的语法结构多种多样,并不都取上述完全句的格式,而诗眼也并不局限于动词一个类别。例如"天上中秋月,人间半世灯"(贾岛句),"灯"字乃是眼也。又如"孤舟蓑笠翁,独钓寒江雪"(柳宗元句),"独"字乃是眼也。

诗眼常用实字(名词)、动状字(动词、形容词,"虚活"类,准实字)充当,然也有用虚字的。例如"入天犹石色,穿水忽云根"(杜甫句),虚字"犹""忽"为眼。施补华《岘佣说诗》评:

"炼实字有力易，炼虚字有力难。"

三、词眼

所谓"词眼"，指词中某一语句，炼得精警，炫人眼目，是词中闪光处。

词以字为眼，如"云破月来花弄影"（宋·张先句），"红杏枝头春意闹"（宋·宋祁句），着一"弄"字，一"闹"字，而境界全出矣！

词以句为眼，如元代陆辅之《词旨》所列二十六则，前四则是："燕娇莺姹"（潘汾《倦寻芳》），"绿肥红瘦"（李易安《如梦令》，"宠柳娇花"（李易安《壶中天》），"笼灯就月"（周美成《意难忘·美人》）。

第九节　何妨也打油

人们常把一些以俚语俗话入诗，不讲平仄对仗，所谓"不能登大雅之堂"的诗称为打油诗。另外，有时作者作诗自嘲，或出于自谦，也称之为"打油诗"。

打油诗之名，来源于唐朝张打油之《雪》诗："江上一笼统，井上黑窟窿。黄狗身上白，白狗身上肿。"这首诗，谈不上什么诗意，也不拘平仄格律，但咏雪而不着"雪"字，看来这位张打油作诗是动过一番脑筋的。后来写打油诗，往往有特定的背景，大都与某个故事联系在一起。古往今来，流传着不少打油诗的趣话。

打油诗，以七言诗为最多。例如：

采石江边一堆土，李白之名高千古。
来来往往一首诗，鲁班门前弄大斧。

此诗是明朝进士梅之焕写的，题在安徽当涂采石江边的李白墓上。千百年来，墓上题满了凭吊者的诗句。据说，自出现此首打油诗后，很少有人再在李白墓上题诗了。

也有五、七律的打油诗。例如明代无名氏《时尚笑谈》载一讽刺昏庸贪渎者的诗：

黑漆皮灯笼，半天萤火虫。
粉墙描白虎，青纸写乌龙。
茄子敲泥磬，冬瓜撞木钟。
但知钱与酒，不管正和公。

利用词曲形式的也比较多见，如宋代蜀妓所作《鹊桥仙》：

说盟说誓，说情说意，动便春愁满纸。
多应念得脱空经，是那个先生教底？
不茶不饭，不言不语，一味供他憔悴。
相思已是不曾闲，又那得工夫咒你。

近现代一些名人的打油诗，也令人莞尔。自称"丘八（兵字上下拆开）诗人"的军阀冯玉祥原本没什么文化，纯属自学成才，但

第十三章 诗艺与修养

他一辈子写了一千四百多首打油诗。例如，驻军徐州时，带领手下植树造林，诗兴大发，作了首相当强势的告示诗广而告之：

老冯驻徐州，大树绿油油。
谁砍我的树，我砍谁的头！

"文革"中，和尚出身的许世友将军写了《莫猖狂》打油诗，矛头直指"四人帮"，表示坚决要保护邓小平的决心：

娘们秀才莫猖狂，三落三起理应当。
谁敢杀我诸葛亮，老子还他三百枪。

鲁迅也写打油诗，如《南京民谣》，揭露国民党的内部摩擦，对他们伪装正经的行为进行辛辣的讽刺：

大家去谒陵，强盗装正经；
静默十分钟，各自想拳经。

讽刺社会不良现象，是打油诗常见的题材。例如有人仿效南宋林升传世之作《题临安邸》，写了一首《公款歌舞》的剥皮打油诗，讽刺那些肆意挥霍人民财富的所谓公仆们：

山外青山楼外楼，公款歌舞几时休？
香风熏得诸公醉，九州处处作杭州。

打油诗的魅力在于它的趣味性、知识性和故事性，还有就是通俗性。打油诗虽为"旁门"，但广受欢迎，还是有生命力的！

第十节　诗贵自然

> 吐语操词不用奇，风行水上茧抽丝。
> 眼前景物口头语，便是诗家绝妙辞。

此首《答友人论诗》，为明朝丘濬所作。他关于"诗出乎天趣自然"的创作主张，迄今五百多年，尚为我国诗界奉为诗的最高境界。其诗作也大都体现出清新自然的风格。时人评曰："丘濬或雄浑壮丽，以气势胜，或明白如话，以意境胜，均有独到之处。"

大凡能流传很广的古诗词，大多是一些朗朗上口的句子，用平常的语言去表达感情，却诗意盎然。下面举几首耳熟能详、脍炙人口的诗篇，都是明白如话的作品：

静夜思　（唐）李白
床前明月光，疑是地上霜。
举头望明月，低头思故乡。

回乡偶书　（唐）贺知章
少小离家老大回，乡音无改鬓毛衰。
儿童相见不相识，笑问客从何处来。

竹枝词　（唐）刘禹锡
杨柳青青江水平，闻郎江上踏歌声。
东边日出西边雨，道是无晴却有晴。

小池　（宋）杨万里
泉眼无声惜细流，树阴照水爱晴柔。
小荷才露尖尖角，早有蜻蜓立上头。

夏日田园杂兴　（宋）范成大
昼出耘田夜绩麻，村庄儿女各当家。
童孙未解供耕织，也傍桑阴学种瓜。

这些诗，正如北宋文学家、李清照父亲李格非所言："沛然从肺腑流出，浑然不见斧凿之痕。"宋朝诗人梅尧臣认为："作诗无古今，欲造平淡难。"唐朝大诗人李白也说："清水出芙蓉，天然去雕饰。"清朝冒春荣《葚原诗话》说："诗以自然为上，工巧次之。工巧之至，始入自然；自然之妙，无须工巧。"以上所说的"自然"，包括自然朴实的语言、平易晓畅的表现形式，以及所创造出的自然空灵的意境。

然而，如何才能写出平淡自然、浅白流畅的好诗？我以为，有多种渠道：一是多读前人此类优秀诗篇，无形中潜移默化；二是从民歌、民谣和民间语言中吸取营养；三是写诗要用心，用心去观察，用心去思考，用心去选择词语。哪怕是"寻常物"，也会悟出浓郁的诗意。清朝诗人袁牧《遣兴》诗说得好：

但肯寻诗便有诗，灵犀一点是吾师。
夕阳芳草寻常物，解用多为绝妙词。

明白这一点，好诗未必是去追求奇词僻语、深奥典故、刻意雕琢。现代诗人何其芳也深有体会，他写有《效杜甫戏为六绝句》，其中一首云：

> 刻意雕虫事可哀，几人章句动风雷？
> 悠悠千载一长叹：少见鲸鱼碧海才！

"鲸鱼碧海才"，意指诗中豪杰之士。典出杜甫《戏为六绝句》（之四）诗：

> 才力应难跨数公，凡今谁是出群雄？
> 或看翡翠兰苕上，未掣鲸鱼碧海中。

第十一节　诗贵含蓄

所谓含蓄，就是梅圣俞说的"含不尽之意见于言外"，司空图说的"韵外之致、味外之旨"。含蓄，令诗词富有韵味，耐人咀嚼，发人深思。

中国诗歌浩如烟海，历代诗人创造含蓄美的手法繁多，常见的有以下几种：

一、炼字和炼句

由炼字和炼句可造成含蓄美。炼字炼得好，可以丰富诗的意境；句子经过锤炼而成为极精练的句子，就能包容极为丰富的内容。例如唐代湘驿女子《题玉泉溪》：

> 红叶醉秋色，碧溪弹夜弦。
> 佳期不可再，风雨杳如年。

诗中"弹"字精练传神,写出了溪水声,富有音乐性,以动写静,同时运用拟人手法,赋了玉泉溪以人的情态、生动形象。

而李清照《如梦令》之"绿肥红瘦",周美成《意难忘·美人》之"笼灯就月",皆是炼句,意韵无穷。

二、比喻和象征

运用比喻和象征手法造成含蓄美,能增添诗的意境的多层次色彩,从而形成诗的含蓄美。例如贺知章《咏柳》:

> 碧玉妆成一树高,万条垂下绿丝绦。
> 不知细叶谁裁出,二月春风似剪刀。

后两句别出心裁地把春风比喻为"剪刀",立意新奇,饱含韵味。

古典诗词,有很多名词本身就有象征意义,如松、梅、兰、菊、竹,象征着气节和高洁;又如鸿雁、杜鹃,多与思乡有关联。

例如郑板桥《竹石》:

> 咬定青山不放松,立根原在破岩中。
> 千磨万击还坚劲,任尔东西南北风。

三、夸张和暗示

透过似乎不合情理的夸张,吸引读者寻觅到合乎情理的意蕴,悟出其美妙所在。

例如李白《望庐山瀑布》：

> 日照香炉生紫烟，遥看瀑布挂前川。
> 飞流直下三千尺，疑是银河落九天。

"三千尺"，显然是以夸张的语言，突出景物的意象和意境，让读者去联想山壁的陡峭和高峻。

暗示法是作者的正意没有明说，而是委婉地写出有关事物或情节，引导读者进行想象和联想，领悟作者的潜台词。

例如李白《玉阶怨》：

> 玉阶生白露，夜久侵罗袜。
> 却下水晶帘，玲珑望秋月。

这首诗，全篇无一"怨"，然读者通过意象的暗示，自然领会到主人公的"怨"！

四、引用典故

典故本身的意思就是丰富的，而引用典故创造新意就形成了一种意境特别深远的含蓄美。譬如，李商隐《锦瑟》中间两联："庄生晓梦迷蝴蝶，望帝春心托杜鹃。沧海月明珠有泪，蓝田日暖玉生烟。"这首咏叹爱情与感伤身世的名篇，中间两联皆巧用典故，作委婉含蓄的表达，发人深思。

第十二节　诗贵创新

创新，在诗歌艺术中，是一个十分古老而又永远新鲜的论题。文艺创作，其精义就在于创新。不同时代的优秀诗人，都是以他们出色的创新，为艺术宝库增添新的珍宝。

自古以来，诗家都重视诗艺的创新，并有不少这方面的论述。唐代诗人刘禹锡《问大钧赋》言："以不息为体，以日新为道。"意思是以坚持追求作为本体，以每天创新作为途径。即要有所追求创新。宋朝戴复古《论诗十绝》有云："须教自我胸中出，切忌随人脚后行。"这两句意思是：应该让诗句从我的肺腑中发出，切忌跟在别人的脚后走。清代叶燮在《原诗》中，有这样一段话："出而为情、为景、为事，人未尝言之而自我始言之。"

就以"春风"为例，这是在诗词中出现频率最多的词汇之一，这是几千年来被人们反复歌咏的题材。同是写春风而别出新意，自成一格的，实在不少。例如白居易的"野火烧不尽，春风吹又生"，王安石的"春风又绿江南岸，明月何时照我还"，王之涣的"羌笛何须怨杨柳，春风不度玉门关"，贺知章的"不知细叶谁裁出？二月春风似剪刀"。这些诗句，境界不同，互不相袭。正是：春风年年有，为诗代代新！

"春风"二字，可在古人的诗词中不断翻新，而现代诗词中也有不少"春风"佳句，更注入新的时代精神，例如毛泽东《送瘟神》之"春风杨柳万千条，六亿神州尽舜尧"，朱德《花溪》之"春风送暖百花开，流水悠悠曲折回"，叶剑英《由桂林舟游阳朔》之"春风漓水客舟轻，夹岸奇峰列送迎"……

所谓创新，并不是追求文字表面的奇诡、生僻，也不是说前人用过的词句，后人就不能用。清朝戴延年《秋灯丛话·忠勇祠联》言："推陈出新，饶有别致。"推陈出新正是一条创新的原则。"推陈"包括对旧知识、旧经验的继承，同时包含对旧东西的超越。在旧基础上的"出新"，不会成为无源之水，无本之木，在旧的基础上"出新"，是一种前进与发展，自有其独到之处。

"出新"有各种方法和途径。例如唐代韩愈《答刘正夫书》言："师其意，不师其辞。"这两句大意是：效法前人的文意，不模仿他的文辞。唐代李翱《答朱载言书》的主张更为彻底："创意造言，皆不相师。"这两句大意是：文意和辞句都要创造，都不要沿袭前人，文学贵在独创。清代郑板桥《与江宾谷江禹九书》也提出："学者当自树其帜。"郑板桥号召学者自树其帜，颇有点离经叛道的意味。然而正是这种标新立异、不媚流俗的言论，道出了为学应该创新的基本精神。

我们生活在一个崭新的时代，更有条件去闯新路，辟蹊径，创造出无愧于我们这伟大时代的新诗篇！且"活剥"清代赵翼之《论诗》，以作结篇：

> 李杜诗篇万口传，至今仍觉好新鲜。
> 江山更待才人出，各领风骚数百年。

附　录

【附录一】平水韵表

平水韵共一百零六韵，其中平声三十韵（上平十五韵、下平十五韵），上声二十九韵，去声三十韵，入声十七韵。平声字较多，分为上平、下平两卷。

上平声

【上平一东】东同童僮铜桐峒筒瞳中（中间）衷忠盅虫冲终忡崇嵩（菘）蓯戎绒弓躬宫穹融雄熊穷冯风枫疯丰充隆窿空公功工攻蒙濛朦瞢笼胧栊咙聋珑砻泷蓬篷洪茳红虹鸿丛翁嗡匆葱聪骢通棕烘崆

【上平二冬】冬咚彤农侬宗淙锺钟龙茏春松淞冲容榕蓉溶庸佣慵封胸凶匈汹雍邕痈浓脓重（重复）从（服从）逢缝峰锋丰蜂烽葑纵（纵横）踪茸蛩邛筇跫供（供给）蚣喁

【上平三江】江缸窗邦降（降伏）双泷庞撞矼扛杠腔梆桩幢蛩（冬韵同）

【上平四支】支枝肢移（竹移）为（施为）垂吹陂碑奇宜仪皮

儿离施知驰池规危夷师姿迟龟眉悲之芝时诗棋旗辞词期祠基疑姬丝司葵医帷思（思念）滋持随痴维卮縻螭麾墀弥慈遗肌脂雌披嬉尸狸炊湄篱兹差（参差）疲茨卑亏蕤骑（跨马）歧岐谁澌私窥熙欺疵赀羁彝髭颐资糜饥衰锥姨夔衹涯（佳、麻韵同）伊追耆缁萁箕椎罴簾萎匙脾坻嶷治（治国）骊綦怡尼漪牺饴而鸥推（灰韵同）匙陲魑锤缡璃骊羸陂縻蘼脾芪畸牺羲曦欹漪猗崎崖莁筛狮螭鸥绥虽粢瓷椎饴嫠痍惟唯机耆迻岿不毗枇貔楣霉辎虫嗤嫫飔坍莳鲻鹚答漓怡贻禧噫其琪祺麒嶷螭栀鹂累跏琵祁骐眥訾睢馗胝鳍蛇（委蛇）陴淇丽（地名）厮氏（月氏）僖嘻琦怩熹孜罹磁痿隳透郦嵋唯椅（音漪,木名）

【上平五微】微薇晖辉徽挥韦围帏违闱霏菲（芳菲）妃飞非扉肥威祈畿机几（微也、如见几）讥玑稀希衣（衣服）依归饥（支韵同）矶欷诽绯睎崴巍沂圻颀

【上平六鱼】鱼渔初书舒居裾琚车（麻韵同）渠蕖余予（我也）誉（动词）舆胥狙锄疏蔬梳虚嘘墟徐猪间庐驴诸储除滁蜍如畬淤纾苴菹沮疽龉茹桐於祛蕖疽蛆醵纾樗躇（药韵同）欤据（拮据）

【上平七虞】虞愚娱隅无芜巫于衢癯瞿氍儒濡须需朱珠株诛硃铢蛛殊俞瑜榆愉逾渝谀腴区躯驱岖趋扶符凫芙雏敷麸夫肤纡输枢厨俱驹模谟摹蒲逋胡湖瑚乎壶狐弧孤辜姑觚菰徒途涂荼图屠奴吾梧吴租卢鲈炉芦颅垆蚨孥笯苏酥乌污（污秽）枯粗都荼侏姝禺拘嵎蹰桴俘臾萸吁滹瓠醐呼沽酤泸舻轳鸬弩匍葡铺（铺盖）菟诬呜迂盂竽跗毋孺酴鹕骷刳蛄晡蒲葫呱蝴劬组猢狳孚

【上平八齐】齐黎犁梨妻（夫妻）萋凄堤低题提蹄啼鸡稽兮倪霓西栖犀嘶撕梯鼙赍迷泥溪蹊圭闺携畦嵇跻奚脐醯鹥蠡醍鹈奎批砒睽荑笓篦藜猊蜺鲵羝

【上平九佳】佳街鞋牌柴钗差（差使）崖涯（支麻韵同）偕阶皆谐骸排乖怀淮豺侪埋霾斋槐（灰韵同）睚崽楷秸揩挨俳

【上平十灰】灰恢魁隈回徊槐（佳韵同）梅枚玫媒煤雷頽崔催摧堆陪杯醅嵬推（支韵同）诙裴培盔偎煨瑰苗追胚徘坯桅傀偭（贿韵同）莓开哀埃台苔抬该才材财裁栽哉来莱灾猜孩俫骀胎唉垓挨皑呆腮

【上平十一真】真因茵辛新薪晨辰臣人仁神亲申身宾滨槟缤邻鳞麟珍瞋尘陈春津秦频蘋颦濒银垠筠巾民岷泯（轸韵同）珉贫莼淳醇纯唇伦轮沦抡匀旬巡驯钧均榛莘遵循甄宸纶椿鹑屯呻粼磷磷呻伸绅寅姻荀询峋氤恂嫔皴娠闽纫湮肫逡菌臻䰚

【上平十二文】文闻纹蚊云分（分离）氛纷芬焚坟群裙君军勤斤筋勋薰曛醺芸耘芹欣氲荤汶汾殷斋纭昕薫

【上平十三元】元原源沅鼋园袁猿垣烦蕃樊喧萱暄冤言轩藩媛援辕番繁翻幡璠鸳鹓蜿湲爰掀燔圈谖魂浑温孙门尊（樽）存敦墩炖暾蹲豚村屯囤（囤积）盆奔论（动词）昏痕根恩吞荪扪昆鲲坤仑婚阍髡馄喷狲饨臀跟瘟飧

【上平十四寒】寒韩翰（翰韵同）丹单安鞍难（艰难）餐檀坛滩弹残干肝竿阑栏澜兰看（翰韵同）刊丸完桓纨端湍酸团攒官观（观看）鸾銮峦冠（衣冠）欢宽盘蟠漫（大水貌）叹（翰韵同）邯郸摊玕拦珊狻鼾杆跚姗殚箪癉谰獾倌棺剜潘拼（问韵同）槃般螨瘢磐瞒谩鳗鉆抟邗汗（可汗）

【上平十五删】删潸关弯湾还环鬟寰班斑蛮颜奸攀顽山闲艰间（中间）悭患（谏韵同）孱潺擐圜菅般（寒韵同）颁鬘疝讪斓娴鹇鳏殷（赤黑色）纶（纶巾）

下平声

【下平一先】先前千阡笺天坚肩贤弦烟燕（地名）莲怜连田填巅鬈宣年颠牵妍研（研究）眠渊涓捐娟边编悬泉迁仙鲜（新鲜）钱煎然延筵毡旃蝉缠廛联篇偏绵全镌穿川缘鸢旋船涎鞭专圆员乾（乾

坤）虔愆权拳椽传焉嫣鞯骞搴铅舷跹鹃筌痊诠悛先遄禅婵躔颠燃涟琏便（安也）翩骈癫阗钿（霰韵同）沿蜒胭芊蝙胼滇佃畋咽湮狷蠲蔫蹇膻扇棉拴莶籼砖挛儇璇卷（曲也）扁（扁舟）单（单于）溅（溅溅）犍

【下平二萧】萧箫挑貂刁凋雕迢条髫调（调和）蜩枭浇聊辽寥撩寮僚尧宵消霄绡销超朝潮嚣骄娇蕉焦椒饶硝烧（焚烧）遥徭摇瑶韶昭招镳瓢苗猫腰桥乔娆妖飘逍潇鹗骁桃鹩鹪缭獠枵（夭夭）幺邀要（要求）姚樵谯憔标漂嘌（漂浮）剽佻韶苕岧嘹哓跷侥了（明了）魈峣描钊韶桡铫鹞翘柯侨窑礁

【下平三肴】肴巢交郊茅嘲钞包胶苞梢姣庖匏坳敲胞抛蛟崤鵁鞘抄螯咆哮凹淆教（使也）跑艄捎爻咬铙茭炮（炮制）泡鲛刨抓

【下平四豪】豪劳毫操（操持）髦绦刀萄猱褒桃糟旄袍挠（巧韵同）蒿涛皋号（号呼）陶鳌曹遭羔糕高搔毛艘滔骚韬缫膏牢醪逃濠壕饕洮淘叨嚎篙熬遨翱嗷臊嗥尻麈鏖獒敖牦漕嘈槽掏唠涝捞痨茅

【下平五歌】歌多罗河戈阿和（和平）波科柯陀娥蛾鹅萝荷（荷花）何过（经过）磨［琢磨］螺禾珂蓑婆坡呵哥轲沱鼍拖驼跎佗（他）颇（偏颇）峨俄摩么娑莎迦疴苛蹉嵯驮箩逻锣哪挪锅䯄蝌髁倭涡讹陂鄱鄱皤魔梭唆骡挼靴瘸搓哦瘥酡

【下平六麻】麻花霞家茶华沙车（鱼韵同）牙蛇瓜斜邪芽嘉瑕纱鸦遮叉奢涯（支佳韵同）巴耶嗟遐加笳赊槎差（差错）蟆骅虾葭袈裟砂衙呀琶耙芭杷笆疤爬葩些（少也）佘鲨查楂渣爹挝咤拿耶珈跏枷迦痂茄桠丫哑划哗夸胯抓洼呱

【下平七阳】阳杨扬香乡光昌堂章张王房芳长塘妆常凉霜藏场央泱鸯秧嫱床方浆觞梁娘庄黄仓皇装殇襄骧相湘箱缃创忘芒望尝偿樯枪坊囊郎唐狂强肠康冈苍匡荒遑行妨棠翔良航倡伥羌庆姜僵缰疆粮穰将墙桑刚祥详洋徉佯梁量羊伤汤舫樟彰漳璋猖商防筐煌隍凰蝗徨璜廊浪当铛珰沧亢吭潢钢丧盲簧忙茫傍汪臧琅当庠裳昂障糖疡锵

276

杭邙赃滂禳攘瓢抢螳踉眶炀闾彭蒋亡殃蔷镶孀搪彷胱磅膀螃

【下平八庚】庚更（更改）羹盲横（纵横）觥彭亨英烹平评枰京惊荆明盟鸣荣莹兵兄卿生甥笙牲擎鲸迎行（行走）衡耕萌甍宏闳茎罂莺樱泓橙争筝清情晴精睛菁晶旌盈楹瀛嬴赢营婴缨贞成盛［盛受］城诚呈程醒声征正（正月）轻名令（使令）并（并州）倾萦琼峥嵘撑粳坑铿璎鹦黥蘅澎膨棚浜坪苹钲伧擎嘤轰铮狰狞狯瞪绷怦璎砰氓鲭侦柽蛏茔桢茕赓黉瞠

【下平九青】青经泾形陉亭庭廷霆蜓停丁仃馨星腥醒（醉醒）惺俜灵龄玲铃伶零听（径韵同）冥溟铭瓶屏萍荧萤荣扃垌蜻硎苓聆瓴翎娉婷宁暝瞑蜓猩钉疔叮厅町泠棂囹羚蛉叮型邢

【下平十蒸】蒸烝承丞惩澄陵凌绫菱冰膺鹰应（应当）蝇绳升缯凭乘（驾乘，动词）胜（胜任）兴（兴起）仍兢矜征（征求）称（称赞）登灯僧憎增曾矰层能朋鹏肱薨腾藤恒罾崩滕誊崚嶒姮塍冯症簦蕾凝（径韵同）棱楞

【下平十一尤】尤邮优忧流旒留骝榴刘由油游猷悠攸牛修羞秋周州洲舟酬雠柔俦畴筹稠丘邱抽瘳遒收鸠搜驺愁休因求裘仇浮谋牟眸侔矛侯喉猴讴鸥楼陬偷头投钩沟幽纠啾楸蚯踌绸惆勾娄琉疣犹邹兜呦咻貅球蜉蝣辀帱阄瘤硫浏麻湫泅酋瓯啁飗鍪篌抠篝诌骰偻沤［水泡，名词］蝼髅搂欧彪掊虬揉蹂抔不（与有韵否通）瓿缪（绸缪）

【下平十二侵】侵寻浔临林霖针箴斟沈心琴禽擒衾钦吟今襟（衿）金音阴岑簪（覃韵同）壬任（负荷）歆森禁（力所胜任）浸暗琛梣骖参（参差）忱淋妊掺参（人参）椹郴苓檎琳蟫愔暗黔嶔

【下平十三覃】覃潭参（参考）骖南楠男谙庵含涵函（包函）岚蚕探贪眈眈龛堪谈甘三酣柑惭蓝担簪（侵韵同）谭昙坛婪戡颔痰篮褴蚶憨泔聃蟫（侵韵同）

【下平十四盐】盐檐廉帘嫌严占（占卜）髯谦佥纤签瞻蟾炎添兼缣沾尖潜阎镰黏淹钳甜恬拈砭詹蒹歼黔钤佥觇崦渐鹣腌檐阉

【下平十五咸】咸函（书函）缄岩谗衔帆衫杉监（监察）凡馋芟搀喃嵌掺巉

上声

【上声一董】董懂动孔总笼（东韵同）拢桶捅蓊蠓汞

【上声二肿】肿种（种子）踵宠垅（陇）拥冗重（轻重）冢捧勇甬踊涌俑蛹恐拱竦悚耸巩怂奉

【上声三讲】讲港棒蚌项耩

【上声四纸】纸只咫是靡彼毁委诡髓累技绮觜此沵蕊徙尔弭婢侈弛豕紫旨视美否（否泰）痞兕几姊比水轨止徵市喜已纪跪妓蚁鄙晷子仔梓矢雉死履垒癸趾址以已似耔祀史驶耳使（使令）里理李起杞圯跂士仕俟始齿矣耻麂枳峙鲤迤氏玺巳（辰巳）滓苡倚匕迤逦旖旎舣舭秕芷拟你企诔揣屣棰揣豸扯恃

【上声五尾】尾苇鬼岂卉几（几多）伟斐菲（菲薄）匪篚娓悱榧胏炜虺玮虮

【上声六语】语（语言）圉圄吕侣旅杼伫与（给予）予（赐予）渚煮署鼠汝茹（食也）黍杵处（居住、处理）贮女许拒炬距所楚础阻俎沮叙绪屿墅巨去（除也）苣举讵淑浒钜醑咀诅苎抒楮

【上声七麌】麌雨宇舞府鼓虎古股贾（商贾）估土吐圃庚户树（种植，动词）煦诩努辅组乳弩补鲁橹睹腐数（动词）簿竖普侮斧聚午伍釜缕部柱矩武五苦取抚浦主杜坞祖愈堵扈父甫禹羽怒（遇韵同）腑拊俯罟赌卤姥鹉拄莽（养韵同）栩麌脯妩庑否（是否）麈褛嵝偻酤牡谱怙肚踽虏弩诂瞽羖祜沪雇仵缶母某亩蛊琥

【上声八荠】荠礼体米启陛洗邸底抵弟坻柢涕悌济（水名）澧醴诋睇娣棨递昵睨蠡

【上声九蟹】蟹解洒楷（佳韵同）拐矮摆买骇

【上声十贿】贿悔罪馁每块汇猥璀磊蕾傀儡腿海改采彩在宰醢铠

恺待殆怠乃载（岁也）凯闿倍蓓迨亥

【上声十一轸】轸敏允引尹尽忍准隼笋盾（阮韵同）闵悯菌（真韵同）蚓牝殒紧蠢陨哂诊疹赈肾蜃膑黾泯窘吮缜

【上声十二吻】吻粉蕴愤隐谨近忿抆刎愠槿瑾恽韫

【上声十三阮】阮远（远近）晚苑返反饭（动词）偃寋琬沅宛婉畹菀蜿绻巘挽堰混棍阃悃捆衮滚鲧稳本畚笨损忖囤遁很沌恳垦龈

【上声十四旱】旱暖管琯满短馆（翰韵同）缓盥（翰韵同）碗懒伞伴卵散（散布）伴诞罕瀚（浣）断（断绝）侃算（动词）款但坦袒纂缎拌潢澜莞

【上声十五潸】潸眼简版板阪斋产限绾柬拣撰馔柉皖汕铲屦见楝栈

【上声十六铣】铣善（善恶）遣（遣送）浅典转（霰韵同）衍犬选冕辇免展茧辨篆勉剪卷显饯（霰韵同）践喘藓软蹇（阮韵同）演兖件腆跣缅缱鲜（少也）殄扁匾蚬岘眄燹隽键变泫癣阐颤膳鳝舛婉辗邅（先韵同）脔辫捻

【上声十七筱】筱小表鸟了（未了，了得）晓少（多少）扰绕绍杪沼眇矫皎杳窈窕袅挑（挑拨）掉（啸韵同）肇缥缈渺森茑赵兆缴缭（萧韵同）夭（夭折）悄窅侥蓼嬈磽剿晁藐秒殍了（了望）

【上声十八巧】巧饱卯狡爪鲍挠（豪韵同）搅绞拗咬炒吵佼姣（肴韵同）昂茆獠（萧韵同）

【上声十九皓】皓宝藻早枣老好（好丑）道稻造（造作）脑恼岛倒（跌到）祷（号韵同）捣抱讨考燥扫（号韵同）嫂保鸨稿草昊浩镐杲缟槁堡皂璪媪燠袄懊葆裸芼澡套涝蚤拷栲

【上声二十哿】哿火舸觯舵我拖娜荷（负荷）可左果裹朵锁琐堕惰妥坐（坐立）裸跛颇（稍也）夥颗祸柂婀逻卵那坷爹（麻韵同）簸叵垛哆硪么（歌韵同）峨（歌韵同）

【上声二十一马】马下（上下）者野雅瓦寡社写泻夏（华夏）

也把厦惹冶贾（姓贾）假（真假）且玛姐舍喏赭洒碬剐打耍那

【上声二十二养】养痒象像橡仰朗桨奖蒋敞氅厂枉往颡强（勉强）惘两曩丈杖仗（漾韵同）响掌党想鲞榜爽广享向飨幌莽纺长[长幼] 网荡上（上升）壤赏仿罔谠倘魍魉谎蟒漭嗓盎恍脏（肮脏）吭沆慷褓镪抢肮犷

【上声二十三梗】梗影景井岭领境警请饼永骋逞颖颍顷整静省幸颈郢猛丙炳杏秉耿矿冷靖哽绠荇艋蜢皿儆悻婧阱狰（庚韵同）靓惺打瘿并（合并）犷眚憬鲠

【上声二十四迥】迥炯茗挺艇梃醒（青韵同）酩酊并（并行，并且）等鼎顶肯拯謦到溟

【上声二十五有】有酒首口母（麌韵同）妇（麌韵同）後柳友斗狗久负（麌韵同）厚手叟守否（麌韵同）右受牖偶走阜（麌韵同）九后咎薮吼扣垢舅纽藕朽臼肘韭亩（麌韵同）剖诱牡（麌韵同）缶酉苟丑糗扣叩某莠寿绶玖授踩（尤韵同）揉（尤韵同）搜纣钮扭呕殴纠耦掊瓿拇姆擞绺抖陡蚪篓黝赳取（麌韵同）

【上声二十六寝】寝饮（饮食）锦品枕（枕衾）审甚（沁韵同）廪衽稔懔沈（姓氏）朕荏婶沈（沈阳）葚禀噤谂怎恁饪罱

【上声二十七感】感览揽胆澹（淡，勘韵同）唊坎惨敢领（覃韵同）撼毯糁湛菡莟罨槛喊嵌（咸韵同）橄榄

【上声二十八俭】俭焰敛（艳韵同）险检脸染掩点簟贬冉苒陕谄俨闪剡忝（艳韵同）琰奄歉芡崭垫渐（盐韵同）罨捡拿崦玷

【上声二十九豏】豏槛范减舰犯湛巉（咸韵同）斩黯范

去声

【去声一送】送梦凤洞众瓮贡弄冻痛栋恸仲中（击中）粽讽空（空缺）控哄赣

【去声二宋】宋用颂诵统纵（放纵）讼种（种植）综俸供（供

设，名词）从（仆从）缝（隙也）重（再也）共

【去声二绛】绛降（升降）巷撞（江韵同）戆

【去声四寘】寘置事地意志思（名词）泪吏赐自字义利器位戏至次累（连累）伪寺瑞智记异致备肆翠骑（车骑，名词）使（使者）试类弃饵媚鼻易（容易）觱坠醉议翅避箄帜炽粹莳谊帅厕寄睡忌贰萃穗二臂嗣吹（鼓吹，名词）遂恣四骥季刺驷寐魅积（积蓄）被懿觊冀愧匮恚馈黂簀柜暨庇庋莉腻秘比（近也）鸷懑謺示嗜饲饲遗（馈遗）蕙祟值惴屣眦罾企渍譬跛挚燧隧悴尿稚雉莳悷肄泌识（记也）侍觊为（因为）

【去声五未】未味气贵费沸尉畏慰蔚魏纬胃汇（字汇）谓渭卉（尾韵同）讳毅既衣（着衣，动词）辈溉（队韵同）翡诽

【去声六御】御处（处所）去虑誉（名词）署据驭曙助絮著（显著）箸豫恕与（参与）遽疏（书疏）庶预语（告也）踞倨蒎淤锯觑狙（鱼韵同）裛薯

【去声七遇】遇路辂赂露鹭树（树木）度（制度）渡赋布步固素具务雾鹜数（数量）怒（麌韵同）附兔故顾句墓慕暮募注住注驻炷祚裕误悟痼戍库护屦诉妒惧趣娶铸绔傅付谕喻妪芋捕哺互孺寓赴冱吐（麌韵同）污（动词）恶（憎恶）晤煦酗讣仆（偃仆）赙驸婺锢蛀飑怖铺（店铺）塑愫蠹溯镀璐雇瓠迕妇负阜副富（宥韵同）醋措

【去声八霁】霁制计势世丽岁济（渡也）第艺惠慧币弟滞际涕（荠韵同）厉契（契约）敝弊毙帝蔽髻锐庚裔袂系祭卫隶闭逝缀翳替细桂税婿例誓筮蕙诣砺励瘗噬继脆睿毳曳蒂睇妻（以女妻人）递逮蓟蚋薜荔唳捩粝泥（拘泥）媲媲彗睥睨剂嚏谛缔剃屉悌俪锲掣羿棣蟪薙娣说（游说）赘憩鳜羁呓谜挤

【去声九泰】泰太带外盖大（个韵同）濑赖籁蔡害蔼艾丐奈柰汰癞霭会筛最贝沛霈绘脍荟㺎侩桧蜕酹外兑

【去声十卦】卦挂画（图画）懈廨邂隘卖派债怪坏诫戒界介芥械薤拜快迈败稗晒瀡湃寨疥届蒯簧蕡嘒聩块恷

【去声十一队】队内辈佩退碎背秽对废悔诲晦昧配妹喙溃吠肺耒块碓刈悖焙淬敦（盘敦）塞（边塞）爱代载（载运）态菜碍戴贷黛概岱溉慨耐在（所在）霈玳再袋逮埭赉赛忾嗳咳嗳眛

【去声十二震】震信印进润阵镇刃顺慎鬓晋骏闰峻衅振俊舜赆吝烬讯仞迅汛趁衬仅觐菌浚赈（轸韵同）龀认殡摈缙躏廑淳瞬韧浚殉馑

【去声十三问】问闻（名誉）运晕韵训粪忿（吻韵同）酝郡分（名分）紊愠近（动词）扢拚奋郓捃靳

【去声十四愿】愿怨万饭（名词）献健建宪劝蔓券远（动词）伋键贩畈曼挽（挽联）瑗媛圈（猪圈）论（名词）恨寸困顿遁（阮韵同）钝闷逊嫩溷诨巽褪喷（元韵同）垦揾

【去声十五翰】翰（寒韵同）瀚岸汉难（灾难）断（决断）乱叹（寒韵同）观（楼观）干（树干，干练）散（解散）旦算（名词）玩烂贯半案按炭汗赞漫（寒韵同。又副词，独用）冠（冠军）灌爨窜幔粲灿璨换焕唤涣悍弹（名词）惮段看（寒韵同）判叛绊鹳伴畔锻腕惋馆旰捍疸但罐盥婉缎缦伅蒜钻谰

【去声十六谏】谏雁患涧间（间隔）宦晏慢盼篆栈（潸韵同）惯串绽幻瓣苋办谩讪（删韵同）铲绾栎篡裥扮

【去声十七霰】霰殿面县变箭战扇煽膳传（传记）见砚院练链燕宴贱馔荐绢彦掾便（便利）眷倦羡奠遍恋啧眩钏倩卞汴片禅（封禅）谴溅饯善（动词）转（以力转动）卷（书卷）甸电咽茜单念（念书）晛淀靛佃钿（先韵同）镟漩栋缮现狷炫绚绽线煎选旋颤擅缘（衣饰）撰唁谚媛忭弁掾研（磨研）

【去声十八啸】啸笑照庙窍妙诏召邵要（重要）曜耀调（音调）钓吊叫眺少（老少）诮料疗潦掉（筱韵同）峤徼跳嘹漂镣廖尿肖鞘

悄（筱韵同）峭哨俏醮燎（筱韵同）鹬鹞轿骠票铫（萧韵同）

【去声十九效】效教（教训）貌校孝闹豹罩棹觉（寤也）较窖爆炮（枪炮）泡（肴韵同）刨（肴韵同）稍钞（肴韵同）拗敲（肴韵同）淖

【去声二十号】号（号令）帽报导操（操行）盗噪灶奥告（告诉）诰到蹈傲暴（强暴）好（爱好）劳（慰劳）躁造（造就）冒悼倒（颠倒）燥犒靠懊瑁燠（皓韵同）耄糙套（皓韵同）纛（沃韵同）潦耗

【去声二十一个】个贺佐大（泰韵同）饿过（歌韵同。又过失，独用）座和（唱和）挫课唾播破卧货簸轲（輠轲）驮髁（歌韵同）磋作做剁磨（磨磬）懦糯缚锉挫些（楚些）

【去声二十二祃】祃驾夜下（降也）谢榭罢夏（春夏）霸暇瀣嫁赦籍（凭籍）假（休假）蔗化舍（庐舍）价射骂稼架诈亚麝怕借卸帕坝靶鹧贳炙嗄乍咤侘鲊吓娅哑讶迓华（姓华）桦话胯（遇韵同）跨衩柘

【去声二十三漾】漾上（上下）望（阳韵同）相（卿相）将（将帅）状帐唱让浪（波浪）酿旷壮放向忘仗（养韵同）畅量（数量）葬匠障瘴谤尚涨饷样藏（库藏）舫访贶嶂当（适当）抗桁妄怆宕怅创酱况亮傍（依傍）丧（丧失）恙谅胀怲脏（内脏）吭砀伉圹纩枆挡旺炕亢（高亢）阆防

【去声二十四敬】敬命正（正直）令（命令）证性政镜盛（茂盛）行（学行）圣咏姓庆映病柄劲竞靓净竟孟净更（更加）并（梗韵同）聘硬炳泳迸横（蛮横）摒阱榮迎郑獍

【去声二十五径】径定听胜（胜败）罄磬应（答应）赠乘（名词）佞邓证秤称（相称）莹（庚韵同）孕兴（兴趣）剩凭（蒸韵同）迳甑宁胫暝（夜也）钉（动词）订饤锭謦泞瞪蹭亘（亘古）镫（鞍镫）滢凳磴泾

【去声二十六宥】宥候就售（尤韵同）寿（有韵同）秀绣宿（星宿）奏兽漏富（遇韵同）陋狩昼寇茂旧胄宙袖岫柚覆复（又也）救厩臭佑右囿豆饾窦瘦漱咒究疚谬皱觏嗅遘溜镂逗透骤又侑幼读（句读）堠仆副（遇韵同）锈鹫绉味灸籀酎诟蔻僦构扣购縠戊懋贸袤嗽凑貁瓮沤（动词）

【去声二十七沁】沁饮（使饮）禁（禁令）任（信任）荫浸潜谶枕（动词）噤甚（寝韵同）鸩赁喑渗窨妊

【去声二十八勘】勘暗滥啖担憾暂三（再三）绀憨澹（咸韵同）瞰淡缆

【去声二十九艳】艳剑念验堑赡店占（占据）敛（聚敛）厌焰（俭韵同）垫欠僭酽潋俺砭坫

【去声三十陷】陷鉴泛梵忏赚蘸嵌站馅

入声

【入声一屋】屋木竹目服福禄谷熟肉族鹿漉腹菊陆轴逐苜蓿宿（住宿）牧伏凤读（读书）犊渎椟黩縠复［恢复］粥肃碌骗鹜育六缩哭幅斛戮仆畜蓄叔淑倏独卜馥沐速祝麓辘簏麖筑穆睦秃縠覆辐瀑郁（忧郁，郁郁葱葱）舳掬鞠蹴踧茯袱鹏鹄髑榭扑匐簌蔌煜复（复杂）蝠菔孰塾蠹竺曝鞠觫谡篥国（职韵同）副阿（阿姨、阿娇……）

【入声二沃】沃俗玉足曲粟烛属录辱狱绿毒局欲束鹄蜀促触续浴酷躅褥旭欲笃督赎渌蓐碡北（职韵同）瞩嘱勖溽缛梏

【入声三觉】觉（知觉）角桷权岳乐（音乐）捉朔数（频数）卓啄琢剥驳雹璞朴壳确浊擢渥幄握学龌龊槊搦镯喔邈荦

【入声四质】质日笔出室实疾术一乙壹吉秩率律逸佚失漆栗毕恤密蜜桔溢瑟膝匹述黜弼跸七叱卒（终也）虱悉戌嫉帅（动词）蒺侄姪恤蟋竿箓必泌荜秩栉唧帙漆谧昵轶聿诘耋垤捽苾髀鹬窒苾

【入声五物】物佛拂屈郁（馥郁，郁郁乎文哉）乞掘（月韵同）吃（口吃）讫绂弗勿迄不怫绋沸茀厥倔黻崛尉蔚契屹熨（未韵同）绂

【入声六月】月骨发阙越谒没伐罚卒（士卒）竭窟笏钺歇突忽袜曰阀筏鹘（黠韵同）厥（物韵同）蹶蕨殁橛掘（物韵同）核蝎勃渤悖［队韵同］孛揭［屑韵同］碣粤樾鳜脖饽鹁捽（质韵同）猝惚兀讷（呐）羯凸咄（曷韵同）矻

【入声七曷】曷达末阔钵脱夺褐割沫拔（挺拔）葛阏渴拨豁括抹遏挞跋撮泼秣掇（屑韵同）咶獭（黠韵同）剌喝磕蘗瘌袜活鸹斡怛钹捋

【入声八黠】黠拔（拔擢）八察杀刹轧戛瞎刮刷滑辖铩猾捌叭札扎帕茁鹘揠萨捺

【入声九屑】屑节雪绝列烈结穴说血舌洁别缺裂热决铁灭折拙切悦辙诀泄锲咽（呜咽）轶噎彻澈哲鳖设啮劣玦截窃孽浙孑桔颉撷揭褐（曷韵同）缬碣（月韵同）挈抉袭薛拽（曳）爇冽瞥迭跌阅饕耋垤捏页阕觖谪鴂撒蹩篾楔惙辍啜缀撷绁杰桀涅霓蜺［齐，锡韵同］批（齐韵同）

【入声十药】药薄恶（善恶）作乐（哀乐）落阁鹤爵弱约脚雀幕洛壑索郭错跃若酌托削铎凿箔鹊诺萼度（测度）橐钥龠瀹着著虐掠获（收获）泊搏藿嚼勺谑廓绰霍镬莫箨缚貉各略骆寞膜鄂博昨柝格拓轹铄烁灼疟蒻箬芍踱却噱蠼攫醵蹻魄酪络烙珞髆粕簿柞漠摸酢作涸郝垩谔鳄噩锷颚缴扩樗陌（陌韵同）

【入声十一陌】陌石客白泽伯迹宅席策册碧籍（典籍）格役帛戟璧驿麦额柏魄积（积聚）脉夕液尺隙逆画（动词）白擘赤易（变易）革脊翮屐获（猎获）适索厄隔益窄核鸟掷责坼惜癖僻披腋释译峄择摘弈奕迫疫昔赫瘠谪亦硕貉跖鶺磧踖只炙（动词）踯斥岌骼舶珀吓礴拆喀蚱舴剧檗擘栅啧帻扼划蜴辟帼蜮刺嵴汐藉螫蓦摭襞

虩哑（笑声）绎射（音亦）

【入声十二锡】锡壁历枥击绩勣笛敌滴镝檄激寂觋溺觅狄荻幂戚鹢涤的吃沥雳惕剔砾翟籴倜析晰淅蜥劈甓嫡轹栎阒荝踢迪晳裼逖蜺阒汨（汨罗江）

【入声十三职】职国德食（饮食）蚀色力翼墨极殛息熄直值得北黑侧贼饰刻则塞（闭塞）式轼域蜮殖植敕亟棘惑忒默织匿慝亿忆臆薏特勒肋幅仄昃稷识（知识）逼克即唧（质韵同）弋拭陟恻测翊洫啬穑鲫抑或蔔（屋韵同）

【入声十四缉】缉辑戢立集邑急入泣湿习给十拾袭及级涩楫（叶韵同）粒汁蛰执笠隰汲吸絷挹浥悒岌熠茸什芨廿揖煜（屋韵同）歙笈（叶韵同）圾褶禽

【入声十五合】合塔答纳榻阁杂腊匝阖蛤衲眔鸽踏拓拉盍塌咂盒卅搭褡飒磕榼遢蹋蜡溘邋跶

【入声十六叶】叶帖贴牒接猎妾蝶叠箧惬涉鬣捷颊楫（缉韵同）聂摄慑镊蹑协侠荚挟铗浃睫厌餍蹀躞燮摺辄婕谍堞霎饁喋碟鲽捻晔躐笈（缉韵同）

【入声十七洽】洽狭峡法甲业邺匣压鸭乏怯胁插锸押狎夹恰郏硖掐刦袷眨胛呷歃闸霎（叶韵同）

【附录二】词韵简编

古代填词用韵早疏规则，后经清人戈载通过"取古人之名词参酌而审定"而作《词林正韵》，规则始明。然此书韵目用《集韵》标目，分目繁多，且多有僻字，不便使用。后经张珍怀参考近代著名词学大师龙榆生所编撰的《唐宋词格律》，删去僻字，并以检韵为便改用比较通行的《诗韵》进行标目，形成《词韵简编》。

《词韵简编》仍袭《词林正韵》分部之法,分为十九部。其中一字有两韵以上者,注明它在某韵中的意义。如果是同义的,则注"与某韵同"。

《词韵简编》编辑张珍怀(1917—2005),浙江永嘉人,著名诗人,被誉为"近现代十大女词家"。生前长期从事语文教学及古籍整理工作。

第一部

平声:一东二冬通用

【一东】东同童僮铜桐峒筒曈瞳中(中间)衷忠盅虫冲终忡崇嵩(崧)菘戎绒弓躬宫穹融雄熊穷冯风枫疯丰充隆癃空公功工攻蒙濛朦曚薨笼胧栊咙眬聋珑砻泷蓬篷洪浲红虹鸿丛翁嗡匆葱聪骢通棕烘崆

【二冬】冬咚彤农侬宗淙悰锺钟龙茏舂松淞冲容榕蓉溶庸佣慵封胸凶匈汹雍邕痈浓脓醲秾重(重复)从(服从)逢缝峰锋丰蜂烽葑纵(纵横)踪茸蚣蝾邛筇蛩龚供(供给)蚣喁

仄声:上声一董二肿
去声一送二宋通用

【一董】董懂动孔总笼(东韵同)拢桶捅蓊蠓汞满洞(澒洞)

【二肿】肿种(种子)踵宠垅(陇)拥冗氄重(轻重)冢捧勇甬踊涌俑蛹恐拱悚悚耸栱巩怂奉

【一送】送梦凤洞(岩洞)众瓮贡弄冻痛栋恸仲中(击中)粽讽鞚空(空缺)控哄阒赣

【二宋】宋用颂诵统纵(放纵)讼种(种植)综俸供(供设,名词)从(仆从)缝(隙也)重(再也)共

第二部

平声：三江七阳通用

【三江】江缸窗邦降［降伏］双泷庞舡撞豇扛杠釭腔梆尨桩幢登（冬韵同）

【七阳】阳扬杨洋羊徉佯芳妨方坊防肪房亡忘望（漾韵同）忙茫芒妆庄装奘香乡湘厢箱镶芗相（相互）襄骧光昌堂唐糖棠塘章张王常长（长短）裳凉粮量（衡量）梁粱良霜藏（收藏）肠场尝偿床央鸯秧殃郎廊狼粮（粮）鎯踉浪（沧浪）浆将（持也送也）疆僵姜缰觞娘黄皇遑惶徨煌仓苍舱沧伤殇商帮汤创（创伤）疮强（刚强）墙樯嫱蔷囊狂康慷（养韵同）糠冈刚钢纲匡筐荒慌行（行列）杭航桁翔详祥庠桑彰璋漳麞猖倡凰邙臧赃昂丧（丧葬）阊螳羌枪锵抢（突也）蜣跄篁簧璜潢攘瓢亢吭（漾养韵并同）旁傍（侧也）孀孀当（应当）档珰铛筜飏泱旸炀蝗隍怏育汪鞅滂螂伧（漾韵同）个缃琅颃伥螳

仄声：上声三讲二十二养
去声三绛二十三漾通用

【三讲】讲港项棒蚌耩

【二十二养】养痒象像橡仰朗桨奖蒋敞氅厂枉往颡强（勉强）鞅惘两曩丈杖仗（漾韵同）响掌党想鲞榜爽广享向繈幌莽纺长（长幼）上（上升）网荡壤赏仿罔谠傥魍魎昉怳谎蟒漭嗓盎恍脏吭沆慷襁镪抢肮犷

【三绛】绛降（升降）巷撞（江韵同）戆

【二十三漾】漾上（上下）望（阳韵同）相（卿相）将（将帅）状帐浪（波浪）唱让酿旷壮放向忘仗（养韵同）畅量（数量）葬匠障瘴谤尚涨饷样藏（库藏）舫访贶嶂当（适当）抗桁妄怆宕怅

创酱况亮傍（依傍）丧（丧失）恙谅胀鄙脏吭砀伉圹纩桄□搒挡旺炕亢（高亢）飏阆防（阳韵同）

第三部

平声：四支五微八齐十灰（半）通用

【四支】支枝肢移簃为（施为）垂吹陂碑奇宜仪皮儿离施知驰池规危夷师姿迟龟眉悲之芝时诗棋旗辞词期祠基疑姬丝司葵医帷思滋持随痴维厄麾埤弥慈遗肌脂雌披嬉尸狸炊湄篱兹差（参差）疲茨卑亏蕤骑（跨马）歧岐谁斯澌私窥熙欺疵赀羁彝髭颐资糜饥衰锥姨夔祗漄（佳、麻韵同）伊追缁萁箕治（治国）尼而推（灰韵同）匙陲鹭魑锤□璃骊赢陂罴縻蘼脾芪畸牺羲欹漪猗崎崖萎篩狮狻鸱绥虽粢瓷缔椎饴鳌痍惟唯机耆迤岿丕毗枇貔楣霉辎蚩嗤媸飔埘莳鲥鹚笞漓怡贻禧噫其琪祺麒巇蜗栀鹂鳌跜琵峒

【五微】微微晖辉徽挥韦围帏违闱霏菲（芳菲妃飞非扉肥威祈畿机几（微也、如见几）讥玑稀希衣（衣服）依归饥（支韵同）矶欷诽绯晞葳巍沂圻颀

【八齐】齐黎犁梨妻（夫妻）萋凄悽隄低题提蹄啼鸡稽兮倪霓西栖犀嘶撕梯鼙赍迷泥溪蹊圭闺携畦嵇跻了奚脐醯黧蠡醍鹈奎批砒睽黉笓鬶藜猊鲵羝

【十灰（半）】灰恢魁隈回徊槐（佳韵同）梅枚玫媒煤雷颓崔催摧堆陪杯醅嵬推（支韵同）廻诙裴培盔偎煨瑰茴追胚徘坯桅莓傀儡（贿韵同）

仄声：上声四纸五尾八荠十贿（半）
去声四寘五未八霁九泰（半）十一队（半）通用

【四纸】纸只咫是靡彼毁委诡髓累技绮菲此泚蕊徙尔弭侈弛豕

紫旨指视美否（否泰）痞咒几姊比水轨止市徵（角徵）喜已纪跪妓蚁鄙晷子仔梓矢雉死履垒癸趾址以已似耔祀史驶耳使（使令）驶耳里理李起杞圮跂士仕俟始齿矣耻麂枳峙崎鲤迤氏玺巳（辰巳）滓苡倚匕迤逦旖旎舣蚍秕芷蟢拟你企诔揸扆揣豸祉恃

【五尾】尾苇鬼岂卉几（几多）伟斐菲）菲薄）匪篚娓悱椲骔炜俹玮虮

【八荠】荠礼体米启陛洗邸底抵弟坻柢涕悌济（水名）澧醴棨诋眯砥娣递昵睨蠡

【十贿（半）】贿悔罪馁每块汇猥琲璀磊蕾傀儡腿

【四寘】寘置事地意志思（名词）泪吏赐自字义利器位戏至次累（连累）伪寺瑞智记异致备肆翠骑（车骑，名词）使（使者）试类弃饵媚鼻易（容易）辔坠醉议翅避笥帜炽粹莳谊帅厕寄睡忌贰萃穗二臂嗣吹（鼓吹，名词）遂恣四骥季刺驷寐魅积（积蓄）被芰懿觊冀愧匮恚馈篑柜暨庇觊莉腻秘比（近也）鸷悫訾示嗜饲伺遗（馈遗）藙祟值惴屣眦罾企渍臂跛挚燧隧悴尿緻稚雉莅悸肄泌识（记也）侍跩为（因为）

【五未】未味气贵费沸尉畏慰蔚魏纬胃汇谓渭卉（尾韵同）讳毅既衣（着衣，动词）蜚溉（队韵同）翡诽

【八霁】霁制计势世丽岁济（渡也）第艺惠慧币弟滞际厉涕（荠韵同）契（契约）敝弊毙帝蔽髻锐戾裔袂系祭卫隶闭逝缀翳替细桂税婿例誓筮蕙诣砺励瘵噬继脆睿毳曳蒂睇妻（以女妻人）递逮蓟蚋薜荔唳捩粝泥（拘泥）媲嬖彗睥睨剂嚏谛缔剃悌俪锲贯掣羿棣蟪薤娣说（游说）赘憩鳜觑呓谜挤

【九泰（半）】会旆最贝沛需绘脍荟狈侩桧蜕酹外兑

【十一队（半）】队内辈佩退碎背秄对废悔诲晦昧配妹喙溃呔肺耒块珮碓刈悖焙焠淬绯倅敦（盘敦）

第四部

平声：六鱼七虞通用

【六鱼】鱼渔初书舒居裾琚车（麻韵同）渠蕖余予（我也）誉（动词）與余胥狙锄疏蔬梳虚嘘墟徐猪间庐驴诸储除滁蜍如畲淤好苴葅沮俎龉茹梮於袪蘧疽蛆醵纾樗躇（药韵同）欤据（拮据）

【七虞】虞愚娱隅蒭无芜巫于衢癯瞿戵儒襦嚅须需朱珠株诛硃铢蛛殊俞瑜榆愉逾渝睮谀腴区躯驱岖趋扶符凫芙雏敷麩夫肤纡输枢厨俱驹模谟挈蒲逋胡湖瑚乎壶狐弧孤辜姑觚菰徒途涂荼图屠奴吾梧吴租卢鲈炉垆蚨弩帑苏酥乌污（污秽）枯粗都荼侏姝禺拘嵎蹰桴俘臾萸吁滹瓠糊酬呼沽酤泸舻轳鸬驽匍葡铺（铺盖）莵诬呜迂盂竽跌毋嚅酴鸪骷刳蛄晡蒱葫呱蝴龉殂猢鄠乎

仄声：上声六语七麌
去声六御七遇通用

【六语】语（语言）圉圄吕侣旅杼伫与（给予）予（赐予）渚煮暑鼠汝茹（食也）黍杵处（居住、处理）贮女许拒炬距所楚础阻俎沮叙绪屿墅巨去（除也）苣举讵溆湑钜齬咀诅苎抒楮

【七麌】麌雨宇舞府鼓虎古股贾（商贾）估土吐圃庾户树（种植，动词）煦诩努辅组乳弩补鲁橹睹腐数（动词）簿竖普侮斧聚午伍釜缕部柱矩武五苦取抚浦主杜坞祖愈堵扈父甫禹羽怒（遇韵同）腑拊俯咀赌卤姥鹉拄莽（养韵同）栩窭脯妩庑否（是否）麈楼篓偻酤艴谱怙肚踽虏孥诂薯牯殁祜沪雇竹缶母苺亩盅虩

【六御】御处（处所）去虑誉（名词）署据驭曙助絮著（显著）箸豫恕与（参与）遽疏（书疏）庶预语（告也）踞倨蓣淤锯觑狙（鱼韵同）翥薯

【七遇】遇路辂赂露鹭树（树木）度（制度）渡赋布步固素具务雾鹜数（数量）怒（麌韵同）附兔故顾句墓慕暮募注住注驻炷祚裕误悟寤戍库护屦诉妒惧趣娶铸绔傅付谕喻妪芋捕哺互孺寓赴冱吐（麌韵同）污（动词）恶（憎恶）晤煦酤讣仆（偃仆）赙驸媭锢蚨飓怖铺（店铺）佈醋塑愫蠹溯镀璐雇瓠迕妇负阜副富（宥韵同）醋措

第五部

平声：九佳（半）十灰（半）通用

【九佳（半）】佳街鞋牌柴钗差（差使）崖涯（支麻韵同）偕阶皆谐骸排乖怀淮豺侪埋霾斋槐（灰韵同）睚崽楷秸揩挨俳

【十灰（半）】开哀埃台苔抬该才材财裁栽哉来莱灾猜孩徕骀胎唉垓挨皑呆腮

仄声：上声九蟹十贿（半）

去声九泰（半）十卦（半）十一队（半）通用

【九蟹】蟹解洒楷（佳韵同）拐矮摆买骇

【十贿（半）】海改采彩在宰醢铠恺待殆怠乃载（岁也）凯闿倍蓓迨亥

【九泰（半）】泰太带外盖大（个韵同）濑赖籁蔡害蔼艾丐奈柰汰癞霭

【十卦（半）】懈廨邂隘卖派债怪坏诫戒界介芥械薤拜快迈败稗晒澥湃寨疥届蒯簣聩嘬聩块悫

【十一队（半）】塞（边塞）爱代载（载运）态菜碍戴贷黛概岱溉慨耐在（所在）甂玳再袋逮埭赉赛忾嗳咳嗳昧

第六部

平声：十一真十二文十三元（半）通用

【十一真】真因茵辛新薪晨辰臣人仁神亲申身宾滨槟缤邻鳞麟珍瞋尘陈春津秦频苹颦濒银垠筠巾囷民岷泯（轸韵同）珉贫窀淳醇纯唇伦轮沦抡匀旬巡驯钧均榛遵循甄宸纶椿鹑嶙辚磷呻伸绅寅姻荀询峋氤恂嫔彬皴赈闽纫湮肫逡菌臻闉

【十二文】文闻纹蚊云分〔分离〕氛纷芬焚坟群裙君军勤斤筋勋薰曛醺芸耘芹欣氲荤汶汾殷贲纭听熏

【十三元（半）】魂浑温孙门尊〔樽〕存敦墩炖暾蹲豚村屯囤（囤积）盆奔论（动词）昏痕根恩吞荪扪裈鲲坤仑婚阍髡馄噌猻饨臀跟缊瘟飧

仄声：上声十一轸十二吻十三阮（半）
去声十二震十三问十四愿（半）通用

【十一轸】轸敏允引尹尽忍准隼笋盾（阮韵同）闵悯菌（真韵同）蚓牝殒紧蠢陨哂诊疹赈肾蜃膑黾泯窘吮缜

【十二吻】吻粉蕴愤隐谨近忿扢刎愠槿悝韫

【十三阮（半）】混棍阃悃捆衮滚鲧稳本畚笨损忖囷遁很沌恳垦龈

【十二震】震信印进润阵镇刃顺慎鬓晋骏闰峻衅振俊舜赆吝烬讯仞迅汛趁衬仅觐蔺浚赈（轸韵同）龀认殡傧缙躏廑谆瞬韧浚殉馑

【十三问】问闻（名誉）运晕韵训粪忿（吻韵同）酝郡分（名分）紊愠近（动词）扢拼奋郓捃靳

【十四愿（半）】论（名词）恨寸困顿遁（阮韵同）钝闷逊嫩溷搵诨巽褪喷（元韵同）艮

第七部

平声：十三元（半）十四寒十五删一先通用

【十三元（半）】元原源沅鼋园袁猿垣烦蕃樊喧萱暄冤言轩藩媛援辕番繁翻幡璠鸳鹓蜿湲爰掀燔圈谖

【十四寒】寒韩翰［翰韵同］丹单安鞍难（艰难）餐檀坛滩弹残干肝竿阑栏澜兰看（翰韵同）刊丸完桓纨端漙酸团攒官观（观看）鸾銮峦冠（衣冠）欢宽盘蟠漫（大水貌）叹（翰韵同）邯郸摊玕拦珊狻鼾杆跚姗殚箪瘅谰貛倌棺剜潘拚（问韵同）槃般蹒瘢磐瞒谩馒鳗钻拸邗汗（可汗）

【十五删】删潸关弯湾还环鬟寰班斑蛮颜奸（奸）攀顽山闲艰间（中间）悭患（谏韵同）孱潺擐菅般［寒韵同］颁鬘疝讪斓娴鹇鳏殷（赤黑色）纶（纶巾）

【一先】先前千阡笺天坚肩贤弦烟燕（地名）莲怜连田填巅鬈宣年颠牵妍研（研究）眠渊涓捐娟边编悬泉迁仙鲜（新鲜）钱煎然延筵毡旃蝉缠廛联篇偏绵全镌穿川缘鸢旋船涎鞭专圆员乾（乾坤）虔愆权拳椽传焉嫣鞯褰骞铅舷鞯鹃筌痊诠悛邅禅婵躔颠燃涟琏便（安也）翩骈癫阗钿（霰韵同）沿蜒胭芊鳊胼滇佃畋咽湮狷蠲鸢搴膻扇棉拴荃籼砖挛儇璇卷（曲也）扁（扁舟）单（单于）溅（溅溅）韂

仄声：上声十三阮（半）十四旱十五潸十六铣
去声十四愿（半）十五翰十六谏十七霰通用

【十三阮（半）】阮远（远近）晚苑返反饭（动词）偃寋琬沅宛婉畹菀蜿绻巘挽堰

【十四旱】旱暖管琯满短馆（翰韵同）缓盌（翰韵同）碗懒伞

伴卵散（散布）伴诞罕瀚（浣）断（断绝）侃算（动词）款但坦祖纂缎拌㵎谰莞

【十五潸】潸眼简版板阪盏产限绾柬拣撰馔皖汕铲羼楝栈

【十六铣】铣善（善恶）遣（遣送）浅典转（霰韵同）衍犬选冕辇免展茧辨篆勉剪卷显饯（霰韵同）践喘藓软蹇（阮韵同）演兖件腆跣缅缱鲜（少也）珍扁匾蚬蚓畎燹隽键变泫癣阐颤膳鳝舛婉辗邅（先韵同）脔辫捻

【十四愿（半）】愿怨万饭（名词）献健建宪劝蔓券远（动词）侃键贩畈曼挽瑗媛圈（猪圈）

【十五翰】翰（寒韵同）瀚岸汉难（火难）断（决断）乱叹（寒韵同）观（楼观）散（解散）旦算（名词）玩烂贯半案按炭汗赞漫（寒韵同。又副词，独用）冠（冠军）灌爟窜幔粲灿璨换焕唤涣悍弹（名词）惮段看（寒韵同）判叛绊鹳伴畔锻腕惋馆旰捍疸但罐盥婉缎缦侃蒜钴谰

【十六谏】谏雁患涧间（间隔）宦晏慢盼篆栈（潸韵同）惯串绽幻瓣苋办谩讪（删韵同）铲绾孪纂裥扮

【十七霰】霰殿面县变箭战扇煽膳传（传记）见砚院练链燕宴贱馔荐绢彦掾便（便利）眷倦羡奠遍恋啭眩钏倩卞汴片禅（封禅）谴溅饯善（动词）转（以力转动）卷（书卷）甸电咽茜单念昄淀靛佃钿（先韵同）镟漩拣缮现狷炫绚绽线煎选旋颤擅缘（衣饰）撰唁谚媛忭弁援研（磨研）

第八部

平声：二萧三肴四豪通用

【二萧】萧箫挑貂刁凋雕迢条髫调（调和）蜩枭浇聊辽寥撩寮僚尧宵消霄绡销超朝潮嚣骄娇蕉焦椒饶硝烧（焚烧）遥徭摇谣瑶韶

昭招镳瓢苗猫腰桥乔娆妖飘逍潇鸮骁桃鹩鹞缭獠嘹夭（夭夭）幺邀要（要求）姚樵谯憔标飚嫖漂（漂浮）剽佻髫苕岧嶕嘹跷侥了魈峣描钊轺桡铫鷯翘桙侨窑礁

【三肴】肴巢交郊茅嘲钞包胶苞梢姣庖匏坳敲胞抛蛟崤鵁鞘抄鳌咆哮凹淆教（使也）跑艄捎爻咬铙茭炮（炮制）泡鲛刨抓

【四豪】豪劳毫操（操持）髦绦刀萄猱褒桃糟旄袍挠（巧韵同）蒿涛皋号（号呼）陶鳌曹遭羔糕高搔毛艘滔骚韬缲膏牢醪逃濠壕饕洮淘叨嗥篙熬遨翱嗷臊嗥*麀鳌葵敖牦漕嘈槽掏唠涝芼捞痨

仄声：上声十七筱十八巧十九皓
去声十八啸十九效二十号通用

【十七筱】筱小表鸟了晓少（多少）扰绕绍杪沼眇矫皎杳窈窕袅挑（挑拨）掉（啸韵同）肇缥缈渺淼茑赵兆缴缭（萧韵同）夭（夭折）悄昭侥蓼晓磽剿晁藐秒殍了

【十八巧】巧饱卯狡爪鲍挠（豪韵同）搅绞拗咬炒吵佼姣（肴韵同）昂茆獠（萧韵同）

【十九皓】皓宝藻早枣老好（好丑）道稻造（造作）脑恼岛倒（跌倒）祷（号韵同）捣抱讨考燥扫（号韵同）嫂保鸨稿草昊浩镐杲缟槁堡皂瑙媪燠袄懊葆裸芼澡套涝蚤拷栲

【十八啸】啸笑照庙窍妙诏召邵要（重要）曜耀调（音调）钓吊叫眺少（老少）诮料疗潦掉（筱韵同）峤徼跳嘹漂镣廖尿肖鞘悄（筱韵同）峭哨俏醮燎（筱韵同）鹩鹞轿骠票铫（萧韵同）

【十九效】效教（教训）貌校孝闹豹罩棹觉（寤也）较窖爆炮（枪炮）泡（肴韵同）刨（肴韵同）稍钞（肴韵同）拗敲（肴韵同）淖

【二十号】号（号令）帽报导操（操行）盗噪灶奥告（告诉）诰到蹈傲暴（强暴）好（爱好）劳（慰劳）躁造（造就）冒悼倒

（颠倒）燥犒懊瑁燠（皓韵同）耄糙套（皓韵同）纛（沃韵同）潦耗

第九部

平声：五歌［独用］

【五歌】歌多罗河戈阿和（和平）波科柯陀娥蛾鹅萝荷（荷花）何过（经过）磨（琢磨）螺禾珂蓑婆坡呵哥轲沱羝拖驼跎佗（他）颇（偏颇）峨俄摩么娑莎迦疴苛蹉嵯驮箩逻锣哪挪锅诃槖蝌髁倭涡窝讹陂鄱嶓梭唆骡挼靴瘸搓哦瘥酡

仄声：上声二十哿
去声二十一个通用

【二十哿】哿火舸舛舵我拖娜荷（负荷）可左果裹朵锁琐堕惰妥坐（坐立）裸跛颇（稍也）夥颗祸椏婐逻卵那坷爹（麻韵同）簸叵垛哆硪么（歌韵同）峨（歌韵同）

【二十一个】个贺佐大（泰韵同）饿过（歌韵同。又过失，独用）座和（唱和）挫课唾播破卧货簸轲（轗轲驮髁（歌韵同）磋作做剁磨（磨磐）懦糯缚锉挼些（楚些）

第十部

平声：九佳（半）六麻通用

【九佳（半）】佳涯（支麻韵同）娲蜗蛙娃哇

【六麻】麻花霞家茶华沙车（鱼韵同）牙蛇瓜斜邪芽嘉瑕纱鸦遮叉奢涯（支佳韵同）巴耶嗟遐加笳赊槎差（差错）蟆骅虾葭袈裟砂衙呀琶杷芭杷笆疤爬葩些（少也）佘鲨查楂渣爹挝咤拿椰珈跏枷

迦痂茄枒丫哑划哗夸胯抓洼呱

仄声：上声二十一马

去声十卦（半）二十二祃通用

【二十一马】马下（上下）者野雅瓦寡社写泻夏（华夏）也把厦惹冶贾（姓贾）假（真假）且玛姐舍喏赭洒椴剐打耍那

【十卦（半）】卦挂画（图画）罫

【二十二祃】祃驾夜下（降也）谢榭罢夏（春夏）霸暇灞嫁赦籍（凭籍）假（休假）蔗化舍（庐舍）价射骂稼架诈亚麝怕借卸帕坝靶鹧贳炙嗄乍咤诧侘罅吓娅哑讶迓华（姓华）桦话胯（遇韵同）跨衩柘

第十一部

平声：八庚九青十蒸通用

【八庚】庚更（更改）羹盲横（纵横）觥彭亨英烹平评枰京惊荆明盟鸣荣莹兵兄卿生甥笙牲擎鲸迎行（行走）衡耕萌甍宏闳茎罂莺樱泓橙争筝清情晴精睛菁晶旌盈楹瀛赢嬴营婴缨贞成盛［盛受］城诚呈程酲声征正（正月）轻名令（使令）并（并州）倾萦琼峥嵘撑梗坑铿撄鹦黥蘅澎膨棚浜坪苹钲伧鬤嘤轰铮狰宁狞瞠绷怦璎砰泯鲭侦柽蛏荦赪茕赓黉瞪

【九青】青经泾形陉亭庭廷霆蜓停丁仃馨星腥醒（醉醒）惺俜灵龄玲铃伶零听（径韵同）冥溟铭瓶屏萍荧萤荣肩坰蜻硎苓瓴翎娉婷宁暝瞑螟猩钉疔叮厅町泠棂囹羚蛉咛型邢

【十蒸】蒸烝承丞惩澄陵凌绫菱冰膺鹰应（应当）蝇绳升缯凭乘（驾乘，动词）胜（胜任）兴（兴起）仍兢矜征（征求）称（称赞）登灯僧憎增曾罾层能朋鹏肱薨腾藤恒罾崩塍誊崚嶒姮塍冯症

簦礏凝（径韵同）藤棱楞

仄声：上声二十三梗二十四迥

去声二十四敬二十五径通用

【二十三梗】梗影景井岭领境警请饼永骋逞颖颍顷整静省幸颈郢猛丙炳杏秉耿矿冷靖哽绠荇艋蜢皿儆悻婧阱狰（庚韵同）靓惺打璎并犷营憬鲠

【二十四迥】迥炯茗挺艇梃醒（青韵同）酩酊并等鼎顶肯拯謦到溟

【二十四敬】敬命正（正直）令（命令）证性政镜盛（茂盛）行（学行）圣咏姓庆映病柄劲竞靓净竟孟诤更（更加）并（合并）聘硬炳泳迸横［蛮横］摒阱檠迎郑獍

【二十五径】径定听胜（胜败）罄磬应（答应）赠乘（名词）佞邓证秤称（相称）莹（庚韵同）孕兴（兴趣）剩凭（蒸韵同）迳甄宁胫暝（夜也）钉（动词）订汀锭謦泞瞪蹭蹬亘（亘古）镫（鞍镫）濎凳磴泾

第十二部

平声：十一尤［独用］

【十一尤】尤邮优忧流旒留骝榴刘由油游猷悠攸牛修羞秋周州洲舟酬雠柔俦畴筹稠丘邱抽瘳遒收鸠搜驺愁休囚求裘仇浮谋牟眸俅矛侯喉猴讴鸥楼陬偷头投钩沟幽纠啾楸蚯踌绸惆勾娄琉疣犹邹兜呦咻貅球蜉蝣蚪俦阄瘤硫浏麻湫泅酋瓯啁飕鍪篌抠篝卣骰偻沤（水泡，名词）蝼髅搂欧彪掊虬揉蹂抔不（与有韵"否"通）瓿缪（绸缪）

仄声：上声二十五有
　　去声二十六宥通用

【二十五有】有酒首口母（麌韵同）妇（麌韵同）後柳友斗狗久负（麌韵同）厚手叟守否（麌韵同）右受牖偶走阜［麌韵同］九后咎薮吼帚垢舅纽藕朽臼肘韭亩（麌韵同）剖诱牡（麌韵同）缶酉苟丑糗扣叩某莠寿绶玖授蹂（尤韵同）揉（尤韵同）溲纣钮扭呕殴纠耦掊瓿拇擞綹抖陡蚪篓黝赳取（麌韵同）

【二十六宥】宥候就售（尤韵同）寿（有韵同）秀绣宿（星宿）奏兽漏富［遇韵同］陋狩昼寇茂旧胄宙袖岫柚覆复（又也）救厩臭佑右囿豆饾窦瘦漱咒究疚谬皱觏嗅遘溜镂逗透骤又侑幼读（句读）埭仆副（遇韵同）锈鹫绉味灸簉酎诟蔻僦构扣购彀戊懋贸袤嗽凑鼬瓿沤（动词）

第十三部

平声：十二侵（独用）

【十二侵】侵寻浔临林霖针箴斟沈深心琴禽擒衾钦吟今襟（衿）金音阴岑簪（覃韵同）壬任（负荷）歆森禁（力所胜任）祲喑琛涔骎参（参差）忱淋妊掺参椹郴芩檎琳蟫憎喑黔嶔

仄声：上声二十六寝
　　去声二十七沁通用

【二十六寝】寝饮（饮食）锦品枕（枕衾）审甚（沁韵同）廪衽稔凛懔沈（姓氏）朕荏婶渖葚禀噤谂怎恁任罩

【二十七沁】沁饮（使饮）禁（禁令）任（信任）荫浸譖枕（动词）噤甚（寝韵同）鸩赁喑渗窨妊

第十四部

平声：十三覃十四盐十五咸通用

【十三覃】覃潭参（参考）骖南楠男谙庵含涵函（包函）岚蚕探贪耽眈龛堪谈甘三酣柑惭蓝担簪（侵韵同）谭昙坛婪戡颔痰篮褴蚶憨泔聃邯蟫（侵韵同）

【十四盐】盐檐廉帘嫌严占（占卜）髯谦佥纤签瞻蟾炎添兼缣沾尖潜阎镰黏淹钳甜恬拈砭詹蒹歼黔钤金舰奄渐鹣腌襜阉

【十五咸】咸函（书函）缄岩（喦）嵒衔帆（飐）衫杉监（监察）凡馋芟搀巉喃嵌掺

仄声：上声二十七感二十八俭二十九豏
去声二十八勘二十九艳三十陷通用

【二十七感】感览揽胆澹（淡，勘韵同）啖坎惨敢颔（覃韵同）撼毯糁湛菡菼罱喊嵌（咸韵同）橄榄

【二十八俭】俭焰敛（艳韵同）险检脸染掩点簟贬冉苒陕谄俨闪剡忝（艳韵同）琰奄歉芡崭埝渐（盐韵同）罨捡弇阽玷

【二十九豏】豏槛范减舰犯湛巉（咸韵同）斩黯范

【二十八勘】勘暗滥啖担憾暂三（再三）绀憨澹（咸韵同）瞰淡缆

【二十九艳】艳剑念验堑赡店占（占据）敛（聚敛）厌焰（俭韵同）垫欠僭酽潋滟俺砭坫

【三十陷】陷鉴泛梵忏赚蘸嵌站馅

第十五部

入声：一屋二沃通用

【一屋】屋木竹目服福禄谷熟肉族鹿漉腹菊陆轴逐宿蓿宿（住

宿）牧伏夙读（读书）犊渎牍椟黩縠复（恢复）粥肃碌騄鬻育六缩哭幅斛戮仆畜蓄叔淑俶独卜馥沐速祝麓辘簌蹙筑穆睦秃縠覆辐瀑郁舳掬鞠蹴踘袱袄鹏鹆髑椭扑匐簌蔟煜复蝠菔孰塾蠡竺曝（暴）鞠嗾谡簏副囿（职韵同）阿（阿姨、阿娇……）

【二沃】沃俗玉足曲粟烛属录辱狱绿毒局欲束鹄蜀促触续浴酷躅褥旭欲笃督赎渌纛碡北（职韵同）瞩嘱勖溽缛梏

第十六部

入声：三觉十药通用

【三觉】觉（知觉）角桷榷岳乐（音乐）捉朔数（频数）卓啄琢剥驳雹璞朴壳确浊握擢渥幄握学龌龊槊搦镯喔邈荦

【十药】药薄恶（善恶）作乐（哀乐）落阁鹤爵弱约脚雀幕洛壑索郭错跃若酌托削铎凿箔鹊诺萼度（测度）橐钥龠瀹着著虐掠攫泊博藿嚼勺谑绰霍镬漠箨缚貉各略骆寞膜鄂博昨柝格拓轹铄烁灼疟蒻箬芍蹯却嚄矍攫酢蹯魄酪络烙珞膊粕簿柞漠摸酢怍涸郝垩谔鳄噩锷颚缴扩樗陌（陌韵同）

第十七部

入声：四质十一陌十二锡十三职十四缉通用

【四质】质日笔出室实疾术一乙壹吉秩率律逸佚失漆栗毕恤密蜜桔溢瑟膝匹述黜弼跸七叱卒（终也）虱悉戍嫉帅（动词）蒺侄怵蟋笔篥必泌荜秩栉唧帙溧谧昵轶聿诘蟄垤捽茁髀崒潏蜜鷸苾窒

【十一陌】陌石客白泽伯迹宅席策册碧籍（典籍）格役帛戟璧驿麦额柏魄积（积聚）脉夕液尺隙逆画（动词）百辟赤易（变易）革脊获翮屐适索厄隔益窄核舃掷责坼惜癖僻掖腋释译嵥择摘弈奕迫

疫昔赫瘠谪亦硕貊跖鹊碛踖只炙（动词）踯斥歺鬲骼舶珀吓磔拆喀蚱舴剧檗擘筴棚喷帻箦扼划蜴辟幄蝈刺崿汐藉螫𧐢摭哑（笑声）襞虩绎射（音亦）

【十二锡】锡壁历枥击绩勖笛敌滴镝檄激寂觋溺觅狄获幂戚鹢涤的吃沥雳惕剔砾翟氽倜析晰淅蜥劈甓嫡轹栎阋荻踢迪晳裼逖蜺阒汨（汨罗江）

【十三职】职国德食（饮食）蚀色力翼墨极殛息熄直值得北黑侧贼饰刻则塞（闭塞）式轼域蜮殖植敕亟棘惑忒默织匿慝亿忆臆薏特勒肋幅仄昃稷识（知识）逼克即唧（质韵同）弋拭陟恻测翊洫啬穑卿剞仰或匍（屋韵同）

【十四缉】缉辑戢立集邑急入泣湿习给十拾袭及级涩粒楫（叶韵同）汁蛰执笠唈隰汲吸絷挹浥岌裛悒熠葺溴靸什苙廿卅挹煜歙笈（叶韵同）圾褶歙

第十八部

入声：五物六月七曷八黠九屑十六叶通用

【五物】物佛拂屈郁乞掘（月韵同）讫吃（口吃）绂弗髴勿迄不怫绋沸茀厥倔黻崛尉蔚黜契屹熨（未韵同）绂

【六月】月骨发阙越谒没伐罚卒（士卒）竭窟笏钺歇突忽袜鹘（黠韵同）厥蹶蕨殁橛曰阀筏掘（物韵同）核蝎勃孛渤悖（队韵同）揭（屑韵同）碣粤樾鳜脖饽䳺捽猝愲兀讷（呐）咄（曷韵同）羯凸矻

【七曷】曷达末阔钵脱夺褐割沫拔（挺拔）葛闼渴拨豁括抹遏挞跋撮泼秣掇（屑韵同）聒獭（黠韵同）剌喝磕蘖瘌袜活鸹斡怛钹捋

【八黠】黠拔（拔擢）八察杀刹轧戛瞎刮刷滑辖铩猾捌叭札扎

鹉帕茁握萨捺

【九屑】屑节雪绝列烈结穴说血舌洁别缺裂热决铁灭折拙切悦辙诀泄锲咽（呜咽）轶噎彻澈哲鳖设啮劣玦截窃孽浙子桔颉拮撷揭褐映缬碣（月韵同）挈抉袤薛拽（曳）爇洌臀迭跌阅饕瞀垤捏页阕觖谲鸠撒蟹篾楔憿辍啜缀撒蕝继杰桀涅霓（蜺、齐、锡韵同）批（齐韵同）

【十六叶】叶帖贴牒接猎妾蝶（蜨）叠箧惬涉鬣捷颊楫（缉韵同）聂摄慑镊蹑协侠荚挟铗浃睫厌餍甑蹀蹙燮摺辄婕谍堞霎雪箑喋喋碟鲽捻笈晔躐馌褺（缉韵同）

第十九部

入声：十五合十七洽通用

【十五合】合塔答纳榻阁杂腊匝阖蛤衲沓鸽踏拓拉盍塌咂盒卅搭褡飒磕榼遝蹋蜡溘逻邋趿

【十七洽】洽狭峡法甲业邺匣压鸭乏怯劫胁插锸押狎夹恰蛱硖劄挌袷（祫）眨胛呷歃闸箑霎（叶韵同）

【附录三】声律启蒙

诗词和对联是中国古代重要的文学形式，两千多年来一直薪火相传，至今仍具有强大的生命力。在古代，自私塾的幼童起，就开始这种文学修养的训练，对声调、音律、格律等都有严格的要求。因此，一些声律方面的著作也应运而生，而其中清朝康熙年间车万育所作的《声律启蒙》，则是其中较有代表性的一种。《声律启蒙》是训练儿童应对、掌握声韵格律的启蒙读物，分为上下卷。按韵分编,包罗天文、地理、花木、鸟兽、人物、器物等的虚实应对。从单字对到双字对、三字对、五字对、七字对到十一字对,声韵协调,朗朗上口,从中得到语音、词汇、修辞的训练。从单字到多字的层层属对,读起来如唱歌般。较之其他全用三言、四言句式更见韵味。这类读物,在启蒙读物中独具一格,经久不衰。明清以来,如《训蒙骈句》《笠翁对韵》等书,都是采用这种方式编写,并得以广泛流传。

《声律启蒙》作者车万育(1632—1705),字双亭,号鹤田,湖南邵阳人。康熙甲辰进士,官至兵科给事中。除《声律启蒙》外,尚著有《怀园集唐诗》《萤照堂明代法书石刻》《历代君臣交儆录》等。

上卷

一东

云对雨,雪对风,晚照对晴空。来鸿对去燕,宿鸟对鸣虫。三尺剑,六钧弓,岭北对江东。人间清暑殿,天上广寒宫。两岸晓烟杨柳绿,一园春雨杏花红。两鬓风霜,途次早行之客;一蓑烟雨,溪边晚钓之翁。

沿对革,异对同,白叟对黄童。江风对海雾,牧子对渔翁。颜巷陋,阮途穷,冀北对辽东。池中濯足水,门外打头风。梁帝讲经同泰寺,汉皇置酒未央宫。尘虑萦心,懒抚七弦绿绮;霜华满鬓,羞看百炼青铜。

贫对富,塞对通,野叟对溪童。鬓皤对眉绿,齿皓对唇红。天浩浩,日融融,佩剑对弯弓。半溪流水绿,千树落花红。野渡燕穿杨柳雨,芳池鱼戏芰荷风。女子眉纤,额下现一弯新月;男儿气壮,胸中吐万丈长虹。

二冬

春对夏，秋对冬，暮鼓对晨钟。观山对玩水，绿竹对苍松。冯妇虎，叶公龙，舞蝶对鸣蛩。衔泥双紫燕，课密几黄蜂。春日园中莺恰恰，秋天寒外雁雍雍。秦岭云横，迢递八千远路；巫山雨洗，嵯峨十二危峰。

明对暗，淡对浓，上智对中庸。镜奁对衣笥，野杵对村舂。花灼烁，草蒙茸，九夏对三冬。台高名戏马，斋小号蟠龙。手擘蟹螯从毕卓，身披鹤氅自王恭。五老峰高，秀插云霄如玉笔；三姑石大，响传风雨若金镛。

仁对义，让对恭，禹舜对羲农。雪花对云叶，芍药对芙蓉。陈后主，汉中宗，绣虎对雕龙。柳塘风淡淡，花圃月浓浓。春日正宜朝看蝶，秋风那更夜闻蛩。战士邀功，必借干戈成勇武；逸民适志，须凭诗酒养疏慵。

三江

楼对阁，户对窗，巨海对长江。蓉裳对蕙帐，玉罋对银釭。青布幔，碧油幢，宝剑对金缸。忠心安社稷，利口覆家邦。世祖中兴延马武，桀王失道杀龙逄。秋雨潇潇，漫烂黄花都满径；春风袅袅，扶疏绿竹正盈窗。

旌对旆，盖对幢，故国对他邦。行山对万水，九泽对三江。山岌岌，水淙淙，鼓振对钟撞。清风生酒舍，皓月照书窗。阵上倒戈辛纣战，道旁系剑子婴降。夏日池塘，出没浴波鸥对对；春风帘幕，往来营垒燕双双。

铢对两，只对双，华岳对湘江。朝车对禁鼓，宿火对塞缸。青琐闼，碧纱窗，汉社对周邦。笙箫鸣细细，钟鼓响摐摐。主簿栖鸾名有览，治中展骥姓惟庞。苏武牧羊，雪屡餐于北海；庄周活鲋，水必决于西江。

四支

茶对酒，赋对诗，燕子对莺儿。栽花对种竹，落絮对游丝。四目颉，一只夔，鸲鹆对鹭鸶。半池红菡萏，一架白荼蘼。几阵秋风能应候，一犁春雨甚知时。智伯恩深，国士吞变形之炭；羊公德大，邑人竖堕泪之碑。

行对止，速对迟，舞剑对围棋。花笺对草字，竹简对毛锥。汾水鼎，岘山碑，虎豹对熊罴。花开红锦绣，水漾碧琉璃。去妇因探邻舍枣，出妻为种后园葵。笛韵和谐，仙管恰从云里降；橹声咿轧，渔舟正向雪中移。

戈对甲，鼓对旗，紫燕对黄鹂。梅酸对李苦，青眼对白眉。三弄笛，一围棋，雨打对风吹。海棠春睡早，杨柳昼眠迟。张骏曾为槐树赋，杜陵不作海棠诗。晋士特奇，可比一斑之豹；唐儒博识，堪为五总之龟。

五微

来对往，密对稀，燕舞对莺飞。风清对月朗，露重对烟微。霜菊瘦，雨梅肥，客路对渔矶。晚霞舒锦绣，朝露缀珠玑。夏暑客思欹石枕，秋寒妇念寄边衣。春水才深，青草岸边渔父去；夕阳半落，绿莎原上牧童归。

宽对猛，是对非，服美对乘肥。珊瑚对玳瑁，锦绣对珠玑。桃灼灼，柳依依，绿暗对红稀。窗前莺并语，帘外燕双飞。汉致太平三尺剑，周臻大定一戎衣。吟成赏月之诗，只愁月堕；斟满送春之酒，惟憾春归。

声对色，饱对饥，虎节对龙旗。杨花对桂叶，白简对朱衣。龙也吪，燕于飞，荡荡对巍巍。春暄资日气，秋冷借霜威。出使振威冯奉世，治民异等尹翁归。燕我弟兄，载咏棣棠韡韡；命伊将帅，为歌杨柳依依。

六鱼

无对有，实对虚，作赋对观书。绿窗对朱户，宝马对香车。伯乐马，浩然驴，弋雁对求鱼。分金齐鲍叔，奉璧蔺相如。掷地金声孙绰赋，回文锦字窦滔书。未遇殷宗，胥靡困傅岩之筑；既逢周后，太公舍渭水之渔。

终对始，疾对徐，短褐对华裾。六朝对三国，天禄对石渠。千字策，八行书，有若对相如。花残无戏蝶，藻密有潜鱼。落叶舞风高复下，小荷浮水卷还舒。爱见人长，共服宣尼休假盖；恐彰己吝，谁知阮裕竟焚车。

麟对凤，鳖对鱼，内史对中书。犁锄对耒耜，畎浍对郊墟。犀角带，象牙梳，驷马对安车。青衣能报赦，黄耳解传书。庭畔有人持短剑，门前无客曳长裾。波浪拍船，骇舟人之水宿；峰峦绕舍，乐隐者之山居。

七虞

金对玉，宝对珠，玉兔对金乌。孤舟对短棹，一雁对双凫。横醉眼，捻吟须，李白对杨朱。秋霜多过雁，夜月有啼乌。日暖园林花易赏，雪寒村舍酒难沽。人处岭南，善探巨象口中齿；客居江右，偶夺骊龙颔下珠。

贤对圣，智对愚，傅粉对施朱。名缰对利锁，挈榼对提壶。鸠哺子，燕调雏，石帐对郇厨。烟轻笼岸柳，风急撼庭梧。鹳眼一方端石砚，龙涎三炷博山垆。曲沼鱼多，可使渔人结网；平田兔少，漫劳耕者守株。

秦对赵，越对吴，钓客对耕夫。箕裘对杖履，杞梓对桑榆。天欲晓，日将晡，狡兔对妖狐。读书甘刺股，煮粥惜焚须。韩信武能平四海，左思文足赋三都。嘉遁幽人，适志竹篱茅舍；胜游公子，玩情柳陌花衢。

八齐

岩对岫，涧对溪，远岸对危堤。鹤长对凫短，水雁对山鸡。星拱北，月流西，汉露对汤霓。桃林牛已放，虞阪马长嘶。叔侄去官闻广受，弟兄让国有夷齐。三月春浓，芍药丛中蝴蝶舞；五更天晓，海棠枝上子规啼。

云对雨，水对泥，白璧对玄圭。献瓜对投李，禁鼓对征鼙。徐稚榻，鲁班梯，凤翥对鸾栖。有官清似水，无客醉如泥。截发惟闻陶侃母，断机只有乐羊妻。秋望佳人，目送楼头千里雁；早行远客，梦惊枕上五更鸡。

熊对虎，象对犀，霹雳对虹霓。杜鹃对孔雀，桂岭对梅溪。萧史凤，宋宗鸡，远近对高低。水寒鱼不跃，林茂鸟频栖。杨柳和烟彭泽县，桃花流水武陵溪。公子追欢，闲骤玉骢游绮陌；佳人倦绣，闷欹珊枕掩香闺。

九佳

河对海，汉对淮，赤岸对朱崖。鹭飞对鱼跃，宝钿对金钗。鱼圉圉，鸟喈喈，草履对芒鞋。古贤尝笃厚，时辈喜诙谐。孟训文公谈性善，颜师孔子问心斋。缓抚琴弦，像流莺而并语；斜排筝柱，类过雁之相挨。

丰对俭，等对差，布袄对荆钗。雁行对鱼阵，榆塞对兰崖。桃苧女，采莲娃，菊径对苔阶。诗成六义备，乐奏八音谐。造律吏哀秦法酷，知音人说郑声哇。天欲飞霜，塞上有鸿行已过；云将作雨，庭前多蚁阵先排。

城对市，巷对街，破屋对空阶。桃枝对桂叶，砌蚓对墙蜗。梅可望，橘堪怀，季路对高柴。花藏沽酒市，竹映读书斋。马首不容孤竹扣，车轮终就洛阳埋。朝宰锦衣，贵束乌犀之带；宫人宝髻，宜簪白燕之钗。

十灰

增对损，闭对开，碧草对苍苔。书签对笔架，两曜对三台。周召虎，宋桓魋，阆苑对蓬莱。薰风生殿阁，皓月照楼台。却马汉文思罢献，吞蝗唐太冀移灾。照耀八荒，赫赫丽天秋日；震惊百里，轰轰出地春雷。

沙对水，火对灰，雨雪对风雷。书淫对传癖，水浒对岩隈。歌旧曲，酿新醅，舞馆对歌台。春棠经雨放，秋菊傲霜开。作酒固难忘曲蘖，调羹必要用盐梅。月满庾楼，据胡床而可玩；花开唐苑，轰羯鼓以爰催。

休对咎，福对灾，象箸对犀杯。宫花对御柳，峻阁对高台。花蓓蕾，草根荄，剔薛对剜苔。雨前庭蚁闹，霜后阵鸿哀。元亮南窗今日傲，孙弘东阁几时开。平展青茵，野外茸茸软草；高张翠幄，庭前郁郁凉槐。

十一真

邪对正，假对真，獬豸对麒麟。韩卢对苏雁，陆橘对庄椿。韩五鬼，李三人，北魏对西秦。蝉鸣对暮夏，莺啭怨残春。野烧焰腾红烁烁，溪流波皱碧粼粼。行无踪，居无庐，颂成酒德；动有时，藏有节，论著钱神。

哀对乐，富对贫，好友对嘉宾。弹冠对结绶，白日对青春。金翡翠，玉麒麟，虎爪对龙麟。柳塘生细浪，花径起香尘。闲爱登山穿谢屐，醉思漉酒脱陶巾。雪冷霜严，倚槛松筠同傲岁；日迟风暖，满园花柳各争春。

香对火，炭对薪，日观对天津。禅心对道眼，野妇对宫嫔。仁无敌，德有邻，万石对千钧。滔滔三峡水，冉冉一溪冰。充国功名当画阁，子张言行贵书绅。笃志诗书，思入圣贤绝域；忘情官爵，羞沾名利纤尘。

十二文

家对国，武对文，四辅对三军。九经对三史，菊馥对兰芬。歌北鄙，咏南薰，迩听对遥闻。召公周太保，李广汉将军。闻化蜀民皆草偃，争权晋十已瓜分。巫峡夜深，猿啸苦哀巴地月；衡峰秋早，雁飞高贴楚天云。

欹对正，见对闻，偃武对修文。羊车对鹤驾，朝旭对晚曛。花有艳，竹成文，马燧对羊欣。山中梁宰相，树下汉将军。施帐解围嘉道韫，当垆沽酒叹文君。好景有期，北岭几枝梅似雪；丰年先兆，西郊千顷稼如云。

尧对舜，夏对殷，蔡惠对刘蕡。山明对水秀，五典对三坟。唐李杜，晋机云，事父对忠君。雨晴鸠唤妇，霜冷雁呼群。酒量洪深周仆射，诗才俊逸鲍参军。鸟翼长随，凤兮洵众禽长；狐威不假，虎也真百兽尊。

十三元

幽对显，寂对喧，柳岸对桃源。莺朋对燕友，早暮对寒暄。鱼跃沼，鹤乘轩，醉胆对吟魂。轻尘生范甑，积雪拥袁门。缕缕轻烟芳草渡，丝丝微雨杏花村。诣阙王通，献太平十二策；出关老子，著道德五千言。

儿对女，子对孙，药圃对花村。高楼对邃阁，赤豹对玄猿。妃子骑，夫人轩，旷野对平原。鲍巴能鼓瑟，伯氏善吹埙。馥馥早梅

311

思驿使，萋萋芳草怨王孙。秋夕月明，苏子黄岗游绝壁；春朝花发，石家金谷启芳园。

歌对舞，德对恩，犬马对鸡豚。龙池对凤沼，雨骤以云屯。刘向阁，李膺门，唳鹤对啼猿。柳摇春白昼，梅弄月黄昏，岁冷松筠皆有节，春喧桃李本无言。噪晚齐蝉，岁岁秋来泣恨；啼宵蜀鸟，年年春去伤魂。

十四寒

多对少，易对难，虎踞对龙蟠。龙舟对凤辇，白鹤对青鸾。风淅淅，露溥溥，绣毂对雕鞍。鱼游荷叶沼，鹭立蓼花滩。有酒阮貂奚用解，无鱼冯铗必须弹。丁固梦松，柯叶忽然生腹上；文郎画竹，枝梢倏尔长毫端。

寒对暑，湿对干，鲁隐对齐桓。寒毡对暖席，夜饮对晨餐。叔子带，仲由冠，郑郰对邯郸。嘉禾忧夏旱，衰柳耐秋寒。杨柳绿遮无亮宅，杏花红映仲尼坛。江水流长，环绕似青罗带；海蟾轮满，澄明如白玉盘。

横对竖，窄对宽，黑志对弹丸。朱帘对画栋，彩槛对雕栏。春既老，夜将阑，百辟对千官。怀仁称足足，抱义美般般。好马君王曾市骨，食猪处士仅思肝。世仰双仙，元礼舟中携郭泰；人称连壁，夏候车上并潘安。

十五删

兴对废，附对攀，露草对霜菅，歌廉对借寇，习孔对希颜。山垒垒，水潺潺，奉璧对探镮。礼由公旦作，诗本仲尼删。驴困客方经灞水，鸡鸣人已出函关。几夜霜飞，已有苍鸿辞北塞，数朝雾暗，岂无玄豹隐南山。

犹对尚，侈对悭，雾髻对烟鬟。莺啼对鹊噪，独鹤对双鹇。黄牛峡，金马山，结草对衔环。昆山惟玉集，合浦有珠还。阮籍旧能为眼白，老莱新爱着衣斑。栖迟避世人，草衣木食；窈窕倾城女，云鬟花颜。

姚对宋，柳对颜，赏善对惩奸。愁中对梦里，巧慧对痴顽。孔北海，谢东山，使越对征蛮，淫声闻濮上，离曲听阳关。骁将袍披仁贵白，小儿衣着老莱斑。茅舍无人，难却尘埃生榻上；竹亭有客，尚留风月在窗间。

下卷

一先

晴对雨，地对天，天地对山川。山川对草木，赤壁对青田。郑郦鼎，武城弦，木笔对苔钱。金城三月柳，玉井九秋莲。何处春朝风景好，谁家秋夜月华圆。珠缀花梢，千点蔷薇香露；练横树杪，几丝杨柳残烟。

前对后，后对先，众丑对孤妍。莺簧对蝶板，虎穴对龙渊。击石磬，观韦编，鼠目对鸢肩。春园花柳地，秋沼芰荷天。白羽频挥闲客坐，乌纱半坠醉翁眠。野店几家，羊角风摇沽酒斾；长川一带，鸭头波泛卖鱼船。

离对坎，震对乾，一日对千年，尧天对舜日，蜀水对秦川。苏武节，郑虔毡，润壑对林泉。挥戈能退日，持管莫窥天。寒食芳辰花烂熳，中秋佳节月婵娟。梦里荣华，飘忽枕中之客；壶中日月，安闲市上之仙。

二萧

恭对慢，吝对骄，水远对山遥。松轩对竹槛，雪赋对风谣。乘五马，贯双雕，烛灭对香消。明蟾常彻夜，骤雨不终朝。楼阁天凉风飒飒，关河地隔雨潇潇。几点鹭鸶，日暮常飞红蓼岸；一双鸂鶒，春朝频泛绿杨骄。

开对落，暗对昭，赵瑟对虞韶。轺车对驿骑，锦绣对琼瑶。羞攘臂，懒折腰，范甑对颜瓢。寒天鸳帐酒，夜月凤台箫。舞女腰肢杨柳软，佳人颜貌海棠娇。豪客寻春，南陌草青香阵阵；闲人避暑，东堂蕉绿影摇摇。

班对马，董对晁，夏昼对春宵。雷声对电影，麦穗对禾苗。八千路，廿四桥，总角对垂髫。露桃匀嫩脸，风柳舞纤腰。贾谊赋成伤鵩鸟，周公诗说托鸱鸮。幽寺寻僧，逸兴岂知俄尔尽；长亭送客，离魂不觉黯然消。

三肴

风对雅，象对爻，巨蟒对长蛟。天文对地理，蟠蟀对螵蛸。龙夭矫，虎咆哮，北学对东胶。筑台须垒土，成屋必诛茅。潘岳不忘秋兴赋，边韶常被昼眠嘲，抚养群黎，已见国家隆治；滋生万物，方知天地泰交。

蜿对虺，虿对蛟，麟薮对鹊巢。风声对月色，麦穗对桑苞。何妥难，子云嘲，楚甸对商郊。五音惟耳听，万虑在心包。葛被汤征因仇饷，楚曹齐伐责包茅。高矣若天，洵是圣人大道；淡而如水，实为君子神交。

牛对马，犬对猫，旨酒对嘉肴。桃红对柳绿，竹叶对松梢，藜杖叟，布衣樵，北野对东郊。白驹形皎皎，黄鸟语交交。花圃春残无客到，柴门夜永有僧敲。墙畔佳人，飘扬竞把秋千舞；楼前公子，笑语争将蹴鞠抛。

四豪

琴对瑟，剑对刀，地迥对天高。峨冠对博带，紫绶对绯袍。煎异茗，酌香醪，虎兕对猿猱。武夫攻骑射，野妇务蚕缫。秋雨一川淇澳竹，春风两岸武陵桃。螺髻青浓，楼外晚山千仞；鸭头绿腻，溪中春水半篙。

刑对赏，贬对褒，破斧对征袍。梧桐对橘柚，枳棘对蓬蒿。雷焕剑，吕虔刀，橄榄对葡萄。一椽书舍小，百尺酒楼高。李白能诗时秉笔，刘伶爱酒每餔糟。礼别尊卑，拱北众星常灿灿；势分高下，朝东万水自滔滔。

瓜对果，李对桃，犬子对羊羔。春分对夏至，谷水对山涛。双凤翼，九牛毛，主逸对臣劳。水流无限阔，山耸有余高。雨打村童新牧笠，尘生边将旧征袍。俊士居官，荣引鹓鸿之序；忠臣报国，誓殚犬马之劳。

五歌

山对水，海对河，雪竹对烟萝。新欢对旧恨，痛饮对高歌。琴再抚，剑重磨，媚柳对枯荷。荷盘从雨洗，柳线任风搓。饮酒岂知欹醉帽，观棋不觉烂樵柯。山寺清幽，直踞千寻云岭；江楼宏敞，遥临万顷烟波。

繁对简，少对多，里咏对途歌。宦情对旅况，银鹿对铜驼。刺吏鸭，将军鹅，玉律对金科。古堤垂弱柳，曲沼长新荷。命驾吕因思叔夜，回车蔺为避廉颇。千尺水帘，今古无人能手卷；一轮月镜，乾坤何匠用功磨。

霜对露，浪对波，径菊对池荷。酒阑对歌罢，日暖对风和。梁父咏，楚狂歌，放鹤对观鹅。史才推永叔，刀笔仰萧何。种橘犹嫌千树少，寄梅谁信一枝多。林下风生，黄发村童推牧笠；江头日出，皓眉溪叟晒渔蓑。

六麻

松对柏，缕对麻，蚁阵对蜂衙。赪鳞对白鹭，冻雀对昏鸦，白堕酒，碧沉茶，品笛对吹筎。秋凉梧堕叶，春暖杏开花。雨长苔痕侵壁砌，月移梅影上窗纱。飒飒秋风，度城头之筚篥；迟迟晚照，动江上之琵琶。

优对劣，凸对凹，翠竹对黄花。松杉对杞梓，菽麦对桑麻。山不断，水无涯，煮酒对烹茶。鱼游池面水，鹭立崖头沙。百亩风翻陶令秫，一畦雨熟邵平瓜。闲捧竹根，饮李白一壶之酒；偶擎桐叶，啜卢同七碗之茶。

吴对楚，蜀对巴，落日对流霞。酒钱对诗债，柏叶对松花。驰驿骑，泛仙槎，碧玉对丹砂。设桥偏送笋，开道竟还瓜。楚国大夫沉汨水，洛阳才子谪长沙。书簏琴囊，乃士流活计；药炉茶鼎，实闲客生涯。

七阳

高对下，短对长，柳影对花香。词人对赋客，五帝对三王。深院落，小池塘，晚眺对晨妆。绛霄唐帝殿，绿野晋公堂。寒集谢庄衣上雪，秋添潘岳鬓边霜。人浴兰汤，事不忘于端午；客斟菊酒，兴常记于重阳。

尧对舜，禹对汤，晋宋对隋唐。奇花对异卉，夏日对秋霜。八叉手，九回肠，地久对天长。一堤杨柳绿，三径菊花黄。闻鼓塞兵方战斗，听钟宫女正梳妆。春饮方归，纱帽半淹邻舍酒；早朝初退，衮衣微惹御炉香。

荀对孟，老对庄，弹柳对垂杨。仙宫对梵宇，小阁对长廊。风月窟，水云乡，蟋蟀对螳螂。暖烟香霭霭，寒烛影煌煌。伍子欲酬渔父剑，韩生尝窃贾公香。三月韶光，常忆花明柳媚；一年好景，难忘橘绿橙黄。

八庚

深对浅，重对轻，有影对无声。蜂腰对蝶翅，宿醉对余酲。天北缺，日东生，独卧对同行。寒冰三尺厚，秋月十分明。万卷书容闲客览，一樽酒待故人倾。心侈唐玄，厌看霓裳之曲；意骄陈主，饱闻玉树之赓。

虚对实，送对迎，后甲对先庚。鼓琴对舍瑟，搏虎对骑鲸。金匼匝，玉玎琤，玉宇对金茎。花间双粉蝶，柳内几黄莺。贫里每甘藜藿味，醉中厌听管弦声。肠断秋闺，凉吹已侵重被冷；梦惊晓枕，残蟾犹照半窗明。

渔对猎，钓对耕，玉振对金声。雉城对雁塞，柳枭对葵倾。吹玉笛，弄银笙，阮杖对桓筝。墨呼松处士，纸号楮先生。露浥好花潘岳县，风搓细柳亚夫营。抚动琴弦，遽觉座中风雨至；哦成诗句，应知窗外鬼神惊。

九青

红对紫，白对青，渔火对禅灯。唐诗对汉史，释典对仙经。龟曳尾，鹤梳翎，月榭对风亭。一轮秋夜月，几点晓天星。晋士只知山简醉，楚人谁识屈原醒。绣倦佳人，慵把鸳鸯文作枕；吮毫画者，思将孔雀写为屏。

行对坐，醉对醒，佩紫对纡青。棋枰对笔架，雨雪对雷霆。狂蛱蝶，小蜻蜓，水岸对沙汀。天台孙绰赋，剑阁孟阳铭。传信子卿千里雁，照书车胤一囊萤。冉冉白云，夜半高遮千里月；澄澄碧水，宵中寒映一天星。

书对史，传对经，鹦鹉对鹡鸰。黄茅对白荻，绿草对青萍。风绕铎，雨淋铃，水阁对山亭。渚莲千朵白，岸柳两行青。汉代宫中生秀柞，尧时阶畔长祥蓂。一枰决胜，棋子分黑白；半幅通灵，画色间丹青。

十蒸

新对旧，降对升，白犬对苍鹰。葛巾对藜杖，涧水对池冰。张兔网，挂鱼罾，燕雀对鹏鹍。炉中煎药火，窗下读书灯。织锦逐梭成舞凤，画屏误笔作飞蝇。宾客刘公，座上满斟三雅爵；迎仙汉帝，宫中高插九光灯。

儒对士，佛对僧，面友对心朋。春残对夏老，夜寝对晨兴。千里马，九霄鹏，霞蔚对云蒸。寒堆阴岭雪，春泮水池冰。亚父愤生撞玉斗，周公誓死作金縢。将军元晖，莫怪人讥为饿虎；侍中卢昶，难逃世号作饥鹰。

规对矩，墨对绳，独步对同登。吟哦对讽咏，访友对寻僧。风绕屋，水襄陵，紫鹄对苍鹰。鸟寒惊夜月，鱼暖上春冰。扬子口中飞白凤，何郎鼻上集青蝇。巨鲤跃池，翻几重之密藻；颠猿饮涧，挂百尺之垂藤。

十一尤

荣对辱，喜对忧，夜宴对春游。燕关对楚水，蜀犬对吴牛。茶敌睡，酒消愁，青眼对白头。马迁修史记，孔子作春秋。适兴子猷常泛棹，思归王粲强登楼。窗下佳人，妆罢重将金插鬓；筵前舞妓，曲终还要锦缠头。

唇对齿，角对头，策马对骑牛。毫尖对笔底，绮阁对雕镂。杨柳岸，荻芦洲，语燕对啼鸠。客乘金络马，人泛木兰舟。绿野耕夫春举耜，碧池渔父晚垂钩。波浪千层，喜见蛟龙得水；云霄万里，惊看雕鹗横秋。

庵对寺，殿对楼，酒艇对渔舟。金龙对彩凤，獳豕对童牛。王郎帽，苏子裘，四季对三秋。峰峦扶地秀，江汉接天流。一湾绿水渔村小，万里青山佛寺幽。龙马呈河，羲皇阐微而画卦；神龟出洛，禹王取法以陈畴。

十二侵

眉对目，口对心，锦瑟对瑶琴。晓耕对寒钓，晚笛对秋砧。松郁郁，竹森森，闵损对曾参。秦王亲击缶，虞帝自挥琴。三献卞和尝泣玉，四知杨震固辞金。寂寂秋朝，庭叶因霜摧嫩色；沉沉春夜，砌花随月转清阴。

前对后，古对今，野兽对山禽。犍牛对牝马，水浅对山深。曾点瑟，戴逵琴，璞玉对浑金。艳红花弄色，浓绿柳敷阴。不雨汤王方剪爪，有风楚子正披襟。书生惜壮岁韶华，寸阴尺璧；游子爱良宵光景，一刻千金。

丝对竹，剑时琴，素志对丹心。千愁对一醉，虎啸对龙吟。子罕玉，不疑金，往古对来今。天寒邹吹律，岁旱傅为霖。渠说子规为帝魄，侬知孔雀是家禽。屈子沉江，处处舟中争系粽；牛郎渡渚，家家台上竞穿针。

十三覃

千对百，两对三，地北对天南。佛堂对仙洞，道院对禅庵。山泼黛，水浮蓝，雪岭对云潭。凤飞方翙翙，虎视已眈眈。窗下书生时讽咏，筵前酒客日耽酣。白草满郊，秋日牧征人之马；绿桑盈亩，春时供农妇之蚕。

将刘欲，可刘堪，德被对恩覃。权衡对尺度，雪寺对云庵。安邑枣，沿庭柑，不愧对无惭。魏征能直谏，王衍善清谈。紫梨摘去从山北，丹荔传来自海南。攘鸡非君子所为，但当月一；养狙是山公之智，止用朝三。

中对外，北对南，贝母对宜男。移山对浚井，谏苦对言甘。千取百，二为三，魏尚对周堪。海门翻夕浪，山市拥晴岚。新缔直投公子纻，旧交犹脱馆人骖。文在淹通，已咏冰兮寒过水；永和博雅，可知青者胜于蓝。

十四盐

悲对乐，爱对嫌，玉兔对银蟾。醉侯对诗史，眼底对眉尖。风飘飘，雨绵绵，李苦对瓜甜。画堂施锦帐，酒市舞青帘。横槊赋诗传孟德，引壶酌酒尚陶潜。两曜迭明，日东生而月西出；五行式序，水下润而火上炎。

如对似，减对添，绣幕对朱帘。探珠对献玉，鹭立对鱼潜。玉屑饭，水晶盐，手剑对腰镰。燕巢依邃阁，蛛网挂虚檐。夺槊至三唐敬德，栾棋第一晋王恬。南浦客归，湛湛春波千顷净；西楼人悄，弯弯夜月一钩纤。

逢对遇，仰对瞻，市井对闾阎。投簪对结绶，握发对掀髯。张绣幕，卷珠帘，石碏对江淹。宵征方肃肃，夜饮已厌厌。心褊小人长戚戚，礼多君子屡谦谦。美刺殊文，备三百五篇诗咏；吉凶异画，变六十四卦爻占。

十五咸

清对浊，苦对咸，一启对三缄。烟蓑对雨笠，月榜对风帆。莺睍睆，燕呢喃，柳杞对松杉。情深悲素扇，泪痛湿青衫。汉室既能分四姓，周朝何用叛三监。破的而探牛心，豪矜王济；竖竿以挂犊鼻，贫笑阮咸。

能对否，圣对贤，卫瓘对浑瑊。雀罗对鱼网，翠巘对苍崖。红罗帐，白布衫，笔格对书函。蕊香蜂竞采，泥软燕争衔。凶孽誓清闻祖逖，王家能乂有巫咸。溪叟新居，渔舍清幽临水岸；山僧久隐，梵宫寂寞倚云岩。

　　冠对带，帽对衫，议鲠对言谗。行舟对御马，俗弊对民岩。鼠且硕，兔多毚，史册对书缄。塞城闻奏角，江浦认归帆。河水一源形弥弥，泰山万仞势岩岩。郑为武公，赋缁衣而美德；周因巷伯，歌贝锦以伤谗。